# Das Beziehungs-Experiment

## Nicole Henser

Roman

*Bibliografische Information der deutschen Nationalbibliothek*
Die Deutsche Nationalbibliothek verzeichnet diese Publikation in der Deutschen Nationalbibliografie; detaillierte bibliografische Daten sind im Internet über http://dnb.d-nb.de abrufbar.

Originalausgabe: Lumen Verlag, Freiburg, 2005
Herstellung und Verlag: Books on Demand GmbH, Norderstedt
©opyright 2009 by Nicole Henser; www.nicole-henser.de
Lektorat: Petra Brinkert-Lederer
Umschlaggestaltung: Monika Dennerlein
Titelfoto: © scata – fotolia.com
Printed in Germany
Alle Rechte vorbehalten.

ISBN 978-3-837093-07-0

ich warte nicht auf dich
aber wenn du kämst
hätte sich mein nichtwarten
gelohnt

Friedrich Ani


*Für Andreas und Jana*

# 1

## Begegnungen

Bea wohnte in einem chaotischen Experiment multikulturellen Zusammenlebens – kurz: in einer Wohngemeinschaft. Da sich in Berlin alle möglichen Nationalitäten herumtrieben, hausten zwei Schweden, ein Amerikaner, ein Australier und sie als Deutsche zusammen. Als Zugabe gab es noch einen neurotischen Kater. Wohnungsnot und horrende Mietpreise führten zu seltsamen Arrangements.

„Mist!" Warum musste unbedingt heute schon Licht brennen? Normalerweise schliefen ihre Mitbewohner um diese Zeit noch. Sie rieb sich über das Gesicht und dachte an den letzten Patienten zurück, der sie während ihrer Schicht im Krankenhaus auf Trab gehalten hatte. Das Unfallopfer war nach der Notoperation ins Koma gefallen. „Alexander von Schauenburg", formten ihre Lippen tonlos. Wahrscheinlich nannten ihn alle Alex. Wenn man den Namen eines Menschen kannte, wurde er erst richtig zu einer Person, und dieser Mann hatte sie seltsam berührt.

Eigentlich hätte sie jetzt gern Zeit zum Nachdenken gehabt, doch als sie die Wohnungstür öffnete, war sie ziemlich gespannt, was sie erwartete. Ihre Befürchtungen waren nicht unbegründet: Es herrschte allgemeine Unordnung, und der große Wandspiegel lag in Scherben auf dem Boden. Viele Bruchstücke waren mit Blut verschmiert, deshalb war sie mit wenigen Schritten in der geräumigen Wohnküche.

John saß in der Mitte des Raumes an dem riesigen Esstisch. Obwohl ihr amerikanischer Mitbewohner ein großer kräftiger Mann war, sah er aus wie ein Häuflein Elend, zerknittert und übernächtigt. Er hatte ein blutgetränktes Geschirrtuch um die verletzte Hand gebunden, die sein Gesicht vor ihren Blicken verbarg. Seine Haltung war gebeugt und die Schultern zuckten, leichter Alkoholdunst lag in der Luft.

Bea ging an die antike Anrichte und holte sich zunächst langsam und umständlich eine Tasse Kaffee von der Maschine, die altersschwach vor sich hin röchelte. Dabei machte sie so viel Lärm, dass er sie bemerken musste. Sie fröstelte noch einmal kurz und genoss die angenehme Wärme in der gemütlichen Küche.

Der Kaffee schmeckte nicht toll, aber er war heiß. Etwas Süßes würde ihn erträglicher machen. Mit einer Packung Schokokeksen bewaffnet ging sie langsam zum Tisch, wobei sie angestrengt versuchte, den Tasseninhalt nicht zu verschütten.

Bea seufzte. Es zeichnete sich ab, dass sie in der nächsten Zeit ihr Bett nicht zu Gesicht bekommen würde. Aber der erneute Adrenalinstoß hatte sie so aufgeputscht, dass sie jetzt sowieso keinen Schlaf finden könnte.

Sie setzte sich zu John, der sie mit einem schiefen Lächeln und geröteten Augen begrüßte: „Hi, Bea, wie war deine Nacht?" Er schluckte krampfhaft, um dann tief Luft zu holen.

„Hallo auch." Sie strich ihm sanft die verwuschelten blonden Haare aus dem Gesicht. „Erzählst du es mir, oder soll ich raten?" Beiläufig untersuchte sie seine geschundene Hand, es handelte sich um eine lange Schnittverletzung, die noch immer blutete. Zum Glück war das Glas nicht zu tief eingedrungen. Beas Verbandskasten, der mit Klinikmaterial bestens bestückt war, lag schon auf dem Tisch.

Während sie die Wunde reinigte und sich anschickte, den Schnitt mit Klammerpflaster zu schließen, begann John stockend zu erzählen.

„Ich hatte einen ... kleinen Drink - Au! - und irgendwie hatte ich ein ... ein Problem mit mir." Seine gesunde Hand strich fahrig durch seinen Haarschopf, der wild vom Kopf abstand.

„Als ich in meinem Zimmer fertig war ... nun, ich habe wohl ... Sachen rumgeschmissen. Dann bin ich raus und ... habe den Schirmständer umgetreten ... und ..." John grinste verlegen und strich sich wieder über die Haare. „Na ja, dann war da Brian ... Er fand nicht so toll, was ich gemacht hatte. Ich hatte nur die Wahl, ihn oder mein Spiegelbild zu verprügeln."

Nach diesen Ausführungen war nichts mehr aus ihm herauszubekommen. Er trank Beas Kaffee aus, verzog das Gesicht angewidert und schaute ihr missmutig beim weiteren Versorgen seiner Wunde zu. Wenn es wehtat, brummte er mürrisch.

„Guten Morgen, Bea." Brian Oakley lief frisch geduscht und barfuß an ihnen vorbei. Er trug nur ein Handtuch um die Körpermitte.

Der Kaffee auf der Wärmeplatte musste noch vom Vorabend sein. Besser gesagt von nachts um halb eins, als er von der Arbeit nach Hause gekommen war. Er warf einen flüchtigen Blick auf die Neonuhr an der Wand. Sieben. Trotzdem nahm er eine Tasse aus dem Schrank und füllte sie zur Hälfte mit der dunklen Brühe.

Er lehnte sich gegen die Anrichte und trank einen Schluck. Währenddessen beobachtete er Bea, die mit blutverschmierten Händen und einem ebensolchen Geschirrtuch versuchte, die gelbe Plastiktischdecke notdürftig zu reinigen. Brian runzelte die Stirn. Es blieb offen, ob er damit ihre Bemühungen oder den Geschmack des Kaffees in seiner Tasse kommentierte.

Heute hätte er ausschlafen können.

Stattdessen schweifte sein Blick aus dem Fenster zu dem erwachenden Novembermorgen. Draußen begann sich das Tageslicht zaghaft gegen die Dunkelheit durchzusetzen, und die stetigen Geräusche der vorbeifahrenden Autos kündeten davon, dass der Berufsverkehr in vollem Gange war. Der Moloch Großstadt wurde lebendig, obwohl er niemals ganz schlief.

Er rieb über seine blonden Bartstoppeln, sie juckten, weil er gerade mit einem Dreitagebart experimentierte. „Welchen Anblick hätte ich verpasst, hätte ich diesen frühen Tagesanbruch verschlafen." Seufzend wandte er sich Bea zu, die jetzt zu ihm aufsah. Er lächelte, ihr Blick verriet ihm ihre Unsicherheit. Hatte er sie gemeint oder vom Wetter gesprochen? Er wusste, dass er sie ärgerte und ließ es lieber. Sie sah müde und mitgenommen aus.

Brian schenkte ihr Kaffee nach. Den Inhalt seiner eigenen Tasse kippte er in den Ausguss. Frühstück zu machen würde fraglos seine Aufgabe sein. Abgesehen davon, dass es sein Beruf war, am Herd zu stehen - niemand der übrigen Anwesenden würde heute diesen Part freiwillig übernehmen. Also angelte er eine Pfanne aus dem Schrank und holte Eier aus dem Kühlschrank.

Während die Butter in der Pfanne brutzelte, tauschte er das Badetuch gegen etwas Wärmeres aus. Als er in die Küche zurückkehrte, war er noch immer barfuß. Die Scherben hatte er wieder sorgfältig durchschritten. Bereits mit einer Selbstverständlichkeit, als würden diese seit Anbeginn der Zeit den Fußboden zieren. Er fand sich schnell in veränderten Situationen zurecht.

Vielleicht brachte das der Beruf im Gastgewerbe mit sich. Eine Anzahl internationaler Hotel- und Restaurantküchen hatten seinen Lebensrhythmus immer wieder nachhaltig verändert. Wer hoch hinaus wollte, konnte es sich nicht erlauben, vor unbekanntem Terrain zurückzuschrecken. Diese Einstellung hatte Brian Oakley von Australien nach Deutschland geführt. Eine Entscheidung, die er bisher nicht bereut hatte. Nur manchmal, an einem Morgen wie diesem.

Über die Bratpfanne hinweg, in die er jetzt die Zutaten seines Rühreis gab, warf er John einen Seitenblick zu. Nicht, weil es ihn wirklich kümmerte, ob es ihm besser ging. Er glaubte auch nicht, dass John an seiner Anteilnahme interessiert gewesen wäre. Zumal sie vor einer knappen Stunde nur haarscharf an einer handgreiflichen Auseinandersetzung vorbeigekommen waren. Brian prüfte nur, ob sein Mitbewohner in der Lage war, mit ihnen zu frühstücken.

Dann fiel sein Blick auf die gegenüberliegende Straßenseite. Sie würden noch einen Gast haben. „Bea, würdest du bitte noch einen Teller dazustellen", schmunzelte er, „Allison überquert gerade die Straße."

Beas und Johns Köpfe gingen in einer synchronen Bewegung ruckartig nach oben. Die Äußerungen, die diese begleitete, wurden zu einer Mischung aus

Johns „Oh, no!" und Beas verzweifeltem „Nein, nicht heute!". Brians Schmunzeln mutierte zu einem breiten Grinsen.

Allison wurde von den männlichen Bewohnern der WG ‚die Heulboje' genannt. Die Herren waren sich einig, dass man sie gut anschauen, aber schwer ertragen konnte. Sie war eine Freundin von Mona, die immer dann auftauchte, wenn sie gerade mal wieder von einem ihrer Lover verlassen worden war. Sie pflegte jeden, den sie antraf, als seelischen Müllabladeplatz zu benutzen. Gnadenlos.

Eigentlich hatten sie gehofft, sie erst dann wiederzusehen, wenn Mona und Tommy wieder aus ihrem Urlaub zurück wären. Die beiden waren die noch fehlenden Bewohner der WG; die schwedischen Geschwister waren gerade auf einem spontanen Trip nach Mallorca.

Bea stellte sich vor die Küchentür, bereit, sie mit ihrem Leben zu verteidigen. Diesmal würden sich die Herren der Schöpfung nicht aus dem Staub machen. Sie setzte ihr grimmigstes Gesicht auf: „Wenn ihr es wagt, mich mit ihr allein zu lassen, weiß ich nicht, was ich tue. Zumindest solltet ihr mir dann für einige Zeit nicht den Rücken zudrehen!"

Die Ankündigung von Allisons Auftauchen hatte John aus seinem dumpfen Brüten geschreckt. Jetzt kam ein tiefes Glucksen aus seiner Brust, und er konnte kaum sprechen. „Bea, du Süße. Das ist so, als würde eine Maus auf deinen Weg springen und sagen ‚Bleib stehen, sonst hau ich dich um!'"

Als er Beas schmollenden Gesichtsausdruck sah, vollführte er einen weiten Bogen mit der bandagierten rechten Hand und verbeugte sich formvollendet: „Stets zu Euren Diensten, Madam. Ich lasse das Untier hinein und weiche nicht von Eurer Seite."

Er warf Brian einen bedeutungsvollen Blick zu. Dieser war noch immer mit dem Frühstück beschäftigt, und es hätte ihm nicht ähnlich gesehen, wenn er die „Ignoranten" mit den Früchten seiner kulinarischen Künste allein gelassen hätte.

Trotzdem fügte John galant hinzu: „Ich denke, dass auch unser hinterwäldlerischer Aussie diese Schlacht mit Euch gemeinsam bestreiten wird." Brian zeigte ihm den Mittelfinger und wandte sich wieder der Pfanne zu.

John verschwand im Flur, nachdem er Bea sanft auf einen Stuhl gedrückt hatte. Als er den Raum feixend wieder betrat, hatte er eine bereits fröhlich vor sich hin schimpfende Allison im Schlepptau.

„Was für ein Saustall, ich bin noch nicht ganz da, und schon schlittere ich über Scherben. Will denn niemand den Mist wegmachen? Sind Mona und Tommy wieder da? Oder - ach Bea, wenigstens *ein* vernünftiger Mensch zum Reden."

Bea zog unwillkürlich den Kopf ein und versteckte sich hinter ihrer Kaffeetasse. Ihr Gruß klang betont beiläufig, damit Allison nicht auf die Idee käme, sie

8

hätte Interesse an ihren Ausführungen.

John sprang schnell in die Bresche und reichte ihrem Gast eine Tasse Kaffee, wobei er sich diebisch freute, dass die pechschwarze Brühe von Brian angesetzt worden war. „Buschtauglich", wie er immer lästerte, zur Not konnte man auch ein Boot damit abdichten.

Da er wusste, dass Allison den Kaffee ohne Milch trank, beobachtete er voller Vergnügen, wie sie ihre Augen nach dem ersten Schluck weit aufriss: „Um Gottes Willen, willst du mich vergiften?"

Unschuldig grinste er sie über den Rand seiner eigenen Tasse an, in die er nur zur Hälfte Kaffee geschüttet hatte, um sie dann mit Milch aufzufüllen: „Schwarzer Kaffee macht schön."

Sie schaute ihn missbilligend an und schob ihre Tasse weg wie ein ekeliges Insekt. „Na egal, ihr glaubt ja gar nicht, was mir passiert ist. Ich hatte einen Kerl, der mich behandelt hat, als wäre ich nur ein Objekt um seine männliche Geilheit zu befriedigen. Er hat mir das Herz gebrochen. Dabei war er am Anfang so süß."

Sie versuchte Beas Blick einzufangen, um endlich die ganze Geschichte erzählen zu können, doch diese betrachtete mit ganzer Aufmerksamkeit eine kleine Kaffeepfütze auf dem Tisch. Also schoss Allison Blitze aus den Augen in Richtung John und Brian. Männer!

Brian, der bisher noch damit beschäftigt gewesen war, das Rührei auf den Tellern anzurichten, verzog keine Miene. „Gift, liebe Allison", erklärte er und zog die von ihr verstoßene Kaffeetasse zu sich auf die andere Seite, „ist immer eine Frage der Dosierung."

Er tauchte seinen Zeigefinger in ihren Kaffee. Ihre Aufmerksamkeit war ihm sicher, dabei ließ er sie nicht aus den Augen. Er führte den Finger an seine Lippen. Den ersten Kaffeetropfen, der herabzuträufeln drohte, fing er mit der Zunge auf. Die übrigen leckte er ohne Eile ab. Als letztes steckte er sich anzüglich den Finger in den Mund und zog ihn langsam wieder heraus.

Alle beobachteten interessiert, was er tat.

„Vielleicht solltest du die Dosierung deines Sexlebens überdenken?" Brian trank ihren Kaffee in einem Zug und stellte die leere Tasse vor Allison. „Entweder du lässt dich ficken und genießt es ...", er machte eine kleine Kunstpause; die Worte hörten sich aus seinem Mund beinahe wie ein Angebot an, „oder du hörst auf, die Männer geil zu machen und wartest, bis dein Prinz vor der Tür steht."

Allison starrte ihn fasziniert an, ihre Zungenspitze huschte einmal kurz über ihre Lippen. Erst, als John vor ihrem Gesicht mit den Fingern schnippte, reagierte sie und schaute ihn überrascht an.

Dann errötete sie und sah zu Brian, der sie charmant anlächelte. Sie lächelte ebenfalls - etwas unsicher - und stand auf, um zur Tür zu gehen. „Ich komme wieder, wenn Mona da ist. Macht es gut." John hatte den Mund gerade voll Rührei und angelte nach Allisons verwaistem Teller, anerkennend zog er die Augenbrauen hoch: „Nicht schlecht. Ich dachte, sie fängt gleich an zu sabbern." ♥

Dorothea Meidering saß an ihrem breiten Schreibtisch und ließ nachdenklich ihre Fingerkuppen über das glatte Holz gleiten.

Stand es einer Mutter noch zu, einzugreifen in das Liebesleben ihrer Tochter, wenn diese bereits fünfundzwanzig war? Sollte sie sie andererseits in ihr Unglück rennen lassen?

Es sah so aus, als wäre Josie gerade dabei, sich in eine ziemlich verfahrene Sache zu manövrieren. Seit kurzer Zeit hing sie im Bett eines Mannes herum, den sie für den „Auserwählten" hielt. So stellten sich ihre Erzählungen zumindest dar.

Die „Beziehung" spielte sich tatsächlich hauptsächlich im Bett ab, da der Herr in der Gastronomie arbeitete und die Arbeitszeiten dementsprechend aussahen. Da blieb nur Zeit für eine schnelle Nummer, dann ging Josie schlafen, weil sie wieder früh aus den Federn musste.

Sein Name war übrigens Brian, und er war Australier. Josie hatte Doro ein Foto gezeigt, auf dem man ihn recht gut erkennen konnte. Geschmack hatte ihre Tochter immer schon gehabt, aber keine Menschenkenntnis.

Doro war am Wochenende mit Freunden ausgegangen. In einem Nachtcafé hatte sie den Typen von dem Foto gesehen. Die Frau an seiner Seite war nicht ihre Tochter gewesen, seine Schwester ganz offensichtlich auch nicht. Die Vorstellung, die die beiden abgeliefert hatten, war am Rande des Jugendfreien gewesen.

Seit diesem Intermezzo überlegte Doro ständig, ob und wie sie es Josie beibringen sollte, dass sie für ihren „Auserwählten" nicht das einzige Betthäschen war. Sie konnte es ihr nicht einfach erzählen, soviel stand fest. Josie verspürte den Freiheitsdrang, der mit dem Erwachsenwerden so eng verknüpft war. Auf ihre Mutter würde sie in diesem Fall nicht hören.

*Na toll, du hast ihr ja auch ein glühendes Beispiel gegeben. Zumindest hast du ihr gezeigt, wie man sein Leben kunstvoll vermurkst.* Ein zynisches Lächeln umspielte Doros Lippen bei dem Gedanken an ihre Vergangenheit. Sie hatte immer versucht, Josie davon abzuhalten, die gleichen Dummheiten zu machen: 1. Bekomme nicht zu früh ein Kind. 2. Versuche niemals, dich an den falschen Mann zu hängen. Beide Punkte konnten ein Leben zerstören. Doro wusste, wovon sie sprach. Sie selbst hatte damals in einer kleinen Stadt in Niedersachsen gelebt und hatte sich schwängern lassen - mit siebzehn. Ende der Siebziger war das in den Augen der kleinbürgerlichen Nachbarn ein Skandal gewesen.

Daraufhin war Doro nach Berlin gezogen. Zu ihrer Zeit noch die geteilte Stadt, eine Insel der Demokratie inmitten der kommunistischen Deutschen Demokratischen Republik.

Die Metropole hatte eine unglaubliche Anziehungskraft auf viele Menschen gehabt, die mit den gesellschaftlichen Konventionen nicht zurechtkamen. Eine Stadt der Freidenker - so war es zumindest der jungen Doro erschienen.

Sehr schnell hatte die damals Achtzehnjährige mit dem kleinen Baby feststellen müssen, dass der Wind der Freiheit sehr rau wehen kann. Das Geld, mit dem sie durch die Eltern des jungen Vaters abgefunden worden war, um ihn von seinen Pflichten freizukaufen, hatte nicht lange gereicht. So war sie gezwungen gewesen, das Kind mal hierhin, mal dorthin abzuschieben, damit sie sich mit schlecht bezahlten Jobs über Wasser halten konnte.

War es Glück oder Instinkt gewesen?

Jedenfalls hatte sich Doro eine Existenz aufbauen können, indem sie die Zeichen der Zeit erkannt und eines der ersten Aerobic-Studios in Berlin eröffnet hatte. Der Laden war winzig gewesen.

Es hatte einen bemerkenswerten Imagewandel gegeben: Aus der „Muckibude" war nach und nach das Fitness-Studio geworden. Es wurde auf die Atmosphäre geachtet, auf gepflegten Umgang. Es gab eine Theke, an der man nach dem Training gemütlich Gesundheits- und Proteindrinks zu sich nehmen konnte.

Aerobic war nur der Anfang gewesen, später war eine Welle nach der anderen aus den USA herübergerollt. Von Jazzdance und Steppen bis was auch immer, die Tanzfilme der 80er und 90er hatten ständig neue Impulse gegeben.

Das Magische an der Geschichte war, dass durch ihre Mithilfe eine völlig neue Zielgruppe den Weg in die Welt der Kraftmaschinen gefunden hatte - Frauen! Sie war nie eine Emanze gewesen, doch anfangs verdankte Doro ihr Überleben tatsächlich ihren weiblichen Kunden.

Inzwischen lief das Geschäft sehr gut, verschiedene Fitnessangebote, Tanzkurse, Wellness. Das Studio war gewachsen, Doros Selbstbewusstsein auch. Sie hatte beschlossen, eine unabhängige Frau zu sein, die keine Männer brauchte. Ihre Tochter Josie hatte nicht ständig neue „Papas" präsentiert bekommen, sondern sie waren zu einer verschworenen Zweiergemeinschaft geworden.

Und jetzt stellte Josie die Weichen, um ihr Leben auf ein Abstellgleis zu lenken. Doro seufzte tief, sie konnte den Gedanken nicht ertragen, dass dieser australische Windhund ihrer Tochter das Herz herausreißen würde. Ihrem kleinen Mädchen!

Doro hatte noch einmal über die Sache geschlafen, doch der Plan, der langsam in ihr gereift war, stand fest. Sie würde eingreifen. Und hoffen, dass Josie es niemals erfuhr. Sie würde den Casanova dazu bringen, die Sache von seiner Seite aus zu beenden.

Spontan griff sie zum Telefon, um für das kommende Wochenende eine Verabredung zu arrangieren. ♥

John MacLachlan warf seine Sporttasche mit einem Fluch in die Ecke. In seinem Schädel summte und brummte ein ganzer Bienenschwarm. Er kam gerade vom Karatetraining. Durch Unachtsamkeit hatte er sich einen schmerzhaften Tritt gegen den Kopf eingefangen. Dabei war sein Trainingspartner mehr als einen ganzen Kopf kleiner gewesen, er hatte sich gewundert, dass das Kerlchen den Fuß so hoch bekommen hatte. Normalerweise wäre er kein Gegner für ihn gewesen.

Im nächsten Jahr wäre John soweit, dass er selbst unterrichten durfte, doch heute hatte er sich angestellt wie ein unerfahrener Schüler.

In seinem Zimmer ließ er sich auf den alten Drehstuhl fallen, der unter seinem Gewicht ächzte. Er strich mit den Händen durch die widerspenstigen blonden Haare, bis sie noch unbändiger abstanden. Sein Blick fiel auf einen Stapel Papier, der auf seinem Schreibtisch lag. Seine Mitschriften von diversen Vorlesungen, noch völlig unberührt.

„Shit!" Ausgerechnet heute hätte er für seine Prüfung lernen müssen. Sein Brummschädel schien allerdings nicht geeignet, Informationen aufzunehmen.

John studierte im Rahmen eines deutsch-amerikanischen Austauschprogramms Maschinentechnik. Mit achtundzwanzig war er schon fast der „Senior" des Semesters. Da er bisher nicht zu viel Energie in sein Studium gesteckt hatte, war er kurz davor, wegen seines Stipendiums ernsthaften Ärger zu bekommen.

Träge streckte er sich auf seinem Bett aus und betrachtete grimmig seinen großen Zeh, der aus der Socke herauslugte. „Airconditioning ." Er wackelte mit dem Ausbrecher und konnte sich ein Grinsen nicht verkneifen. Jetzt passten die Strümpfe besser zum Rest seiner Kleidung. Seine Lieblingsjeans war ebenfalls eine Kandidatin für den Müll, sie war an einigen Stellen so zerschlissen, dass sie schon fast unanständige Einblicke gewährte. Doch er liebte das ehrwürdige Stück heiß und innig, so dass er die Hose laufend trug. Johns Klamotten wurden oft genug nur deshalb der Schmutzwäsche zugeführt, weil Bea oder Mona ein Machtwort sprachen.

Wie seine Kleidung, war auch seine Zimmereinrichtung eher nachlässig. An den Wänden hingen seine Gitarren, und das Saxophon nahm mit seinem Ständer einen großen Teil des Raums auf dem Schreibtisch ein. Die Knappheit seiner Mittel hatte dafür gesorgt, dass seine Möbel komplett vom Sperrmüll stammten. Und trotzdem wirkte der Raum auf unerfindliche Weise gemütlich. Aus der Küche kam ein leises Klappern. Ein leichter Duft nach gebratenem Speck zog unter der Tür durch. John atmete ihn tief ein und bemerkte, dass er sehr hungrig war. Er ließ sich von den heimeligen Geräuschen aus der Küche und dem immer vielfältiger werdenden Aroma der entstehenden Mahlzeit einlullen. Zum Essen würden sie ihn hoffentlich wecken. ♥

Es war für Doro ein wunderschöner Samstagabend mit einer Freundin gewesen. Die Damen hatten den Ausklang bei einem netten Abendessen in einem guten Restaurant gewählt. Es war schon ziemlich spät, das Personal war diskret mit den ersten Aufräumarbeiten beschäftigt. Doro hatte das Lokal vorgeschlagen, und *zufällig* war es das, in dem Brian als Koch arbeitete. Sie hatten wirklich gut gespeist, und sie hätte gern gewusst, ob *er* ihr Essen zubereitet hatte.

Ihre Freundin hatte sich bereits von ihr verabschiedet, da Doro vorgab, noch einmal zur Toilette zu müssen. Das Herz klopfte ihr bis zum Hals, als sie ganz unauffällig in den Personalbereich schlenderte. Ein Kellner hatte sie aufmerksam angeschaut, doch als sie sich nicht mit einer Frage an ihn gewandt hatte, hatte er sie zurückhaltend in Ruhe gelassen.

Sie stand im Eingang des Küchenbereiches. Die Einrichtung wurde von Edelstahl dominiert, passend zum kühlen, eleganten Ambiente des luxuriösen Restaurants.

Da war er. Sie erkannte Brian auf Anhieb. Er war gerade damit beschäftigt, eine Arbeitsfläche zu reinigen und drehte ihr den Rücken zu. Doro atmete tief durch. Dann ging sie in die Küche und blieb hinter ihm stehen. „Brian Oakley?"

Brian drehte sich überrascht um und schaute sie fragend an. „Ja, wer möchte das wissen?"

Sie stand sehr nah vor ihm; er konnte nicht nach hinten ausweichen, weil er die Arbeitsplatte im Rücken hatte. Doro griff an ihm vorbei und hatte plötzlich eine lange Tranchiergabel in der Hand. Sie schaute Brian tief in die Augen, während sie ihm die Gabel mit den Spitzen sachte an die Körpermitte drückte. „Bewegen würde ich mich an Ihrer Stelle nicht", flüsterte sie mit heiserer Stimme, "nicht, wenn Sie die beiden unversehrt wiedersehen wollen". Äußerlich wirkte sie ganz ruhig, aber sie war furchtbar aufgeregt.

Brian sagte zur Vorsicht lieber gar nichts, er war gespannt, was kommen würde.

„Jetzt erkläre ich Ihnen mal, wie sich eine Mutter fühlt, wenn jemand ihrer Tochter wehtut: Es zerreißt mir das Herz, wenn ich sehe, dass sie wie ein dummes Schaf in ihr Verderben rennt. Sie sollten Ihre Finger lieber von ihr lassen. Sie bildet sich nämlich ein, dass Sie sie lieben und ist sicher nicht daran interessiert, sich in ihren Harem einzureihen!"

Ein Kollege von Brian kam in die Küche, um sich von ihm zu verabschieden. Geistesgegenwärtig drückte Doro sich an ihn und küsste ihn. Ihre Lippen waren zart, doch während sie näher an ihn heranrückte, bohrten sich die Spitzen der Gabel etwas fester in den Jeansstoff.

Der Kollege grinste. „Oh, sorry, Brian, ich wollte euch nicht stören. Wir sind die Letzten, schließt du bitte gleich ab?" Sein Grinsen wurde noch breiter. „Viel Spaß noch." Man hörte die Tür ins Schloss fallen, dann herrschte Stille.

„Wo waren wir doch gleich?" Doro schaute ihn an, und in ihren Augen tanzten kleine Funken. Langsam begann ihr die Sache Spaß zu machen. „Ach ja", sie lächelte spöttisch, „wir waren gerade beim Vorgaukeln von Gefühlen, nicht wahr? Liebe und Sex sind zwei Paar Schuhe, Sie sind schon ein großer Junge, Sie sollten das wissen. Wenn beide nicht dasselbe wollen, ist es nicht in Ordnung, oder?"

Da Brian nichts sagte oder tat, drückte sie etwas fester zu. Er sog die Luft mit einem Zischen ein; eine Spitze der Gabel war durch den Stoff gegangen und wirkte nun sehr bedrohlich. Er nickte vorsichtig und überlegte dabei, wie er ihren Geisteszustand einschätzen sollte.

"Dann habe ich eine ganz freundliche Bitte. Würden Sie die Liaison bitte möglichst schmerzlos beenden? Haben Sie zum Beispiel schon einmal auf einem Ozeanriesen weit weg in der Südsee gekocht?" Mit einem unschuldigen Augenaufschlag endete sie. "Das würden Sie einer Dame doch nicht abschlagen, mmh? Ich wäre auch sehr dankbar, wenn meine Tochter nichts von dieser kleinen Unterhaltung erfahren würde ..."

Sie wusste schon im nächsten Augenblick nicht mehr, warum sie es tat, doch sie küsste Brian noch einmal. Sanft legten sich ihre Lippen auf die seinen. Doro fuhr mit ihrer Zungenspitze am Rand seines Mundes entlang und biss ihm sachte in die Unterlippe.

Dann nutzte sie seine Überraschung und riss sich von ihm los. Da sie nicht wusste, wie er reagieren würde, versuchte sie eilig Raum zu gewinnen. An der Tür drehte sie sich kurz um. „Sie haben jetzt ein kleines Problem. Welches Ihrer Mäuschen ist meine Tochter?" Sie lächelte. „Finden Sie es heraus, sonst komme ich vielleicht weniger freundlich wieder?" Beiläufig warf sie die Tranchiergabel auf eine Ablage und war verschwunden. ♥


Langsam kroch der Zeiger über das Zifferblatt; es waren die frühen Morgenstunden, in denen es Bea oft so vorkam, als bliebe die Zeit für einen endlos

14

langen Moment stehen. Sie gab dem guten Einstein völlig recht: Zeit *ist* relativ. Bea saß an Alex' Bett und hielt schon seit einer ganzen Weile seine Hand. Sie kämpfte gegen die Müdigkeit, denn seine regelmäßigen Atemzüge hatten eine sehr beruhigende Wirkung auf ihr zentrales Nervensystem.

Um sich abzulenken, betrachtete sie sein Gesicht eingehend. Der Mund erregte ihre besondere Aufmerksamkeit, er war sinnlich geschwungen und völlig entspannt. In den Mundwinkeln sah es trotzdem so aus, als wollte er lächeln. Bea konnte nicht widerstehen und folgte zärtlich mit ihrer Fingerspitze den Linien seiner Lippen

Doch dann musste sie sich von ihm losreißen, es wurde Zeit, dass sie ihre Runde auf der Intensivstation machte. Momentan waren nur wenige Patienten an die lebenserhaltenden Maschinen angeschlossen, ihr Kontrollgang war schnell beendet.

Im Vorübergehen holte sie sich einen Kaffee und nahm wieder ihren Platz an seinem Bett ein. Sie machte es sich so gemütlich wie möglich und nahm einen Schluck aus ihrer Tasse. Angeekelt verzog sie das Gesicht - wann hatte sie eigentlich den letzten Kaffee getrunken, der ihr wirklich geschmeckt hatte?

Dann beugte Bea sich vor und schnupperte verstohlen an Alex' Hals, um den Duft seines Körpers einzuatmen. Er war zwar verfälscht durch das Desinfektionsmittel und den Geruch des Verbandsmaterials, aber er erschien ihr sehr angenehm.

„Oh Alex, warum kannst du nicht endlich wach werden?" Sie wagte es nicht, laut zu sprechen, so als könnte sie ihn damit wirklich aufwecken. „Du kennst mich zwar nicht, aber vielleicht würdest du mich ein klein wenig mögen. Ich stecke in einem furchtbaren Gefühlschaos ..."

Sollte sie es ihm erzählen? Obwohl er sie nicht hören konnte? Oder gerade *weil* er sie nicht hören konnte?

Sie nahm wieder seine Hand in die ihre und streichelte sanft die Linien in seiner Handfläche nach. Den Blick auf die Wand gerichtet, begann sie flüsternd zu reden.

Mit der letzten, katastrophalen Beziehung startete sie, dann erzählte sie ihm von ihrem Dilemma, mit drei interessanten Männern zusammenzuwohnen, von denen offensichtlich keiner für sie bestimmt war.

„Das kann doch nur eine Prüfung sein, oder? Warum bekomme ich sonst immer vor Augen geführt, was ich nicht haben kann? Ich finde, das ist eine Gemeinheit."

Bea ballte die Faust, dann drückte sie seine Hand ganz fest und glaubte plötzlich, ein leichtes Zucken als Antwort zu bekommen. Schnell schaute sie in sein Gesicht, doch es hatte nach wie vor denselben entspannten Ausdruck. Keine Veränderung, sie hatte sich die Bewegung sicher nur eingebildet. Es wäre nicht der erste Streich, den ihr ihre übermüdeten Nerven spielten.

Draußen dämmerte der Morgen, sie musste sich langsam auf den Heimweg machen. Es hatte ihr gut getan, sich die Gefühle von der Seele zu reden. Ihr Herz war schon etwas leichter. Leider war kein Zeichen dafür zu erkennen, dass Alex sich entschloss aufzuwachen. Mit einem letzten Blick auf ihn machte sie sich auf den Weg. ♥

Brian hatte einen freien Abend. Er verbrachte ihn zu Hause, ein Umstand, der mehr als selten vorkam. Es hatte ihn nicht besonders gereizt, sich mit einer seiner aktuellen Gespielinnen zu treffen.

Von seiner momentanen „Lieblingsfrau" hatte er sich sowieso gerade getrennt. Er hatte nicht lange überlegen müssen, um festzustellen, dass die mysteriöse Frau, die seine Männlichkeit bedroht hatte, ihre Mutter war.

Dabei hatte Brian kein schlechtes Gewissen, weil er Josies Empfindungen verletzt hatte. Vielmehr war er froh, auf so ungewöhnliche Weise darauf aufmerksam gemacht worden zu sein, dass sie mehr von ihrer Beziehung erwartete, als er zu geben bereit war.

Er spielte den Frauen keine Gefühle vor, er machte keinen Hehl daraus, dass er in erster Linie Sex von ihnen wollte. Dabei zollte Brian ihnen soviel Respekt, dass er die Beziehung beendete, sobald er bemerkte, dass es ein Problem damit gab. Und er tat es einigermaßen taktvoll in einem persönlichen Gespräch. Fairplay.

Er hatte Josies Tränen getrocknet und sie nach Hause geschickt.

Dann hatten sich seine Gedanken ihrer Mutter zugewandt. Wenn er an sie dachte, kribbelte es angenehm in seinem Magen. Brian wusste nicht, was ihn so an dieser Frau faszinierte, aber er hatte irgendwie das Gefühl, bisher mit kleinen Mädchen gespielt zu haben.

Wie alt mochte sie sein? Über vierzig war sie mit Sicherheit, doch sie hatte eine jugendliche Ausstrahlung, und auch ihre Figur brauchte sich nicht zu verstecken. Brian schmunzelte, sie hätte ihn gern noch öfter küssen dürfen. Wenn sie dazu die Gabel gebraucht hätte – auch gut.

Mit ein wenig Suchen hatte er sie ausfindig gemacht. Brian wusste von Josie, dass sie ein Fitness-Studio betrieb; er hatte es gefunden und sich dort angemeldet. Heute war er zum ersten Probetraining da gewesen, leider hatte er die schöne Chefin nicht gesehen.

Das Telefon begann zu klingeln, doch Brian hatte nur einen gelangweilten Blick für den Apparat übrig. Er erwartete keinen Anruf.

John runzelte die Stirn. Jetzt klingelte das Telefon schon zum zehnten Mal, wieso ging von den anderen beiden denn keiner ran?

16

Seufzend legte er die Gitarre zur Seite und stand mühsam auf. Es war eine blöde Angewohnheit von ihm, sein Bett so zu lassen, wie er sich morgens von ihm getrennt hatte. Da es seine einzige Sitzgelegenheit neben dem alten Drehstuhl darstellte, musste er sich in das Bettzeug knautschen, wenn er Gitarre spielen wollte. Es wurde Zeit, dass er an seinen Gewohnheiten oder seiner Einrichtung etwas änderte.

„Ist ja gut, ist ja gut." John stellte überrascht fest, dass er das Plektron noch zwischen den Lippen hatte. Er warf es auf das Bett und freute sich schon auf das Suchen, wenn er es später wieder brauchte.

Das Telefon klingelte unbeirrt weiter, offensichtlich war der Anrufer ein Kenner der internen Verhältnisse. Endlich war er bei dem plärrenden Gerät angekommen. John fluchte und rieb sich den Zeh, er hatte ihn sich in der Eile am Türrahmen angeschlagen. Mit einem irritierten Blick auf Brian, der gemütlich auf dem Sofa saß und fernsah, griff er nach dem Hörer.

„Hallo?" Nachdem er die Stimme am anderen Ende erkannt hatte, ließ John sich auf den Stuhl sinken, der zum Telefonieren bereitstand. „Hi, Tommy, wie ist euer Urlaub?"

Tausend Gedanken schossen ihm gleichzeitig durch den Kopf, alle drehten sich um Mona. Das Gerede von tollem Wetter, leckerem Essen, geilem Strand usw. hörte John nur mit halbem Ohr. Warum erzählte Tommy nicht, was ihn brennend interessierte?

„Warte, warte doch, hol erst mal Luft, mich interessieren die Einzelheiten nicht. Tommy! Shut up! Wie geht es Mona? Lässt du sie etwa den ganzen Tag allein, wenn du mit dem Typen rumziehst?" John wurde langsam ärgerlich, das konnte doch nicht wahr sein. Tommy konnte seine Schwester an einem Ort wie Arenal nicht einfach sich selbst überlassen. Er hatte gehofft, er würde auf sie aufpassen.

Unruhig sprang er vom Stuhl hoch und tigerte, soweit die Schnur es zuließ, auf und ab. Brian folgte ihm amüsiert mit seinen Blicken.

„Was macht sie denn, wenn ihr abends in diesen komischen Laden geht? Tommy, jetzt hör auf, ich rede von Mona. Wie? Was denn für Leute? Wo hat sie die denn kennengelernt?"

John wurde blass, er schluckte krampfhaft, bevor er die nächste Frage stellte: „Hat sie sich in jemanden verliebt, du weißt, was ich meine?" Er umklammerte den Türrahmen, gegen den er sich kurzfristig gelehnt hatte. Seine Knöchel wurden weiß, der Blick wanderte genervt gen Himmel. „Nein Tommy, wie deutlich muss ich denn noch werden? Lässt ... sie ... sich ... bumsen?!"

Brian war noch ein wenig vom Fernseher abgelenkt gewesen, doch jetzt galt seine Aufmerksamkeit uneingeschränkt John. Interessiert hörte er weiter zu und grinste dabei über das ganze Gesicht. John zeigte ihm den Mittelfinger und drehte ihm den Rücken zu.

„Ja, ich weiß, wie alt sie ist. Natürlich kann sie tun, was sie will. Ja aber - weißt du denn gar nichts von dem, was sie so treibt?" Verzweifelt boxte er gegen den Rahmen. „Tommy, bitte. Okay, ich richte ihnen die Grüße aus. Nein, nichts, es ist alles in Ordnung. Viel Spaß noch." John legte den Hörer auf und blieb wie betäubt neben dem Telefon stehen. Als er sich umdrehte und sich in Richtung seines Zimmers bewegen wollte, schaute er in Brians fragendes Gesicht.

„Schöne Grüße von Mona und Tommy. Sie haben einen tollen Urlaub." Absolute Leere breitete sich in seinem Blick aus, seine Hand ballte sich zur Faust. Brian schaute ihn nachdenklich an, die Beziehung zwischen ihm und John war schon seit dem Beginn ihres Zusammenlebens etwas gespannt. Freunde waren sie nicht, trotzdem respektierten sie einander und waren darauf bedacht, sich nicht zu sehr ins Gehege zu kommen. In der letzten Zeit hatten die Spannungen zwischen ihnen heftig zugenommen. John hatte etwas von einem in die Enge getriebenen Tier, das wütend um sich biss.

„Hey, Kopf hoch, mate*. Brian musterte ihn abschätzend. „Es ist zwar eine unglaubliche Verschwendung, aber ich habe noch eine wirklich gute Flasche Whisky. Was hältst du davon?"

John sah ihn fragend an. Sollte das eine Einladung sein?

Brian verdrehte die Augen. „Wenn du mich noch länger anschaust wie ein Schaf, fällt mir bestimmt etwas Besseres ein, als meinen freien Abend mit dir zu verbringen. Schwing deinen Hintern in die Küche!"

Er ging schon vor und stellte zwei Gläser auf den Küchentisch. John trottete hinter ihm her und wollte sich gerade setzen, da drückte ihm Brian das Telefon in die Hand.

„Bestell doch mal eine große Pizza mit viel Peperoni, du siehst aus, als könntest du so etwas brauchen."

John nahm das Telefon vorsichtig und stellte es auf den Tisch, die Schnur war fast so gespannt wie eine Gitarrensaite. Er hoffte, dass sich das andere Ende noch in der Wand befand und Brian es nicht aus ebendieser gerissen hatte. Der Australier kam mit der Flasche unter dem Arm zurück und stellte sie mit Schwung auf den Tisch.

„Wenn du reden willst, okay, dann schieß los. Wenn nicht, auch okay, aber lass uns dieses Gebräu vernichten, damit du wieder Farbe ins Gesicht bekommst."

John brachte ein verhaltenes Grinsen zustande und brummelte vor sich hin.

Er nahm das volle Glas, das Brian ihm entgegenhielt und leerte es mit ihm gemeinsam in einem Zug. Heiß lief ihm der Whisky die Spei-seröhre hinunter

---

* Freund

18

und wärmte seinen Magen. Er schloss die Augen und genoss das Gefühl, seine Lebensgeister langsam wieder zurückzuge-winnen. Dann schaute er Brian an.

„Gut, was weißt du - und wie viel willst du wissen?"

Brian nahm zunächst einen großen Schluck aus dem frisch gefüllten Glas, dann grinste er. „Bring es einfach auf den Punkt, warum lässt sie dich leiden?"

„Weil ich der gottverdammt dämlichste Idiot bin, der auf dieser Erde rumrennt!" John schlug mit der Faust auf den Tisch. Sein Atem ging heftig und er raufte sich die Haare. „Und ich kann es nicht ungeschehen machen. Ich bin so wütend auf mich selbst."

Brian zog die Augenbrauen hoch, unterließ lieber jeden Kommentar und nickte. John würde schon noch anfangen zu erzählen. Er füllte die Gläser erneut, wahrscheinlich würden sie noch Nachschub benötigen, wenn die Beichte seines Mitbewohners weiterhin so schleppend verlief. Die Pizza wurde gebracht, und John beruhigte sich ein wenig. Nachdem sie schweigend gegessen hatten, begann er plötzlich zu erzählen.

„Mona ist eine Klassefrau!" Er grinste Brian verschwörerisch an. „Ich mag es, wenn ich ein wenig mehr zum Liebhaben habe, you know? Sie ist so schön weich und rund und sieht einfach toll aus, obwohl sie etwas mollig ist. Ich hatte mich schon in sie verliebt, als ich sie das erste Mal sah. Da hast du noch gar nicht hier gewohnt, es war einfach ein ‚Whooooom!' und sie hatte mich am Haken. Dabei wollte sie das gar nicht, ich … ich hatte alles probiert, aber sie wollte mich nicht." John bearbeitete seine Haare wieder, und sie standen ihm so wirr vom Kopf, wie seine Gedanken darin unterwegs waren.

„Es hat sie gestört, dass wir zusammenwohnen. Hat lange gedauert, bis sie es endlich mit mir versuchen wollte. Bis letzten Monat, und dann, … dann war da diese dämliche Party …" Er sprang vom Stuhl auf und lief einige Male hin und her, dann setzte er sich wieder und atmete tief durch. Danach sprudelte es nur so aus ihm heraus.

„Ich war gut gelaunt, wir wollten richtig feiern. Mit Tommy hatte ich ein paar getrunken, und dann - ich weiß nicht, was genau passiert ist. Tommy war plötzlich weg, und ich habe mit so einer Tante geredet. Dann kam Mona rein, und ich habe mit meinem Kopf an ihrem Busen gelegen, ich kannte die Frau gar nicht und wollte auch nichts von ihr. Ich weiß nicht, warum mein Kopf da lag, da fehlt mir ein Stück, ich war ziemlich beduselt … Jedenfalls kann ich mich noch gut an Monas Gesichtsausdruck erinnern, ich war schlagartig wieder nüchtern." John schaute Brian mit schmerzverzerrtem Gesicht an.

„Ich konnte noch nicht einmal mit ihr reden, sie ist sofort weggelaufen und über Nacht bei dieser furchtbaren Allison geblieben. Dann ist sie direkt mit Tommy nach Mallorca geflogen, wahrscheinlich, damit sie mir nicht den Hals umdreht" Er griff wieder nach seinem Glas und leerte es verzweifelt.

Brian sah ihn ernst an. Tauschen wollte er mit John nicht.
„Wenn du ein Problem gar nicht lösen kannst, versuche es zu ertränken." Er zuckte mit den Achseln und schenkte die Gläser wieder voll. ♥

Zerknirscht öffnete Bea die Tür zu Monas Zimmer. Sie hatte ihr und auch Tommy versprochen, nach ihren Pflanzen zu sehen und für sie zu sorgen. Erst nachdem sie am Abend zuvor ihre Grüße ausgerichtet bekommen hatte, war es ihr siedendheiß eingefallen, dass die beiden seit zwei Wochen weg waren. Vorsichtig schaute sie auf Monas Fensterbank und sortierte seufzend die bereits Verschiedenen aus. Das gab bestimmt ein kleines Donnerwetter, doch Mona war zum Glück keine fanatische Pflanzenliebhaberin.
Bei Tommy sah es etwas anders aus. Er hatte zwar nur einen einzigen Gummibaum, aber der war ihm sehr wichtig. Bevor sie seine Zimmertür öffnete, ließ sie ein Stoßgebet los und war dann wirklich erleichtert: Er lebte. Verstohlen zupfte sie zwei gelbe Blätter ab und goss die Pflanze ausgiebig.
Nachdem sie ihre Pflichten erfüllt hatte, ließ sie sich in Tommys abgewetzten alten Ledersessel fallen. Sie mochte die Atmosphäre in seinem Zimmer. Gemütlich kuschelte sie sich tiefer in den Sessel, es war so schön ruhig hier. Ein Duft nach Leder und Holz, seinem herben Aftershave, den man mehr ahnen konnte als riechen, hing in der Luft.
Ihr tierischer Mitbewohner, Tommys Kater Adonis, kam in das Zimmer seines Herrn geschlichen und rollte sich genüsslich auf dem Kopfkissen zusammen. Endlich hatte ihm jemand die Tür geöffnet; er war ein älteres Exemplar und hatte einen gewissen Respekt verdient. Doch seine Menschen ließen ihn tagelang maunzend vor dem Zimmer hin und her laufen, ohne ihn hineinzulassen. „Na, du alter Zigeuner, wird es Zeit, dass Tommy zurückkommt?" Bea streichelte ihn, und er präsentierte ihr schnurrend seinen Bauch zum Kraulen. Ein wahrer Genießer.
Es war immer angenehm warm in Tommys Zimmer, sie durften die Heizung auch nicht abdrehen, wenn er nicht da war. Lucille, genannt „Lu", sein alter Kontrabass, vertrug seiner Meinung nach keine Temperaturschwankungen. Wenn seine hölzerne Diva transportiert werden musste, war er das reinste Nervenbündel. Kurz darauf auch alle anderen, die mit ihm zusammen waren.
Das wunderschöne Instrument hatte seinen Ehrenplatz direkt vor dem Fenster, wo es auf seinem Ständer thronte. Bea beugte sich nach vorn und strich behutsam mit den Fingern über die Rundungen, das Holz fühlte sich warm und fast lebendig an.
Für Tommy war es das auch, er liebte das gute Stück mit einer erstaunlichen Leidenschaft. Auf der Bühne streichelte und liebkoste er die Formen des In-

20

struments, als wäre es seine Geliebte, wobei regelmäßig ein Seufzen durch das weibliche Publikum ging.

Bea musste unwillkürlich lächeln, es war wirklich eine Ironie des Schicksals, dass Tommy so viel Erfolg bei Frauen hatte: Er liebte Männer - eine Tatsache, die sie zu Beginn ihres Zusammenlebens persönlich überprüft hatte. Schon wieder ein Flop in einer langen Kette von Fehlschlägen in ihrem Liebesleben. Aber kein dramatischer. Sie nahm ein Foto von dem Nierentischchen, das neben dem Sessel stand. Es war während eines Auftritts geschossen worden und zeigte Tommy bei einer gewagten Tanzeinlage mit seinem Kontrabass.

Versonnen betrachtete sie die Aufnahme und lächelte dabei vor sich hin. Sein Mut, vor einer größeren Menschenmenge derart aus sich herauszugehen, erschien ihr bewundernswert. Wenn er hochsprang, wusste er nicht, ob er eine Bruchlandung hinlegen würde. Und es war ihm anscheinend völlig egal.

*Tja, Bea Jensen, das könnte dir nie passieren. Du hüpfst lieber erst gar nicht los, weil du Angst hast, dich zu blamieren. So mogelt man sich um das wirkliche Leben herum.* Mit betrübtem Blick starrte sie auf das Bild. Tommy schien ihr zuzuflüstern: *Tu es, Bea, spring!*

Gequält schloss sie die Augen, warum hatte sie nur so wenig Selbstbewusstsein? Wenn sie die Chance bekam, wollte sie bei Alex nicht wieder die gleichen dummen Fehler machen, die bisher jede tiefer gehende Beziehung im Keim erstickt hatten. Dann lehnte sie sich zurück und überließ sich den Gedanken, die unaufhaltsam durch ihren Kopf kreisten.

Bea fuhr überrascht aus dem Sessel hoch; Adonis hatte auf ihrem Schoß geschlafen und sprang nun auf den Boden. Entrüstet schaute er sie an und fauchte leise, sie streichelte ihn beschwichtigend. Draußen senkte sich schon die Dunkelheit herab, sie musste eingeschlafen sein. Wie spät es wohl war? Bea seufzte und rieb sich die Hände an den Beinen, um richtig wach zu werden, sie musste sich für den Dienst fertig machen.

Das Foto von Tommys Konzert war ihr aus den Händen gerutscht und lag nun auf dem Boden. Als sie sich bückte, um es aufzuheben, fiel ihr Blick zufällig unter das Bett. Der seltsam verdrehte kleine Gegen-stand, der dort lag, hatte verdächtige Ähnlichkeit mit einem benutzten Kondom, wahrscheinlich bereits mumifiziert.

„Ordentlich bist du nicht direkt, aber zumindest brauche ich mir keine Sorgen um deine Gesundheit zu machen." Bea gab ihm auf dem Foto einen Stups auf die Nase und legte es schmunzelnd wieder auf den Tisch. „Stay safe." ♥

# 2

## Turbulenzen

Doro saß wieder in ihrem Büro. Sie hatte die leidige Aufgabe, die Papiere in Ordnung zu bringen, aber ihre Gedanken schweiften immer wieder ab. Das passierte ihr seit einiger Zeit öfter, seit - nun, eigentlich seit der Begegnung mit Brian. Sie schaute verträumt aus dem Fenster und sah den Regentropfen dabei zu, wie sie sich trafen, um als dicker Tropfen endgültig die Scheibe herunterzulaufen. Vereint.
Lange hatte sie die Bedürfnisse ihres Körpers nach Nähe, Lust und Erfüllung ignoriert Es passte einfach nicht in ihr Leben. Zumindest hatte sie alles getan, um sich diese Dinge vom Leib zu halten.

Zu Beginn hatte sich Doro erst in ihrer neuen Rolle als selbständige Geschäftsfrau zurechtfinden müssen. Sie war noch jung gewesen und hin und her gerissen zwischen ihrer Rolle als Mutter und dem Engagement, das notwendig war, um das Studio zum Laufen zu bringen.
In dieser Zeit des Aufbaus hatte sie gar keine Zeit für Beziehungen mit Männern gehabt. Und danach? Da sie es gewohnt war, ihr Leben selbst zu steuern, war es ihr schwer gefallen, sich einem Partner anzupassen. Wenn eine Schlange ihre Haut einmal abgeworfen hatte, passte sie niemals wieder hinein.
Und ihrer Erfahrung nach ertrugen es die meisten Männer nicht, mit einer erfolgreichen Frau zusammenzuleben. Vielleicht widersprach es ihrer genetischen Programmierung?
*Bevor du jetzt noch auf die gedankliche Schiene kommst, ob die beiden Geschlechter überhaupt zusammenpassen, solltest du dich lieber ein wenig an die Arbeit machen. Das wird heute sonst nichts mehr,* schalt sie sich selbst in Gedanken. Sie räkelte sich in ihrem gemütlichen Lederstuhl und wandte sich der Liste mit den Neuanmeldungen zu, um die Datensätze im PC anzulegen. Ihr Blick schweifte über die Einträge und blieb an einer Stelle verdutzt hängen. „Brian Oakley!", entfuhr es ihr überrascht.
Doro traute ihren Augen kaum, wie elektrisiert setzte sie sich auf. Es gab wohl kaum noch andere mit diesem Namen. „Ach, Blödsinn, das ist mit Sicherheit ein Zufall, sei nicht albern."
Nach der Überraschung genehmigte sie sich einen Beruhigungs-Cognac, einer

der wenigen Genüsse, die sie sich hin und wieder zugestand. Das Glas in ihrer Hand wog schwer, und sie betrachtete den bernsteingelben Tropfen, der langsam daran herunterlief. Genauso langsam gewann Doro ihre Fassung zurück und wandte sich wieder ihrer vorherigen Tätigkeit zu.

Doch so sehr sie es auch versuchte, sie konnte sich nicht mehr auf die Unterlagen konzentrieren. „Der Schriftkram läuft nicht weg." Sie machte sich auf zu einem Rundgang durch das Studio.

Doro gab sich Mühe, ihre Augen nicht suchend umherschweifen zu lassen. Sie versuchte, hier und da nach dem Rechten zu schauen, doch dabei ging sie systematisch jede der Maschinen mit ihren Blicken ab.

Da war er.

Brian war gerade fleißig dabei, Gewichte zu stemmen. Sein Trainer stand neben ihm und gab ihm Anleitungen zur Technik. Sie stellte sich neben den Betreuer und schaute eine Weile zu. Bewusst hielt sie sich etwas im Hintergrund und Brian bemerkte sie nicht.

Er war erhitzt vom Training und powerte sich richtig aus; sie konnte leicht den Geruch seines Schweißes wahrnehmen. Die Gewichte, die er aufliegen hatte, zeigten, dass er kein Anfänger war.

Ihr Blick glitt über seinen Körper, und es gefiel ihr sehr, was sie sah. Er hatte auch in der Vergangenheit auf seinen Körper geachtet. Viele Köche waren schon in jungen Jahren dicklich und hatten einen gehörigen Bauchansatz. Die ständige Verfügbarkeit von Lebensmitteln und die mangelnde Bewegung bekamen nicht jedem. Brian schien kein Problem damit zu haben.

„Heiko, kannst du bitte mal nach der Kundin an der Theke schauen? Ich glaube, sie braucht Hilfe." Sie trat näher an die Drückbank und legte dem Trainer freundlich die Hand auf die Schulter. Daraufhin verabschiedete er sich mit einem Nicken und ließ sie allein.

„Na schau an, ich hätte nicht gedacht, dass Sie sich noch einmal in meine Nähe trauen. Aber keine Sorge: Ich bin unbewaffnet."

Brian setzte sich auf und wischte sich mit seinem T-Shirt über das Gesicht, dann grinste er sie an. „Ich würde mich niemals in Sicherheit wiegen, nur weil Sie keine spitzen Gegenstände bei sich tragen. Die Waffen einer Frau sind meist subtiler und höchst gefährlich, wenn die Dame damit umgehen kann."

Doro feixte und machte eine huldvolle Handbewegung. „Touché!"

Dann lächelte sie süffisant. „Wie wäre es mit ein wenig Wellness nach dem Duschen? Wenn wir geschlossen haben, werde ich mich in die Sauna begeben. Sie sind herzlich eingeladen." Nach einem tiefen Blick in seine Augen setzte sie ihren Rundgang fort.

Doro drehte den Schlüssel im Schloss, endlich Feierabend.

Lachend winkte sie den letzten Mitarbeitern und Kunden durch die Scheibe zu und löschte das Licht. Es brannte nun nur noch die Notbeleuchtung, die die ganze Nacht an blieb.

Sie ließ ihre Blicke durch das Studio wandern und verweilte an der einen oder anderen der Fitness-Maschinen, die sie besonders mochte. Die Stahlgeräte hatten eine ganz eigene Ästhetik, klare Linien, teilweise ein verspieltes Design. Als sie sich dem Wellness-Bereich näherte, schlug ihr die aromatisch-holzige Wärme der Sauna entgegen. Sie hatte es nicht eilig; Brian hatte es sich offensichtlich anders überlegt. Er war nicht mehr da. Jetzt fehlte ein wenig das Salz in der Suppe.

Doro überprüfte die Einstellungen der Sauna und nickte zufrieden. Mit einem Bademantel über dem Arm ging sie in die Umkleidekabine. Als sie umgezogen wieder herauskam, war sie tief in Gedanken versunken. Deshalb sah sie Brian nicht.

Er lehnte frisch geduscht und nur mit seiner Trainingshose bekleidet an der Wand gegenüber der Sauna. Er wartete schon eine Weile auf sie. Damit hatte er gerechnet. Sie wollte spielen? Gut.

Doro tauschte vor der Saunatür ihren Bademantel gegen ein großes Handtuch, das sie sich um den Körper wickelte. Brian bekam kurz ein prachtvoll geformtes Hinterteil zu Gesicht. Er genoss es, dass sie sich unbeobachtet fühlte. Erwartungsvoll verlagerte er das Gewicht von einem Fuß auf den anderen und rechnete damit, entdeckt zu werden.

Doro wollte gerade den Bademantel an den Haken hängen, als sie aus dem Augenwinkel die Spiegelung eines Mannes in der Scheibe des Saunafensters wahrnahm. Sie erschreckte sich zu Tode, Adrenalin schoss in ihren Körper. Zielsicher griff sie nach der Schöpfkelle aus dem Eimer mit dem Saunaaufguss.

Brian reagierte blitzschnell. Seine Finger schlossen sich um ihr Handgelenk: „Stop it! Damn!" Er musste Doro mit seinem ganzen Gewicht an die Wand drücken, um sie zu bändigen. „Sie haben mich herbestellt. Vergessen?"

Langsam wurde ihre Gegenwehr schwächer und erstarb dann ganz. Schwer atmend standen sie in einer engen Umarmung zusammen.

„Verdammt, ich hätte Sie *umbringen* können!" Ihre Stimme schwankte verräterisch. Sie lächelte matt und sah zu der kleinen Holzkelle in ihrer Hand. Es wurde ihr plötzlich klar, wie absurd die Situation war. Doros Körper wurde durch ein hilfloses Lachen geschüttelt, sie prustete in seine Brusthaare. Brian schüttelte den Kopf und grinste.

Nachdem sie sich beruhigt hatte, nahm sie seinen wunderbaren Duft wahr. Er roch ungeheuer männlich, ein Geruch, der ein warmes Gefühl in ihr aufsteigen ließ. Sie erschauderte, und Brian drückte sie fester an sich.

Diese Frau war eine Furie. Ein angenehmes Kribbeln zog durch seinen Bauch.

Er war es gewohnt, den Ton anzugeben. Sie jedoch war absolut unberechenbar und keineswegs so kühl, wie sie vorgab zu sein. Das Spiel begann ihm zu gefallen.

Doro schaute ihn an und machte sich langsam und widerstrebend von ihm los. „Da Sie noch da sind, könnten wir unser Vorhaben einfach in die Tat umsetzen. Gehen wir in die Sauna."

Er schmunzelte. „Dazu bin ich eigentlich hergekommen." Brian ließ sie zuerst eintreten, um schnell seine Hose abzustreifen und sich ein Handtuch um die Hüften zu schlingen.

Als er eintrat, schlug ihm die feuchtwarme Hitze entgegen. Der Dunst duftete nach dem Aufguss, den Doro großzügig über die Steine geschöpft hatte. Fichtennadel mit Birke. Das Luftholen fiel ihm im ersten Moment schwer, dann stockte ihm der Atem für einen Augenblick ganz.

Doro hatte sich auf der obersten Bank ausgestreckt. Sie lag auf ihrem Handtuch und räkelte sich hüllenlos vor seinen Augen. Ihre weiblichen Rundungen waren sehr ausgeprägt, die Brüste voll und jugendlich. Sie legte sich auf die Seite und stützte sich auf ihren Arm. Auffordernd schaute sie ihn an, offenbar hatte sie wieder zu ihrer alten Form zurückgefunden.

Brians Blick ging auf Berg- und Talfahrt, und obwohl sein Körper die Hitze als Zumutung empfand, reagierte seine Männlichkeit. Er bemühte sich nicht, seine Erregung zu verstecken, Sexualität war für ihn jenseits jeder Scham.

Sich das Handtuch von den Hüften zu ziehen, wäre in diesem Moment allerdings nicht sehr stilvoll gewesen. Also setzte er sich, da er sich weder von seinem Handtuch trennen noch die Holzbohlen mit seinem Schweiß tränken wollte. Er streckte die Beine aus und lehnte sich mit dem Rücken an den nächsten Absatz.

*Diese* Frau war etwas Besonderes. Er ahnte, dass sie ihn an seine Grenzen bringen konnte. Und das war genau das, was er wollte. Sie sollte ihn fressen. Es verlangte ihn danach.

Doro hatte ihn mit einem spöttischen Blick bedacht. Jetzt setzte sie sich auf und rutschte hinter ihn. Ihre Beine ließ sie links und rechts an ihm vorbeibaumeln. „Sie sollten sich ein wenig entspannen. Dafür ist die Sauna schließlich da. Haben Sie etwas dagegen, wenn ich ihren Muskeln ein bisschen helfe, locker zu werden?" Doro begann, seinen Nacken zunächst fest und dann immer sanfter werdend zu massieren. Ihre Oberschenkel streiften dabei seine Schultern.

Nach der Sauna saßen sie in ihren Bademänteln und mit warmen Decken über den Beinen in zwei Liegestühlen, um zu relaxen.

Doro hatte die Augen geschlossen und sah sehr entspannt aus. Doch innerlich war sie immer noch aufgewühlt, die sonst so schöne, bleierne Müdigkeit und die Schwere der Glieder nach einem Saunagang wollten sich nicht einstellen. Aber sie war nicht unzufrieden, ein Lächeln umspielte ihre Lippen.

Brian neben ihr bebte. Wie konnte dieses herrliche Weib so gelassen in ihrem Stuhl liegen? Er schloss die Augen und schmunzelte. Sie genoss es, ihn zu quälen, ihn herauszufordern, zu foppen. Sie hatte versucht herauszufinden, wie weit sie ihn reizen konnte, ohne dass er die Fassung verlor.

Doro hatte ihn auf Distanz gehalten. Sie hatte so getan, als sei es das Normalste der Welt, ihm völlig nackt den Nacken zu massieren. Nachdem er literweise Schweiß vergossen hatte, war er dann der Situation entflohen. Sein Kreislauf hatte als Argument herhalten müssen. Seine Gastgeberin hatte ihn begleitet und sich *rührend* um ihn gekümmert. Als sie bei den Duschen angekommen waren, hatte sie unvermittelt ihr Handtuch fallen lassen und ihm das seine ebenfalls weggezogen. Dann hatte sie ihre Arme um seinen Hals gelegt und unbemerkt die Schwalldusche betätigt. Brian hatte den Schock seines Lebens bekommen, als ihm plötzlich geschmolzenes Eis in einem breiten Strahl in den Nacken klatschte.

Doros Brustwarzen waren wie geeiste Himbeeren und hatten sich hart an seinen Oberkörper gedrückt. Er konnte es nicht beschwören, doch er meinte, ihre heißen Lippen genau in dem Moment auf den seinen gespürt zu haben, als das Wasser angriff.

Worauf hatte er sich da nur eingelassen? Was war sein Einsatz?

Er war sich sicher, dass sie seine Seele wollte - zappelnd und zuckend auf eine Tranchiergabel gespießt.

Sein Herz schlug ihm bis zum Hals. Er war bereit zu zahlen.

Brian rutschte auf Doros Liegestuhl hinüber, wobei er sie sanft ein Stück zur Seite schieben musste, damit er sich auf den Rand setzen konnte.

Ohne Umschweife schob er seine Hand durch die Öffnung des Bademantels auf ihre rechte Brust. Er unterließ jede fordernde oder grobe Bewegung. Ihr Busen schmiegte sich in seine Hand.

Sie hatte die Augen nach wie vor geschlossen, nur ihr Atem hatte sich etwas beschleunigt. Das einzige, was er tat, war mit seinem Daumen sanft über ihre Brustwarze zu streichen, bis diese sich hart aufgerichtet hatte. „Was willst du von mir?"

Lächelnd schaute Doro Brian an. „Alles!" Ohne ihn aus den Augen zu lassen, streichelte ihre Hand seinen Oberschenkel hinauf. Sie glitt unter den Bademantel und liebkoste ihn dort mit quälend langsamen Bewegungen.

Genüsslich zog sie ihn zu sich hinunter und ließ ihre Zunge über seine Lippen huschen, die Spitze schlüpfte in seinen geöffneten Mund und wieder hinaus. Sie wiederholte diese Bewegungen rhythmisch, aber entzog sich mehrfach seinen Versuchen, sie zu küssen.

*Komm schon, Mister Casanova, wann hörst du auf, ein Gentleman zu sein?*, dachte sie lüstern, bereit, ihn endlich an die Grenzen seiner Beherrschung zu bringen.

Brian beugte sich über sie, doch sie wand sich flink aus seiner Umarmung. Plötzlich saß er allein auf dem Liegestuhl.

Langsam gefielen ihm ihre Spielregeln nicht mehr, sein Atem ging schnell und er fühlte die Lust durch seine Adern pulsieren. Doro war die Versuchung pur, doch es störte ihn, dass sie selbst so cool und beherrscht blieb. Wo war ihr Einsatz? Er war gerne bereit, sich ihr völlig auszuliefern, aber nicht, wenn sie ihm dabei unbewegt zusah und sich über ihn amüsierte.

Doro blieb in der Tür des Ruheraums stehen und sah ihn verführerisch an. Mit einer kurzen Bewegung ließ sie den Bademantel über die Schultern rutschen. Für einen Moment sah es aus, als würde sie das Kleidungsstück herabgleiten lassen, doch sie hielt den Stoff fest, so dass nur der Ansatz ihrer Brüste sichtbar wurde.

„Wenn du mich fängst, gehöre ich für den Rest des Abends dir." Sie schaute ihm direkt in die Augen. Langsam öffnete sie die Hand, die den Bademantel gehalten hatte, und er landete nun endgültig auf dem Boden. Ihr geschmeidiger Körper schimmerte Brian elfenbeinfarben entgegen.

„Ich werde dich nicht fangen", entgegnete er ruhig. Er trat an sie heran und schob ihr den Bademantel sanft auf die Schultern. Seine Hände blieben dort ruhen.

„Ich will keine Beute." Sein Tonfall war beinahe zärtlich. „Und jetzt ist es besser, wenn ich gehe." Er bedauerte es, sich von Doro zu verabschieden, aber er war nicht bereit, um jeden Preis Sex mit ihr zu haben. „Ich spiele gerne, ich spiele mit dem Körper. Ich begehre, genieße. Ich liebe es, einer Frau Lust verschaffen zu können, und ich liebe es auch, selbst Lust zu empfinden. - Aber ich spiele nicht mit Menschen."

Doro sah ihn entgeistert an; damit hatte sie nicht gerechnet.

Brian ließ sie stehen, damit sie sich ein wenig fassen konnte. Es war ihm unangenehm, dass das Ganze so aussah, als wolle er sie abblitzen lassen. Als er sich angezogen hatte, kehrte er noch einmal zurück. Sie saß auf der Kante des Liegestuhls, den Bademantel locker um ihren Körper gelegt. Mit einem ausdruckslosen Blick sah Doro ihm entgegen und stand langsam auf.

Brian gab ihr einen sanften Abschiedskuss auf die Wange. „Du kannst alles von mir haben, aber ich will deinen Körper nicht als Beute, sondern als Geschenk."

In der Durchgangstür drehte er sich nochmals nach dieser wundervollen Frau um. „Ich würde dich gerne wiedersehen." Vielleicht hatte er ein wenig Angst vor der Antwort. Er wartete sie nicht ab, sondern drehte sich um und ging.

Brian polterte die Treppe hoch und wäre auf dem letzten Treppenabsatz vor der Wohnungstür beinahe mit Allison zusammengestoßen. Er war in Gedanken versunken.

Zu gerne hätte er mit Doro geschlafen, noch immer war sein Körper geradezu elektrisiert. Dabei legte er aber großen Wert auf Respekt. Für ihn war Sex kein gegenseitiges Jagen, sondern gegenseitiges Ausliefern. Ein Zug-um-Zug-Geschäft. Davon hatte er bei Doro nicht viel bemerkt.

Allison holte seine Gedanken auf den Boden zurück. Er hatte sie ziemlich brüsk angerempelt und sie dann reflexartig festgehalten, damit sie nicht stürzte. Die Gesichter dicht voreinander, standen sie sich gegenüber. Allison sah erschrocken zu ihm auf. Er atmete ihr Parfum ein. „War noch niemand zu Hause?" Auf ihr Kopfschütteln entgegnete er leise: „Na dann komm, trink eine Tasse Kaffee mit mir." Er spürte selbst den sinnlichen Ton, den er in die Worte gelegt hatte. Beinahe unbewusst.

Allison gehörte fast zur Wohngemeinschaft. Aus diesem Grund hatte er nie zuvor näheren Kontakt mit ihr in Betracht gezogen. Jetzt aber stand sie vor ihm. Nicht unattraktiv. In ihm pochte hochgepeitschte Lust, und allfällige Konsequenzen waren ihm in diesem Moment egal.

Die Erregung und sexuelle Energie, die Brian verströmte, nahm Allison derart gefangen, dass sie alles affektierte Gezicke förmlich vergaß. Ihre Unterhaltung war ein gegenseitiges Werben, eine Art Balztanz. Es dauerte nicht lange und sie lag in Brians Armen, wo sie die Leidenschaft genoss, die eine andere Frau entfacht hatte ... ♥

Tommy schaute vom Balkon auf den Pool. Langsam langweilte ihn dieser Urlaub. Party machen, lustig sein, Spaß, Spaß, immer nur Spaß! Er seufzte tief, sein Leben war so oberflächlich, nicht nur hier – generell. Da er seinen Urlaubsflirt beendet hatte, und Mona ständig mit ihrer neuen Clique unterwegs war, hatte er jetzt einmal Zeit, um grundlegend über sich selbst nachzudenken.

Wäre er heterosexuell, hätte er jetzt mit vierundzwanzig wahrscheinlich schon den Punkt erreicht, an dem er langsam ein ruhigeres Leben führen wollte. Die wilden Jahre waren vorbei, er hatte sie intensiv, wenn nicht sogar exzessiv genossen. Vielleicht würde er heiraten und eine Familie gründen.

Doch waren ihm diese Schritte leider verwehrt.

Seine flatterhafte Urlaubsbekanntschaft hatte ihm vor Augen geführt, wie wenig er als Mensch eigentlich zählte. Sie hatten aufregenden Sex gehabt, aber das war auch alles, was sie verbunden hatte.

Der Typ hatte Tommy behandelt wie ein exotisches Schoßhündchen. Sein skandinavischer Akzent und sein Aussehen hatten ihn gereizt, aber nicht für sehr lange. Als ihn sein Gefährte an seine Kumpel weiterreichen wollte, war Tommy der Kragen geplatzt. Zum Abschied hatte er ihm ein blaues Auge verpasst.

Bisher hatte Tommy immer sehr viel Wert auf Äußerlichkeiten gelegt, bei sich selbst und auch bei seinen Partnern. Missmutig schaute er sein Spiegelbild in der Fensterscheibe an.

Sein Gesicht war mit den hohen Wangenknochen und dem eckigen Kinn, in dem ein kleines Grübchen auftauchte, wenn er lachte, gut aussehend. Der eigentliche Reiz daran lag jedoch in der kleinen Lücke zwischen seinen Schneidezähnen und den Sommersprossen, die seinen Nasenrücken zierten.

Gefühle? Leidenschaftliche Affären waren mehr sein Ding gewesen.

*Wer bin ich eigentlich?* Tommys Augen verengten sich zu schmalen Schlitzen, als er in die Sonne trat. *Ich fühle mich so hohl wie ein Schokoladen-Nikolaus.* Mürrisch nippte er an seinem Getränk.

*Irgendwann ist der Hintern nicht mehr stramm, das Gesicht voller Falten, und ich bin mutterseelenallein. Die Homo-Ehe ist auf Dauer vielleicht doch keine so blöde Idee.*

Er sehnte sich danach zu wissen, zu wem er gehörte. So *uncool* dieser Wunsch auch sein mochte, es gehörte nun einmal zu den Grundbedürfnissen eines Menschen, geliebt zu werden. Tommy schüttelte resigniert den Kopf, er kannte niemanden, mit dem er auch nur eine längere Beziehung haben wollte.

Er griff nach seinem Handtuch und machte sich auf, um ein paar Bahnen im Pool zu ziehen. Sie würden sowieso bald abreisen, den Kopf konnte er sich auch zu Hause zerbrechen. ♥

Bea und Brian saßen im Auto und quälten sich durch den Stau. Sie wollten Mona und Tommy am Flughafen abholen; unglücklicherweise landete ihr Flieger ausgerechnet zur Berliner Rushhour.

Stillstand. Brian lehnte sich im Sitz zurück und drückte sein Kreuz durch, dann wandte er sich zu Bea. „Sag mal, was macht eigentlich dein schlafender Prinz? Macht er irgendwelche Anstalten, zu den Lebenden zurückzukehren?"

Bea runzelte die Stirn, es war ihr nicht recht, dass Brian von ihren Empfindungen wusste. Eigentlich hatte sie nur John einweihen wollen, doch der Australier war zufällig in die Küche gekommen, als sie sich unterhielten.

Es war typisch für Brian, dass er ihre Gefühle nicht ernst nahm. Oft hatte Bea den Eindruck, dass er sie *überhaupt* nicht ernst nahm.

Sie sah ihn ständig mit anderen schönen Frauen, denen sie ihrer Meinung nach nicht das Wasser reichen konnte - und trotzdem wurden seine Gespielinnen regelmäßig ausgetauscht. Was nutzte ihnen dann am Ende ihr tolles Aussehen? Unwillig antwortete sie: „Nein, leider noch nicht. Ich hatte mir vor einiger Zeit eingebildet, dass er meine Hand gedrückt hätte, doch das war wohl nur Einbildung."

Brian stand der Sinn danach, sie zum Zeitvertreib ein wenig zu necken. Er grinste. „Was treibst du nur mit dem armen Kerl? Er ist völlig wehrlos, fingerst du etwa an ihm herum?" Er zog die Augenbrauen hoch und grinste noch breiter. „Vielleicht ist er gar nicht so gefühllos, versuch doch mal, ihm einen ordentlichen Grund zum Aufwachen zu geben."

Bea sah ihn völlig entnervt an: „Das ist doch unglaublich, was du für eine schmutzige Fantasie hast. Alex kämpft um sein Leben! Ganz realistisch betrachtet kann es noch immer sein, dass sein Hirn schwer beschädigt ist. Es ist möglich, dass er nie wieder unter den Lebenden sein wird." Ihre Wangen hatten sich vor Aufregung gerötet und sie blitzte ihn an.

Kameradschaftlich drückte ihr Brian den Arm. „Sorry, little princess, ich wollte dir nicht wehtun. Aber meinst du nicht, dass dir so ein richtiger Mann, der sich mit dir unterhalten kann, besser bekommen würde?"

„Bisher hatte ich mit diesen *richtigen Männern* nur Pech."

„Okay, du bist schon groß genug, um zu wissen, was gut für dich ist. Melde dich einfach bei mir, wenn du mal in den Arm genommen werden musst, ja?" Brian lächelte Bea an, dann atmete er auf. „Hey, es geht endlich weiter."

Kurz vor der Ausfahrt Richtung Flughafen staute sich der Verkehr wieder. Brian sah besorgt auf die Uhr, langsam wurde es knapp, Mona und Tommy würden wohl auf sie warten müssen.

Doch seine Gedanken waren gerade weit entfernt von den Urlaubern. Allison war eine schnelle Fastfood-Mahlzeit für ihn gewesen. Ganz nett eben, er hatte sie nur benutzt.

Ein wenig fühlte er sich schuldig, weil er eingehend wusste, was Allison von den Eskapaden der Männer im Allgemeinen und im Besonderen hielt. Doch er glaubte schon, sie gut bedient zu haben; die Gute war mit einem zufriedenen Lächeln nach Hause gegangen.

Aber es war nicht Allison, die er nicht aus dem Kopf bekam, es war diese aufregende Frau. Brian konnte es noch immer nicht glauben, dass er sich selbst um den Sex mit Doro gebracht hatte. Wenn sie ihm doch wenigstens einen Schritt entgegengekommen wäre.

Doch manchmal dachte Brian auch, dass er ein unglaublicher Hornochse gewesen war. Was waren schon Prinzipien, wenn man so ein wunderbares Weib haben konnte?

Brian schmunzelte, es gab noch jemanden, der Frauenprobleme hatte: John saß gerade auf heißen Kohlen. Er hatte es vorgezogen, zu Hause auf die Heimkehrer zu warten, außerdem war nicht genug Platz im Auto. Und Mona hatte sich dann vielleicht bereits auf dem Weg ein wenig abreagiert, so dass sie etwas sanfter mit ihm umspringen würde. „Sie ist eine Wildkatze, der man mal die Krallen ein wenig stutzen sollte." Brian murmelte die Worte leise vor sich hin, als sie endlich den Parkplatz ansteuerten.

„Wenn du von Mona sprichst, kann ich nur dazu sagen, dass du ein verbohrter Macho bist."

Brian sah Bea erstaunt an, er hatte nicht damit gerechnet, dass sie ihn verstanden hatte. „*Ich* soll ein Macho sein?" Er lächelte gewinnend.

„Wie er im Buche steht. Und ich wünsche dir, dass mal eine Frau so richtig Schlitten mit dir fährt." Sie lächelte zuckersüß zurück.

Er grinste bei der Vorstellung. Es konnte durchaus sein, dass er dazu genau die Richtige gefunden hatte.

„Hejsan, kära vänner! Wir dachten schon, ihr hättet uns vergessen." Mona sprang von ihrem Sitz hoch und lief fröhlich auf sie zu. Dabei schüttete sie Tommy ihren frischen Kaffee halb über die Jeans.

Er fluchte zwischen zusammengebissenen Zähnen. „Hallo, liebe Freunde", übersetzte er für die beiden, die seine Schwester fragend ansahen. Dabei versuchte er, die noch immer heiße Hose von seinem Bein fern zu halten.

Unter großem Getöse wurden die Heimkehrer begrüßt. Tommy schnappte sich Bea und drückte sie so lange, bis ihr fast die Luft wegblieb, dann krönte er die Begrüßung mit einem dicken Kuss.

Grinsend stand er danach vor seinem Mitbewohner und schaute ihn fragend an. „Komm schon, alter Schwede!" Brian nahm ihn in die Arme und drückte ihn kurz an sich.

„Wo ist dieser nichtsnutzige amerikanische Schürzenjäger?" Mona sah sich suchend um.

„Sei nicht so streng mit ihm, er hat die ganze Zeit gelitten wie ein Hund." Bea hakte sich freundschaftlich bei ihr ein. „Wenn du wüsstest, wie hart es ihn getroffen hat, dass du sofort abgehauen bist."

Brian schaute Bea vernichtend an, es war John bestimmt nicht recht, wenn diese Plaudertasche Mona sein Leid vor die Füße legte.

Er atmete tief durch und sprang für John in die Bresche. „Er hat es getragen wie ein Mann. Nun gut, er hat einen Fehler gemacht, aber es war nicht nett von dir, ihn so auflaufen zu lassen. Du hättest wenigstens mit ihm reden können."

Abschätzend sah Mona ihn von der Seite an. „Ihr Männer steckt doch alle unter einer Decke. So, wie du mit deinem Samen um dich wirfst, ist es nicht weiter erstaunlich, dass du seinen Fehler als sehr klein ansiehst."

Tommy hatte die Stirn in Falten gelegt und verfolgte die Unterhaltung angestrengt. Er versuchte zu verstehen, worum es eigentlich ging. Mona hatte ihm absolut nicht verraten wollen, was vorgefallen war. Doch die Andeutungen halfen ihm auch nicht viel weiter.

Er vermutete, dass John irgendetwas Saudummes gemacht hatte, nachdem er bei der Party mit seinem Lover abgezogen war. Doch er wusste nicht, ob er richtig lag.

Entnervt fragte er dazwischen: „Kann mir bitte mal jemand sagen, was John Furchtbares getan hat?" „Nein!" schallte es ihm von drei Seiten entgegen. „Ich gehe Zigaretten holen, falls mich jemand vermissen sollte." Wutschnaubend ging Tommy in Richtung Duty-free-Shop.

Eine ganze Zeit später saß Tommy auf seinem Bett und versuchte Musik zu hören. Draußen vor seiner Zimmertür flogen die Fetzen. Hin und wieder zog er unwillkürlich den Kopf ein, wenn es krachte.

Mona und John ‚unterhielten' sich über ihre Beziehung, eine Diskussion, auf die die meisten Männer sowieso gerne verzichteten. Doch wie er seine Schwester kannte, hatte John keine Wahl. Er musste sich dieser Tortur aussetzen.

Da sie aufgebracht durch die Gegend liefen, während sie lautstark ihre Argumente austauschten, war die gesamte Wohnung zum Kriegsschauplatz geworden.

Leise klopfte es an Tommys Tür. Bea steckte den Kopf hinein und schlüpfte, mit einer Teetasse bewaffnet, in sein Zimmer. „Hallo, darf ich bei dir um Asyl bitten? Mein Zimmer liegt direkt neben Monas, da ist es mir im Moment zu ungemütlich."

Tommy lächelte, einladend hob er seinen Arm.

Bea setzte sich neben ihn auf das Bett und kuschelte sich an ihn. „Danke, ich glaube, lange hätte ich das nicht mehr überlebt. Hoffentlich sind sie bald fertig mit ihrer Zofferei, ich hasse es dabei zu sein, wenn schmutzige Wäsche gewaschen wird."

Tommy wuschelte ihr über den Lockenkopf. „Ich bin jetzt zumindest im Bilde über Johns grausames Vergehen, sie haben sich die Brocken laut genug an den Kopf geworfen. Wenn ich es richtig sehe, hat er keine Frau gepimpert oder ernsthaft belästigt. Warum Mona daraus so einen Affenaufstand macht?"

Bea sah ihn entrüstet an. „Er hatte seinen Kopf an ihrem *Busen!*"

„Na und? Ich könnte mit ihren Titten jonglieren, das wäre bestimmt genauso unschuldig, wie seine kleine Kuschelpause an ihrem Dekolleté. Zufällig weiß ich, dass er sie vorher als blöde Gans bezeichnet hat, die ihn ständig anbaggerte. John war von der Frau genervt."

„Mit Titten jonglieren?" Bea schaute Tommy fragend an. „Hast du keine anderen Hobbys?"

Er grinste breit. „Ich wollte nur andeuten, dass ich an diesen Dingern kein Interesse habe. John in diesem Falle auch nicht, deshalb sollte Mona ihn nicht ganz so heftig zerfleischen."

Die Tür öffnete sich wieder und Brian kam schnell in den Raum. Aufatmend ließ er sich neben den beiden auf dem Bett nieder.

„Hi, sie sind gerade im Badezimmer, wenn wir es schaffen, sie in die Wanne zu locken, können wir sie kalt abduschen. Vielleicht kommen sie dann wieder zu sich?" Brian verdrehte die Augen.

„Meinst du, das bringt irgendetwas? Sie schütteln sich nur, und dann geht es weiter." Bea zuckte resigniert mit den Schultern. „Sie haben sicher noch einiges zu klären, bevor wieder Ruhe herrscht."

Tommy stupste Brian an: „Ich bin ja nicht neugierig, aber worum geht es gerade?"

„Wow, deine Schwester ist eine wahre Furie. Im Moment beharken sie sich, weil John denkt, dass sie im Urlaub rumgevögelt hat. Es geht darum, wer welche Rechte an wem hat." Brian zuckte mit den Schultern. „Das Klassische eben, nicht weiter interessant. Aber ihr müsst euch einen anderen Berichterstatter suchen, ich muss jetzt gleich zur Arbeit. Ich warte nur, dass ich ins Bad kann." ♥


Bea ging wie selbstverständlich um den Schreibtisch im Schwesternzimmer herum und setzte sich. Verstohlen schweifte ihr Blick über den Flur. Natürlich war niemand in der Nähe, sie hatte mal wieder Nachtdienst, und es war spät. Die Kollegin, mit der sie die Schicht teilte, war gerade erst zu ihrem Kontrollgang aufgebrochen. Sie seufzte erleichtert, Heimlichtuereien waren einfach nichts für ihre Nerven.

„So, dann wollen wir mal sehen, was wir über dich haben." Sie sagte es extra laut, um sich selbst Mut zuzusprechen. Mit bebenden Händen öffnete sie die Patientenakte von Alexander von Schauenburg.

Keine Eintragung bei seinem Familienstand.

„Mist!" Gerade das hätte sie brennend interessiert, aber die Akten wurden auf dieser Station eher lieblos geführt.

Kontaktadresse - das mussten seine Eltern sein - in einer Villengegend. „Oh, nein!" Bea drückte sich die Hand auf den Mund. Offensichtlich war Alex nicht ihre Kragenweite, er schien aus einer reichen Familie zu kommen.

Seine eigene Adresse lag in Berlin Friedrichshain. Kein gehobenes Viertel, aber zur Zeit chic bei der jungen Highsociety, wie sie in einem Stadtanzeiger gelesen hatte. Es gab dort viele alte Häuser mit Dachgärten, die als Penthouse angeboten wurden.

Sie versank in ihren Gedanken und schaute verträumt auf das Papier, bis die Buchstaben zu tanzen begannen. Das Wort „Cinderella" tauchte aus der Tiefe ihres Bewusstseins an die Oberfläche.

„Wenn Sie Langeweile haben, sollten Sie sich demnächst etwas zum Lesen mitbringen. In Patientendaten zu schnüffeln ist ja wohl kaum der richtige Zeitvertreib, Schwester Bea." Die Leiterin der Inneren Station, die sich ebenfalls auf dem Flur befand, stand hinter ihr und schaute ihr über die Schulter.

Bea schreckte zusammen und sah schuldbewusst in das verwelkte Gesicht der Frau. Schwester Hildegardis war eine der letzten Nonnen, die als aussterbende Generation ihren Dienst in der Klinik leisteten. Die Schwesterntracht gab ihr einen Ausdruck der Strenge, den sie durch ihr Auftreten noch verstärkte. Bea hatte gehörigen Respekt vor ihr.

Sie unterdrückte den ersten Impuls, der sie fast dazu gebracht hätte, vor der älteren Kollegin strammzustehen. Doch Bea konnte nicht verhindern, dass sie vor Verlegenheit errötete.

Ausgerechnet Schwester Hildegardis, ‚der Drache', wie sie sie scherzhaft nannten, musste sie ertappen.

„Nein, Entschuldigung, das ist nicht so, wie es aussieht", stammelte sie hilflos und räumte die Akte schnell wieder ein.

Die Stationsleiterin gab ein Geräusch von sich, das an ein Knurren erinnerte und warf Bea einen Blick voll grimmiger Genugtuung zu. Dann entfernte sie sich mit dem schwebenden Gang, der es ihr erlaubte, sich nahezu lautlos fortzubewegen.

„Was ist los? Du bist ein wenig blass unter deinen Sommersprossen, Häschen." Heidi, ihre Kollegin, war zurück von ihrem Rundgang und drückte ihr eine Tasse Kaffee in die Hand.

Bea lächelte sie erleichtert an, das Auftauchen von Schwester Hildegardis hatte ihr eine Gänsehaut beschert. „Es ist nichts weiter, ich hatte nur so eine Art Erscheinung." Sie trank einen Schluck der heißen Brühe.

Heidi grinste breit. „Oh ja, der Drache kann einem schon einen mächtigen Schreck einjagen, wenn er so über die Flure geistert. Ich habe sie noch gesehen", erklärte sie augenzwinkernd.

„Kannst du bitte kurz die Wache übernehmen? Ich habe noch etwas zu erledigen." Bea ging nach Heidis Nicken in Alex' Zimmer.

Sie hatte den Blick durchaus wahrgenommen, den sie ihr zugeworfen hatte. Es stimmte also, die Kollegen machten sich bereits über sie lustig, weil sie für einen Komapatienten schwärmte.

„Egal. Meine Gefühle gehen sie nichts an." Bea setzte sich zu Alex ans Bett und griff nach seiner Hand. Die Wärme überwältigte sie jedes Mal, und sie drückte sie an ihre Lippen. Dann streichelte sie die gebräunte Haut und sah sich die Ringfinger genauer an. Kein weißer Streifen. Noch nicht einmal ansatzweise.

*Er verkehrt bestimmt in Kreisen, in denen das Tragen eines Ehe- oder Verlobungsrings als unschicklich gilt. Wäge dich nicht in Sicherheit,* tönte es in ihren Gedanken hämisch. *Vielleicht ist er nicht frei, aber er wird bemerken, wie viel er mir bedeutet, wenn er erwachen sollte.* Sie legte seine Hand an ihre Brust und küsste sie dann verzweifelt.

*C i n d e r e l l a !* Bea schloss die Augen, war sie wirklich so unscheinbar und uninteressant? Würde er sich für sie interessieren? Würde er sie überhaupt wahrnehmen?

Er sah gut aus, wahrscheinlich buhlten die Partygirls nur so um seine Aufmerksamkeit. *Und am Ende nützt ihnen ihr tolles Aussehen nichts, sie werden trotzdem ausgetauscht.* Sie schaute erstaunt auf, der Gedanke erinnerte sie an jemanden aus ihrem nächsten Umfeld.

*Ja, Brian ist auch so ein Mistkerl.*

Bea stand vor dem hohen Haus und versuchte in der Dunkelheit Einzelheiten zu erkennen. Alex' Name stand auf dem obersten Klingelschild, ihm gehörte also die Dachwohnung.

Alles passte ins Bild.

Sie war vorher schon bei der Adresse seiner Eltern vorbeigefahren, um dann festzustellen, dass ihr Besuch vor einem kunstvoll verzierten Gittertor zu Ende war. Das Wohnhaus war inmitten eines weitläufigen Parks nur zu erahnen.

Sie schaute sich um und wunderte sich über die teuren Limousinen, die am Straßenrand parkten. Bea streichelte über den Kotflügel eines Jaguars. „Geh nach Hause zu deiner bösen Stiefmutter", dachte sie traurig. ♥


Tommy stand frierend vor der Haustür, seine Hände tief in den Hosentaschen vergraben. „Mein Gott, ist das armselig", murmelte er vor sich hin, "es ist Samstagabend!"

Er schaute zum Haus, das Licht im Treppenhaus war gerade angesprungen, es schien jemand herunterzukommen. Missmutig legte er die Stirn in Falten und setzte sich langsam in Bewegung. So unschlüssig er auch war, was er nun unternehmen sollte, er wollte sich nicht die Blöße geben, beim Herumlungern vor der Tür erwischt zu werden. Bea hatte ihn streng genommen rausgeschmissen.

Er hatte gar nicht gewusst, dass sie an den Wochenenden immer zu Hause war, wenn sie nicht gerade Dienst hatte. Es hatte ihn ziemlich geschockt, wie man den Samstagabend so verbringen konnte. Doch allmählich dämmerte ihm, warum sie einen Abend vor der Glotze dem „Nachtleben" vorzog …

Tommy hatte nicht die leiseste Ahnung, wohin er gehen sollte.
Nachdem er beschlossen hatte, die Szenelokale und In-Schuppen, die er sonst mit seiner Clique besucht hatte, zu meiden, fühlte er sich vollkommen entwurzelt. Auf die ganzen Typen hatte er auch keine Lust mehr. Er hatte nun einmal erkannt, wie oberflächlich diese Beziehungen waren und festgestellt, dass sie ihm nichts mehr gaben.
Mit seinen Rockabilly-Kumpeln rumzuhängen, war keine besonders tolle Alternative. Machogequatsche musste er sich nicht antun.
Wenn sie gemeinsam Musik machten, sprachen sie eine Sprache, aber ansonsten teilten sie weder Einstellungen noch Meinungen. Es war schon manchmal nicht ganz einfach, sich bei Dingen, die die Band betrafen, zu einigen. Und außerdem wussten sie nicht, dass er schwul war, es ging sie auch nichts an.
An der Straßenecke blieb er stehen und drehte sich noch einmal um. Gerade konnte er noch erkennen, dass Brian hinter seinem Bus herrannte, um dann noch schnell hineinzuspringen.
*Das arme Buschbaby muss arbeiten.* Ein Grinsen huschte über sein Gesicht. *Schade, mit dir hätte der Abend vielleicht noch gesellig werden können.*
Zu Brian hatte er ein seltsames Verhältnis; nein, Freundschaft war es nicht. Sie verstanden sich auf einer eigentümlichen Basis sehr gut. Tommy foppte ihn immer wieder gern, indem er ihm mindestens den Allerwertesten tätschelte, wenn er ihm in der Wohnung über den Weg lief. Es bereitete ihm ein unheimliches Vergnügen zu sehen, wie Brian mit sich selbst kämpfte: Der Australier war bezüglich Homosexuellen etwas prüde, er mochte sie nicht besonders.
Aber er mochte Tommy.
Mit einem tiefen Seufzer machte er sich in Richtung seines Tonstudios auf. In einem kleinen Nebengebäude auf einem Hinterhof, eingeschlossen von hohen Wohnhäusern, hatte er einen Aufnahmeraum, der auch als Proberaum für seine Band diente.
Die technische Ausstattung war längst nicht auf dem neuesten Stand, aber mit Fingerspitzengefühl und einem musikalischen Ohr konnte er wahre Wunder am Mischpult vollbringen.
Er hatte anfangs nur ihre eigene Musik unter dem kleinen Label veröffentlicht, doch es hatte sich bereits herumgesprochen, dass er etwas konnte. So hatte er einige Aufträge bekommen, und es wurden ständig mehr.
Tommy hatte nichts dagegen, Geld zu verdienen, doch langsam artete es in Arbeit aus, seine Aufnahmen termingerecht fertig zu bekommen. Eigentlich hatte er das Studio nur zum Spaß eingerichtet - es lag ihm nicht besonders, sich irgendeinem Druck auszusetzen.
Bisher hatte er sich immer geweigert erwachsen zu werden und genau so gelebt, wie es ihm in den Sinn kam. Die regelmäßige Finanzspritze aus Schweden

36

machte es ihm leicht, um die Härten des Lebens herumzuschippern.

„Skit!*" Nach einigem Gezerre und einem kräftigen Fußtritt schwang die alte Holztür endlich auf, das Schloss hatte sich verabschiedet und hing nun traurig herunter.

Genervt strich Tommy sich die Tolle aus dem Gesicht, die bei der Aktion ihren Halt gänzlich verloren hatte und ihm nun fransig in die Stirn hing. „Das ist ein Zeichen!", brummte er. „Ich werde mir endlich ein vernünftiges Gebäude suchen, am besten auf einem Fabrikgelände."

Nachdem er sich einen Kaffee gekocht hatte, begann er an dem Song zu arbeiten, der neu arrangiert werden sollte. Aber es hatte keinen Zweck, er konnte sich einfach nicht konzentrieren.

Er hatte dieselbe Sequenz einige Male neu zusammengemischt und war noch immer nicht zufrieden mit dem Ergebnis. Nachdenklich gab er der nackten Glühbirne, die über dem Mischpult hing, einen Stoß.

Sollte sein Leben jetzt so aussehen? Arbeiten am Samstagabend, weil er nichts Besseres zu tun wusste? Oder mit Bea vor dem Fernseher verschimmeln? Vielleicht hatte Bea Lust mit ihm in die Spätvorstellung zu gehen? Kino, Popcorn, nicht mehr allein sein?

Tommy grinste breit, wahrscheinlich war sie noch immer stinksauer auf ihn. Sie hatte sich einen Liebesfilm angeschaut, und er hatte sie mit seinen Kommentaren bis zur Weißglut gereizt. Schlecht war der Film nicht, aber er hatte Langeweile gehabt und hatte sie lieber geärgert, als ihn mit anzusehen.

Ob Brian wohl der richtige Gesprächspartner wäre? Nachvollziehen konnte er die Sorgen und Nöte eines Schwulen wahrscheinlich nicht, aber Tommy legte grundsätzlich großen Wert auf seine Meinung. Und er hatte das dringende Bedürfnis, über seine Probleme zu reden.

Es war noch viel zu früh. Bis zu Brians Feierabend würde es noch einige Stunden dauern, doch er konnte ja in der Bar, die zu dem Restaurant gehörte, ein paar Bierchen trinken.

Er räumte kurz auf und deckte die Plastikplane wieder über die technischen Geräte. Große Wasserflecken unter der Decke zeugten davon, dass das Dach undichte Stellen hatte. Bisher war noch kein Regen durchgetropft, aber man konnte nie wissen.

Mit gerunzelter Stirn untersuchte Tommy die Überreste der Holztür, „Ett sådant elände!*", knurrte er durch die Zähne.

Nach einigem Suchen fand er in der Unordnung, die in den Regalen herrschte, ein altes Fahrradschloss, mit dem er notdürftig die Tür verschließen konnte.

---

Scheiße!
So ein Mist!

37

Sicher war sein Equipment so nicht, aber weiter konnte er sich heute nicht um die Sache kümmern.

Es herrschte nach wie vor schmuddeliges Novemberwetter, Tommy war unschlüssig, ob er zu dem Restaurant laufen sollte. *Lass dir den Wind um die Ohren wehen, vielleicht hilft es ja.*

Nass und durchgefroren kam er endlich an und benutzte den Eingang, der ihn direkt in die Bar führte. Eigentlich war sein Aufzug nicht so ganz passend, da es sich um ein Restaurant der gehobenen Klasse handelte, aber an der Cocktailtheke fühlte er sich nicht zu deplatziert. Auf der Toilette brachte er sich ein wenig in Ordnung und kämmte sich die feuchten Haare. Das Hemd, das er unter seiner Lederjacke trug, war noch halbwegs trocken, was man von seiner Jeans leider nicht sagen konnte - der Stoff klebte unangenehm an seinen Beinen. Er ging mit seinen Fingern noch einmal durch das Haar, damit er nicht zu abgeleckt aussah. „Wie ein Wikinger auf Raubzug", hatte seine Mutter immer gesagt, und ihm die Haare, die ihm ins Gesicht gefallen waren, aus der Stirn gestrichen.

Tommy grinste sich im Spiegel an. Nun ja, es kam zwar gerade nicht darauf an, aber er war ganz zufrieden mit seinem Aussehen.

Gedankenverloren schmunzelte er vor sich hin, als er auf die Cocktailbar zuging. Erst als er an der Theke angelangt war, hob er den Blick, um seine Bestellung abzugeben. Er hatte die Worte bereits auf den Lippen, als er stockte: Der Barkeeper hatte die unglaublichsten Augen, die er jemals gesehen hatte.

Als er ihn ansah, konnte Tommy keinen Laut mehr von sich geben. Um den Mann nicht wie ein Idiot anzustarren, täuschte er schnell einen Hustenanfall vor und winkte mit einem gequälten Lächeln ab. Tommy brauchte unbedingt Zeit, um die Fassung zurückzugewinnen. Das war ihm noch nie passiert.

Dezent hob der Mann hinter der Bar die Hand und winkte mit zwei Fingern der neuen Kellnerin, die heute mit ihm Dienst hatte. Die junge Frau hob den Kopf und zog die Augenbrauen hoch, um ihm zu zeigen, dass sie ihn bemerkt hatte. Sie machte einen Schritt auf ihn zu.

Er sprach leise, aber bestimmt, ohne den Blick länger als eine Sekunde von seinem neuen Gast abzuwenden. „Maria, organisieren Sie bitte in der Küche ein Handtuch. Der Herr kommt aus dem Regen."

Er sah sich nicht um, um abzuwarten, ob seinen Anweisungen Folge geleistet wurde. Stattdessen schob er einen leeren Untersatz auf das glänzende, kirschbraune Holz der Theke.

Der Barmann wusste um die Magie seiner Augen. Seine Oma in Kalamata hatte immer auf die Macht der Götter in seinem Blick geschworen. Vermutlich hatte sie damit aber von der Thematik ablenken wollen, dass es in seiner Ahnenreihe außer ihm niemanden gab, der keine braunen Augen hatte.

Tatsächlich hatte er ein seltsames Leuchten in den Augen. Dabei spielte es keine Rolle, ob er draußen am Meer stand oder im zwielichtigen Dunkel einer Bar. Er selbst schrieb es der Farbe zu, einer schwer zu beschreibenden Nuance irgendwo zwischen Azurblau und Meergrün. Nicht immer konnte er mit diesem Charisma umgehen. Die liebste Zeit im Jahr war ihm der Sommer. Da konnte er sich hinter einer Sonnenbrille verbergen.

Jetzt senkte er für einen Moment gnädig den Blick.

Aus einem Metallkorb fischte er Limonen für die Zubereitung eines Caipirinha. Dennoch ließ er den Kontakt zum Gast nicht abbrechen. Seine Hand berührte den bereits zurechtgelegten Untersatz. Ein freundliches Lächeln verriet seine Aufmerksamkeit, obwohl sein Blick noch immer auf die Arbeitsplatte gerichtet war.

„Einen Schweizer Kräuter gegen den Husten, einen Whisky, damit keine Erkältung draus wird, oder ein Glas Wein für die durchnässte Seele?"

„Whisky!" Tommy war aus seiner Erstarrung erwacht und brauchte jetzt unbedingt etwas Hochprozentiges. Der Klang der Stimme seines Gegenübers hatte ihn elektrisiert, seine Nerven vibrierten, und sein Puls raste. „Bitte", fügte er leise hinzu, als ihm auffiel, dass es etwas unhöflich geklungen haben musste.

„Dumbom, du verdammter Schafskopf", murmelte er, stützte seine Ellbogen auf den Tresen und verbarg sein Gesicht in den Händen. Der große, dunkelhaarige Mann mit den ungewöhnlichen Augen hatte ihn völlig unerwartet mitten ins Herz getroffen. Am liebsten wäre er tief in der Erde versunken und unterdrückte nur mühsam den Impuls, sich umzudrehen und das Weite zu suchen.

Er schluckte und spähte vorsichtig zwischen zwei Fingern hindurch. Als er sah, dass der Barkeeper diskret versuchte, so zu tun, als ob er sein seltsames Verhalten nicht bemerkte, tauchte er wieder auf.

Das gefüllte Glas stand bereits vor ihm, Tommy nahm einen entschiedenen Schluck. Die Wärme des Getränkes breitete sich in seinem Körper aus und beruhigte seine bebenden Nerven. Mit einem Zug leerte er das Glas und stellte es wieder hin. „Hallo, ich bin Tommy. Könnte ich bitte noch so einen haben?"

Der Caipirinha wanderte zu einem bunten Cocktail auf ein Servierta-blett, das der Barmann seiner Kollegin hinschob. Maria bedankte sich bei ihm. Als Gegenleistung drückte sie ihm das Handtuch aus dünnem Frottee in die Hand, das sie vom Maître de Cuisine ergattert hatte.

Er schob dem jungen Mann, der gerade den Whisky wie einen billigen Ouzo runtergeschüttet hatte, das Handtuch über das polierte Holz. Gleichzeitig räumte er das leere Glas ab.

„Ich arbeite für Sie, Tommy. Wenn Sie einen Whisky bestellen, bekommen Sie einen Whisky. Waren Sie mit dem ‚Four Roses' zufrieden oder kann ich Ihnen ein anderes Label anbieten?" Seine Mundwinkel ließen ein kaum merkliches Schmunzeln erkennen. Er konnte sich nicht vorstellen, dass sein Gast beim Herunterkippen den Geschmack gewürdigt hatte.

„Danke, das war völlig okay." Der Whisky legte sich dämpfend auf Tommys aufgewühlte Gefühle und ließ das Lächeln auf seinem Gesicht entspannter wirken.

Mit dem Handtuch wischte er sich die Tropfen ab, die unaufhaltsam aus den Haaren in seinen Kragen liefen. Dann wurde es ihm im Vorbeigehen von Maria wieder sanft aus der Hand genommen.

Langsam fand Tommy Gefallen daran, dass ihm die Wünsche von den Augen abgelesen wurden. Ob das wohl bei jedem Wunsch so war?

Bei diesem Gedanken traf er den Blick des Barmanns und ihm wurde gleichzeitig heiß und kalt. Er musste etwas zu ihm gesagt haben, zumindest schaute er ihn an, als warte er auf eine Antwort.

Da platzte Souschef Gerster durch die Tür neben der Bar. Er kam zielstrebig hinter den Tresen, wo er sich zu voller Größe hinter dem Dienst habenden jungen Griechen aufrichtete. Seine Bemühungen um diskretes Auftreten waren oberflächlich. „Herr Kouros", raunte er ihm wenig freundlich in den Nacken und wartete, dass dieser sich in voller Aufmerksamkeit zu ihm umdrehen würde.

Nur diesen Gefallen tat ihm der Barkeeper nicht. Das scharfe Messer, mit dem er soeben eine Orange halbiert hatte, hielt lediglich einen Moment inne. Er warf halbherzig einen Blick über die Schulter.

Sein Hintermann schnaubte beleidigt. Er sprach leise. Seine Haltung sollte jedoch klarmachen, wer hier das Sagen hatte: „Wir sind kein Hotel und kein Wellness-Betrieb, der Bademäntel an seine Kunden ausgibt. Nicht, dass Sie etwa auf die Idee kommen, bei diesem Wetter jedem Gast ein Handtuch auszuteilen."

Gab es heute in der Küche so wenig zu tun, dass sich der stellvertretende Küchenchef mit derartigen Lappalien auseinander setzen konnte?

Kouros legte das Messer beiseite. Er wandte sich um und leckte sich klebrigen Saft von Daumen und Zeigefinger. Da er wesentlich größer war, schaute er Gerster gelangweilt von oben herab an. Er deutete auf die Tür: „Sie produzieren fünf Sterne in der Küche. Ich produziere die fünf Sterne an dieser Bar. Wenn nötig, mit einem Handtuch. Wenn nötig, mit *fünfzehn* Handtüchern. Und jetzt verlassen Sie bitte meinen Arbeitsbereich."

Der Mann im weißen Kochkittel öffnete den Mund, um etwas zu sagen, schloss ihn jedoch wieder, ohne ein Wort gesprochen zu haben. Tatsächlich trat er den Rückzug an. Mit grimmiger Miene.

Das Corpus delicti, das Handtuch, das Maria wieder mit hinter die Theke gebracht hatte, lag neben der Spülmaschine. Als der Eindringling sich in der Tür nochmals umwandte, warf Kouros ihm das Handtuch hinterher. Gerster fing das Bündel reflexartig. Ihre Blicke trafen sich, doch keiner von beiden sprach ein Wort. Der Souschef verschwand mit dem Handtuch in der Küche. Vermutlich war er nun wütend. Doch das störte den Chef de Bar nicht.

„Entschuldigung", kehrte er zu der Frage zurück, die er zuvor seinem Gast gestellt hatte, „möchten Sie ein Glas Wasser zum Whisky?"

„Nein danke, ich glaube besser nicht. Sonst kann ich das wunderbare Aroma nicht genießen." Tommy grinste jungenhaft und schaute ihn direkt an, was er zuvor lieber vermieden hatte. Der Blick aus seinen klaren, blauen Augen war warm und weich.

Wie konnte er den anderen aus seiner freundlichen Distanz locken? Unter normalen Umständen hätte es seinen Jagdinstinkt geweckt, ihn in seine Arme und möglichst sein Bett zu befördern.

Doch die Situation war eine völlig andere: Tommy hatte Angst, Angst einen Fehler zu machen, sich alle Möglichkeiten zu verbauen. Sein Selbstbewusstsein, das ihn sonst nie verlassen hatte, schmolz dahin.

„Es tut mir Leid, wenn Sie Ärger wegen mir hatten. Das war gut pariert, toller Wurf."

Kouros lachte und warf Maria, die gerade hinter die Bar getreten war, einen schelmischen Blick zu. „Vielleicht werfen wir das nächste Mal mit Geschirr?" Dann legte er beschwichtigend eine Hand auf den Arm, den Tommy auf die Bar gestützt hatte. „Keine Sorge. Der mag mich auch sonst nicht."

In dem Moment, da er sein Gegenüber berührte, veränderte sich der Ausdruck in seinen Augen. Die Wärme von Tommys Haut strömte prickelnd durch seinen Körper. Sein Magen zog sich zusammen und produzierte eine seltsame Empfindung, die sein Herz schneller schlagen ließ. Schnell nahm er seine Hand weg. Mit einer Mischung aus Neugier und Irritation schaute er den Schweden an.

Brian Oakley kam genau im richtigen Moment. Der Volontär hatte Feierabend und wollte gerade gehen. Manchmal nahm er noch einen Drink an der Bar. Wenn ihm das Publikum zusagte und je nachdem, wer an der Bar arbeitete.

Er ließ sich neben Tommy auf den Barhocker fallen und klopfte ihm auf die Schulter. „Was in aller Welt hat dich denn zu uns verschlagen?" *Noch nichts los in der Stadt?* Hatte er eigentlich noch hinzufügen wollen. Aber Tommy wirkte seit seiner Rückkehr aus dem Urlaub verändert, er schien in einer Krise zu stecken. Seine Verwunderung konnte Brian jedoch nicht verbergen. Die gehobene Bar gehörte nicht zu dem Ambiente, in dem der junge Wilde sich bis heute zu Hause gefühlt hätte.

„Hi, Leon", begrüßte er seinen Kollegen an der Bar. „Gerster würde dich töten, wenn du jetzt in die Küche kämst." Er grinste. Brian war einer der wenigen Männer, die über ausreichend Selbstbewusstsein verfügten, das Charisma des Barchefs neben sich ertragen zu können. Der Maître de Cuisine, der Chef de Restaurant und Kouros waren ein eingespieltes Team. Sie strahlten Macht aus, ohne sie auszuüben. Drei Männer mit Präsenz und Auftreten, die den Betrieb im Griff hatten. Wer an Arbeitsleistung oder Charakter mit diesem Dreigestirn nicht mithalten konnte wie Souschef Gerster, rieb sich auf und brach irgendwann an einem der Felsen.

Der Barmann schmunzelte bloß über Brians Bemerkung. „Wen inter-essiert Gerster? - Schön übrigens, mal jemanden aus deinem Umfeld kennenzulernen." Während er sprach, stellte er drei eisgekühlte Gläser auf die Theke und angelte eine Flasche mit klarem Schnaps aus dem Frigor. Er füllte die Gläser bis zum Rand. „Der geht aufs Haus." Auffordernd hob er sein Glas. Er stieß kurz mit Brian an, dann wandte er sich an Tommy: „Freut mich, dich kennenzulernen, Tommy. Ich heiße Leon."

„Es freut mich ebenfalls." Tommy hob sein Glas und lächelte ihn an.

Nach einem kurzen Blick in die Runde stellte er fest, dass keine Gäste mehr in der Bar waren. Da er sich nicht an Leon herantraute, nahm er Brian vertraulich in den Arm und drückte ihm ein Küsschen auf die Wange. Auffordernd schaute er Leon an. „Wie wäre es, hast du ein wenig Zeit, diesen angebrochenen Abend zu feiern? Komm doch mit zu uns, dann trinken wir noch ein gepflegtes Bierchen zusammen. Ich kenne die Kurse hier nicht, aber ich denke mal, dass wir auf etwas zu teurem Pflaster unterwegs sind, oder?"

„Danke für die Einladung, aber ich bin müde und habe morgen niemanden für die Mittagsschicht. Ein anderes Mal gerne."

Brian Oakley hatte den größten Teil der Heimfahrt geschwiegen. Als sie aus dem Bus stiegen, konnte er sich allerdings nicht mehr zurückhalten: „Wenn du dir noch einmal erlaubst, mich in der Öffentlichkeit zu küssen, werde ich dir ohne zu zögern eine reinhauen!" Seine Augen blitzten Tommy gefährlich an. Er war echt sauer.

Während er die Neigung seines Mitbewohners tolerierte, fühlte er sich von ihm verarscht und durch den Kakao gezogen. „Ich mag dich Tommy. Aber irgendwo gibt es Grenzen."

So hatte er Brian noch nicht erlebt, es erschien ihm klüger, ihn nicht weiter zu reizen, bevor er sich etwas beruhigt hatte. Als sie die Wohnung betraten, hatte sich eine Spannung zwischen ihnen aufgebaut, die man fast anfassen konnte. Trotzig stellte sich Tommy vor Brian - auf die Gefahr hin, einen Kinnhaken zu kassieren. Er musste die aufgestauten Gefühle des Abends irgendwo abreagieren. „So, jetzt haben wir die Öffentlichkeit verlassen und betreten unser Liebesnest." Er wusste auch nicht, was ihn geritten hatte, doch er legte seine Lippen auf Brians und begann ihn sanft zu küssen.

Brian stieß ihn überrascht von sich. „Sag mal, spinnst du?" Sein erster Reflex war, Tommy nun tatsächlich einen auf die Nase zu geben. Er hatte ihn auch schon im Nacken gepackt, um ihn zumindest kräftig zu schütteln. Dann hielt er in der Bewegung inne.

Irgendetwas hielt ihn zurück und bewog ihn dazu, sein Vorhaben zu ändern. Im Moment wusste er nicht, wohin mit seiner sexuellen Energie. Sie machte ihn völlig kopflos, also handelte er vermehrt aus dem Bauch.

Er zog Tommy am Nacken zu sich. Der männliche Duft, der ihm in die Nase stieg, als er sein Gesicht an seinem Hals verbarg, war nicht unerotisch. Er netzte mit seiner Zunge Tommys Halsbeuge, bevor er mit den Lippen die Haut des Schweden ertastete und ihn schließlich herausfordernd biss. „Okay boy ... show me. But I want more than a kiss."

Tommy war erstaunt, doch die Gefühle, die in ihm hochstiegen, kamen ihm nicht ungelegen. Er platzte vor Testosteron! Brian hatte ihm schon immer gefallen, und die Situation erregte ihn zusätzlich, denn er hatte noch nie einen Mann geliebt, der vollkommen unerfahren in diesen Dingen war.

Kraftvoll zog er ihn an sich, so dass ihre Unterkörper sich berührten. Tommy legte den Kopf in den Nacken, und es entfuhr ihm ein tiefes Stöhnen - sie waren beide bereit.

„Brian, ich, ich kann jetzt nicht zärtlich sein ..., ich werde dich mit einer Leidenschaft lieben, die kein Halten kennt, wenn ich einmal anfange. Willst du das ... wirklich?"

Die Tatsache, dass er während seiner Worte nicht aufhörte, Brian aus seinem Hemd zu befreien, und dann begehrlich seine Hände über seinen Körper gleiten ließ, zeigte, dass die Frage eher rhetorischen Charakter hatte, und vielmehr eine Warnung darstellte. Seine geübten Finger öffneten die Jeans, und er bewegte sich mit hungrigen Küssen abwärts.

Brian schob Tommy erneut von sich, der Blick des Schweden konnte die Enttäuschung nicht verbergen. Statt eine Erklärung abzugeben, steuerte Brian mit offener Hose und heraushängendem Hemd in die Küche. Minuten später kehrte er mit einer Flasche Champagner zurück und schob den jungen Mann in sein Schlafzimmer. „Ich habe keine Angst vor deiner Leidenschaft."

In der Tat war er neugierig. Sonst war er es meist, der die Zügel in der Hand hatte. Wie würde es sein, die Führung abgeben zu können? Der Gedanke reizte ihn.

Als er die Tür schließen wollte, registrierte er überrascht, dass ein dunkler

Schatten durch den Spalt geschlichen kam. Adonis, Tommys Kater, war ihm auf den Fersen gefolgt. Das Tier war sehr verfressen und reagierte sofort auf die Restaurantgerüche, die unterschwellig an Brians Kleidung hafteten. Mit hochgerecktem Schwanz rieb er sich an seinen Beinen.

Der Australier fluchte verhalten. Er kannte diese übertriebene Anhänglichkeit bestens, schließlich war er schon oft genug in der Dunkelheit fast über Adonis gefallen, wenn er sich spät von der Arbeit in die Wohnung geschlichen hatte.

„What the hell …? Tommy, kannst du dem Vieh bitte klarmachen, dass es hier vollkommen überflüssig ist?"

Tommy grinste spitzbübisch. „Keine Sorge, er hat schon eine Menge mitbekommen, wir werden ihn nicht verderben." Trotzdem nahm er den Kater hoch und setzte den laut Protest Miauenden vor die Tür. „Du hast allerdings Recht, dass Katzenhaare im Champagner nicht besonders erotisch sind. Nun mach schon, ich verdurste!"

Der Korken knallte, und Brian fing den Schaum mit seinem Mund auf. Dann trat er auf Tommy zu, der sich auf der Bettkante niedergelassen hatte. „Mach den Mund auf."

Der Schwede legte seine Hände auf Brians Hüften und zog ihn näher. Gehorsam legte er den Kopf in den Nacken und ließ sich den schäumenden Champagner in den geöffneten Mund schütten. Ein breiter Schwall des prickelnden Getränks lief über seine nackte Brust, so dass sich seine Brustwarzen erregt aufrichteten.

Dann warf Tommy Brian schwungvoll auf das Bett und kniete über ihm. „So, Baby, jetzt bist du dran!" Übermut funkelte in seinen Augen. ♥


Der junge Grieche stand vor dem Spiegel und betrachtete nachdenklich seine leuchtenden grünen Augen. Dann drehte er den Hahn auf und hielt den Kopf unter das eisige Wasser. Vielleicht verhalf ihm das zu einem klaren Kopf.

Wenig später kehrte er in sein Schlafzimmer zurück, aber er konnte nicht schlafen. Die Erinnerung an Tommys Berührung machte ihn ruhelos. Was war nur mit ihm geschehen?

Nachdenklich betrachtete er seinen Reisepass. Er lehnte am Fenster und hatte sich eine Zigarette angezündet. Der Rauch entfloh in die kühle Nachtluft. Zum wiederholten Mal las er seinen Namen in dem Dokument: Leonidas Nikos Kouros. Eigenartig fremd tanzten die Buchstaben vor seinen Augen. Wo gehörte er hin? Irgendetwas in ihm geriet in Bewegung. Was ihm im Moment blieb, war sein Name im Pass. Der blieb derselbe, gab ihm Halt.

Es drängte ihn, Tommy wiederzusehen. Er war neugierig, mehr über den Mann herauszufinden. Herauszufinden, was zwischen ihnen abgelaufen war. ♥

Obwohl alle Beteiligten den großen Streit bei ihrer Rückkehr überlebt hatten, hatte sich der Rauch über dem Schlachtfeld noch nicht verzogen. Bei jedem Zusammentreffen lagen sich John und Mona wieder in den Haaren und wirbelten den Staub erneut hoch. Kein Anlass war ihnen zu unbedeutend, so dass sich das Leben in der WG für alle Bewohner zurzeit sehr anstrengend gestaltete.

Bea schlich über den Flur, ihr fehlte das fröhliche Lachen, das sonst immer aus irgendeinem Winkel der Wohnung gekommen war, wenn die anderen ebenfalls zu Hause waren.

Ihre eigene Stimmung war auch nicht besonders. Es lag ihr arg auf der Seele, was sie bei ihrer Sherlock-Holmes-Aktion herausgefunden hatte. Alex schien aus einer anderen Welt zu kommen, die mit der ihren wenige Berührungspunkte hatte. Aber vielleicht hatte er ja genug von Jet-Set und Luxus?

„Hej, Süße, weißt du, wo Brian ist?" Tommy steckte den Kopf aus seiner Zimmertür und schaute sie fragend an.

„Ich glaube, er schläft noch. Er ist spät von der Arbeit gekommen." Bea sah den jungen Schweden erstaunt an, denn nach dieser Information schien er zu beschließen, dass er nun gefahrlos in die Küche gehen konnte.

„Wenn du deine Dreckwäsche demnächst nicht vernünftig in die Truhe werfen kannst, wasche ich nicht mehr für dich. Schau dir den Mist mal an, alle Socken sind auf links gezogen und total verdreht Von deinen Unterhosen sprechen wir besser nicht." Mona war völlig außer sich und schrie John die Worte wütend entgegen. Sie warf mit einem schmutzigen Strumpf nach ihm, der ihn verfehlte und Bea durch die Badezimmertür fast ins Gesicht geflogen wäre.

Abrupt blieb sie stehen und drehte sich auf dem Absatz um. Bea hatte nicht vor, sich wieder in einen Streit hineinziehen zu lassen. Zielstrebig steuerte sie auf die Küche zu, um Tommy Gesellschaft zu leisten.

„Jetzt hör aber auf, du bist nun einmal mit Waschen dran. Was kommt als Nächstes? Die offene Zahncremetube? Das kleinkarierte Gewäsch kannst du dir schenken!" John begann aufgebracht, seine Socken zu entwirren und warf sie Mona vor die Füße.

Verschlafen rieb sich Brian die Augen. Er stand in der Badezimmertür und betrachtete fassungslos die Szene. Vor allem schaute er sehnsüchtig zur Toilette. Seine Blase lief bald über, er wünschte sich inständig, dass die beiden Kampfhähne sich einen anderen Schauplatz für ihren Kleinkrieg suchten.

„Bitte, jetzt reißt euch mal zusammen. Seit Mona wieder aus dem Urlaub da ist, könnt ihr euch nicht einigen, ob das Handtuch rot oder grün ist." Brian hatte so kurz nach dem Aufstehen wenig Verständnis für Haarspaltereien.

„Es ist blau!", fuhren sie ihn wie aus einem Mund an.

Brian grinste breit. „Na seht ihr, es gibt ja doch noch Hoffnung." Trotz seiner vollen Blase ging er lieber noch kurz in die Küche. Das konnte noch etwas dauern. Doch er war sehr zufrieden mit dem Ergebnis, Mona und John hatten zunächst den Faden verloren und kümmerten sich schweigend weiter um die Wäsche.

Der Australier schlurfte auf die Anrichte zu und schüttete sich einen Kaffee ein. Er setzte sich an den Esstisch zu Bea und Tommy. Mit hochgezogenen Augenbrauen quittierte er die Anwesenheit seines Mitbewohners, er hatte ihn schon seit Tagen kaum zu Gesicht bekommen.

Sie hatten am Morgen nach der gemeinsamen Nacht nicht weiter über den Vorfall geredet. Tommy war unter die Dusche gegangen und hatte sich dann in sein eigenes Zimmer verzogen.

Für Brian war es eine bahnbrechende Erfahrung gewesen, ähnlich der, als er zum ersten Mal mit einer Frau geschlafen hatte. Der junge Schwede war nicht direkt sanft mit ihm umgegangen, aber seine Kraft zu spüren hatte ihm gut gefallen. Dieser Sex war so ganz anders, überaus aufregend und wirklich nicht schlecht.

Er hatte darüber nachgedacht, seinen Horizont noch ein wenig zu erweitern und die faszinierende Sache mit Tommy zu vertiefen. Doch dieser hatte sich rar gemacht und schien sorgsam darauf zu achten, nicht allein mit Brian zu sein.

Tommy wirkte etwas unruhig. Nervös zog er an seiner Zigarette, als er fühlte, wie Beas Augen prüfend über ihn glitten.

„Was machen die zwei Turteltäubchen? Haben sie sich schon zu Frikassee verarbeitet oder geht es noch?" Sein Lächeln fiel etwas schief aus, als er Brians Blick traf. Der Australier angelte nach der Zigarette in seiner Hand und nahm einen tiefen Zug, dann reichte er sie wieder rüber.

„Das geht schon, die Anlässe werden langsam unwichtiger. Bald geht ihnen sicher die Energie aus." Lächelnd betrachtete er Tommys Gesicht; er musste unwillkürlich daran denken, welchen Ausdruck es im Zustand höchster Lust gehabt hatte. Die Erinnerung erregte ihn, und mit einem unangenehmen Ziehen machte sich seine volle Blase wieder bemerkbar.

„Ich schaue mir den letzten Stand des Schauspiels noch einmal näher an, zumindest muss ich mal dringend ins Bad." Aus den Augenwinkeln konnte Brian noch wahrnehmen, wie Tommy sich erleichtert entspannte, als er den Raum verließ.

Wahrscheinlich war es besser, wenn er seine frisch entdeckte homophile Ader zunächst wieder auf Eis legte. ♥

# 3

## Heißkalter Jahresausklang

Brian klopfte an Tommys Zimmertür. Es war halb zwei Uhr nachts, aber unter der Tür verriet ein Lichtschimmer, dass der Musiker noch nicht schlief. „Tommy? Trinkst du noch ein Bier mit uns? Leon ist mitgekommen."
Als Tommys Kopf im Türspalt erschien, runzelte Brian plötzlich die Stirn. „Sag mal, willst du eigentlich was von dem?" Der Gedanke war ihm vorher gar nicht gekommen, erst jetzt, da der Barkeeper ihre Wohnung betreten hatte. „Leon ist nicht schwul", fügte er deshalb sicherheitshalber hinzu. Natürlich nicht, ohne die Stimme zu senken.
Tommy strich sich die Haare aus dem Gesicht, nachdenklich schaute er ihn an - Brian verdiente seine Ehrlichkeit, das war er ihm schuldig. „Ja." Er hoffte, ihn nicht zu verletzen, die Frage hatte seltsam geklungen. Es war eigentlich nicht die Art des Australiers, sich so abfällig auszudrücken, zumal er Leon mochte. Konnte es sein, dass Brian *eifersüchtig* war?
„Hast du es schon ausprobiert, oder warum meinst du das so genau zu wissen? Und wie ist es mit dir? Bist du schwul?" Tommy lächelte spöttisch.
Brian sah ihn grimmig an, er war nicht besonders scharf darauf, dieses Gespräch zu führen. Tief in seinem Inneren fühlte er einen Stachel, der sich aufrichtete, als Tommy zugab, an Leon interessiert zu sein. „Zieh dir etwas an und komm. Ich gehe das Bier holen."

Leon hatte sich unterdessen im Wohnzimmer umgesehen und stand nun mit dem Rücken zur Tür am Fenster. Sein Blick schweifte gedankenverloren in die Nacht. Es war dunkel in der Ecke, Brian hatte nur eine kleine Lampe angeschaltet.
Leons Silhouette wirkte unbeugsam und mächtig in dem düsteren Zwielicht. Das schwache Leuchten der gegenüberliegenden Straßenlaterne verlieh seinem südländischen Teint einen blassen Schimmer.
Tommy betrat den Raum und betrachtete den Griechen, sein Herz schlug schneller. Leon hatte sein Spiegelbild in der Fensterscheibe gesehen und wandte sich zu ihm um.

„Hej, min älskling*, wie geht es dir?" Tommy lächelte schelmisch, als er nach seinem Gruß Leons fragenden Blick auffing. „Schwedische Höflichkeit", log er frech. Er hatte nur seine Jogginghose an, da er schon fast im Bett gewesen war. Vor seiner nackten Brust baumelten zwei große Anhänger an einer groben silbernen Halskette.

Brian kam mit drei Bierflaschen in einer Hand in den Raum, in der anderen hielt er eine Schüssel mit Erdnüssen. Tommy ging ihm entgegen, um ihm die Flaschen abzunehmen.

„Die unerwarteten Partys sind immer noch die besten." Erwartungsvoll ließ er sich in den Ohrensessel aus Korbgeflecht sinken und machte es sich im Schneidersitz bequem. Brian betrachtete mit einem Stirnrunzeln seinen Aufzug und verließ noch einmal den Raum, um etwas zu holen.

Leon setzte sich zu Tommys Rechten auf das gemütliche Sofa und nahm die Bierflasche entgegen, die er ihm reichte. Er bot ihm eine Zigarette an und gab ihm Feuer. Dann steckte sich Leon ebenfalls einen Glimmstängel zwischen die Lippen und inhalierte einen tiefen Zug.

Tommy konnte den Blick einfach nicht von Leon abwenden. Doch wenn sie sich in die Augen sahen, kribbelte es in seinem Magen, dass er es kaum aushalten konnte. Er wurde zappelig und hoffte, dass Brian schnell zurückkam.

„Ich habe gerade Musik gehört, sie rauscht noch immer durch meine Adern. Sorry, es braucht immer einige Zeit, bis ich wieder halbwegs normal werde."

Leise sang Tommy den Song, der ihm noch durch den Kopf ging und schloss dabei die Augen:

„I want to walk with you, talk with you all night long - and there's no better time than tonight when I get you under the stars above - put your lips to mine with your kiss so fine, oh yeah - just to be with you baby tonight is my one desire ..." Obwohl er nicht laut sang, konnte Leon hören, dass er eine schöne, tiefe Stimme mit kräftigem Volumen hatte.

„So ganz normal bin ich eigentlich selten, oder?" Der Schwede grinste Brian an, der gerade mit einer Tüte Chips hereinkam.

In diesem Moment kam Adonis, Tommys Kater, ebenfalls in den Raum stolziert. Er hatte offenbar mit der Weihnachtsdekoration gespielt und sich heftig in irgendeinem Flitterkram verheddert. Sein Herr erschien ihm wie eine Rettungsinsel. Jedenfalls sprang er auf ihn zu, so gut es mit seinen Anhängseln ging, und rollte sich wie selbstverständlich auf seinem Schoß ein.

Die drei Männer sahen sich an und begannen amüsiert zu lachen.

Brian schüttelte den Kopf. „Also wenn ihr beide nicht aus einem Wurf seid,

---

* Hallo, mein Liebling

dann weiß ich es auch nicht. Einer verrückter als der andere."

„Ich fürchte, ich muss mal dringend zur Toilette." Leon stand auf und verschwand mit einem entschuldigenden Lächeln in Richtung Tommy aus dem Raum.

Im Bad angekommen atmete er tief durch, dann schaute er wieder sein Gesicht prüfend im Spiegel an. Was war nur mit ihm los? Tommys Nähe hatte sein Herz wieder zum Rasen gebracht. Diese tiefe Sympathie. War er der Freund, den er sich immer gewünscht hatte?

Seine innere Welt, wie er sie gekannt hatte, zerfiel zusehends in ihre Einzelteile und formierte sich neu. Leon kannte den Mann nicht, der ihm aus dem Spiegel entgegensah.

Als er wieder ins Wohnzimmer kam, war die Atmosphäre spannungsgeladen. Es hatte nicht direkt Streit zwischen Tommy und Brian gegeben, doch die Stimmung war gereizt. Schweigend tranken sie ihr Bier. Leon versuchte eine Unterhaltung über belanglose Themen in Gang zu bringen, doch Brian gab sich nach wie vor etwas verschnupft. Unter dem Vorwand, er sei todmüde, verabschiedete er sich nach kurzer Zeit. „Leon, sei mir bitte nicht böse, aber wir sollten das Treffen ein anderes Mal wiederholen. Heute ist nicht mein Tag, wir sehen uns im Betrieb." Brian lächelte und warf dann Tommy einen finsteren Blick zu. Leon nickte ihm kurz zu. „Schlaf gut, wir sehen uns morgen."

Endlich war Tommy mit Leon allein, ein Wunsch, der in ihm schlummerte, seit er den stattlichen Griechen zum ersten Mal gesehen hatte ... Aber die Befangenheit, die er schon zu Beginn ihres Treffens gespürt hatte, stand zwischen ihnen wie eine Mauer.

Leon fragte sich, warum Tommy in seiner Anwesenheit so unsicher war. Um ihn abzulenken, schaute er sich die Kette um seinen kräftigen Hals genauer an. Sein Finger strich über das warme Metall. Er hatte sich schon die ganze Zeit gefragt, ob es das war, wonach es aussah. Fragend schaute er Tommy in die Augen. „Ist das eine Hundemarke?" Der junge Schwede grinste. „Ja, ein Geschenk meiner Schwester. Mona war in Amerika und kam dort an einem Army-Shop vorbei. Da konnte man sich die Erkennungsmarken, wie sie die US-Marines tragen, mit seinen eigenen Daten prägen lassen. Sie meinte, ich käme damit nicht so schnell unter die Räder. Ich habe ihr versprochen, sie immer zu tragen."

Leon nahm die beiden Anhänger mit den abgerundeten Ecken in die Hand und schaute sie sich genauer an. „Tomkins Ullbrandsson", murmelte er gedankenverloren. Was zog ihn nur so zu dem jungen Mann hin? Seine Nackenhaare sträubten sich.

„Tommy, ich glaube, wir sollten den Abend auch langsam beenden. Es war ein anstrengender Tag, und es ist spät. Sollen wir demnächst etwas zusammen unternehmen? Es würde mich sehr freuen." Leon lächelte ihn aufmunternd an. Tommys Miene hellte sich auf. „Gern, meldest du dich, wenn du Zeit hast?" „Ich rufe dich an." Leon schaute auf die Uhr. „Und jetzt sollte ich schauen, dass ich ins Bett komme." ♥


Brian saß am Esstisch, er war gerade von der Arbeit gekommen und versuchte, bei einer Tasse Kaffee abzuschalten. Bei ihm wirkte Koffein wie ein Schlafmittel, zumindest konnte er danach gut schlummern, wenn ihm nichts anderes den Schlaf raubte.

„Shit, wir haben hier ein ernstes Kaffeeproblem, nie schmeckt das Gesöff, wenn man es gerade braucht." Resigniert machte er sich daran, eine neue Kanne anzusetzen. Wenig später hielt er eine dampfende Tasse des aromatischen Getränks in der Hand und trank es mit kleinen Schlucken.

Brian ließ seine Gedanken schweifen, doch er konnte sie nicht davon abhalten, sie kreisten immer wieder um diese wundervolle, erotische, gefährliche, dominante Frau. Doro! Er wollte sie, jede Faser seines Körpers wollte sie. Sie und ihre verfuckten Spielchen.

Er seufzte, er brauchte jetzt Schokolade, doch sicher hatten John und Bea keinen Krümel übrig gelassen. Vorsichtshalber suchte er ein wenig in der antiken Anrichte, doch es war so, wie er es erwartet hatte, seine beiden Mitbewohner sahen die Süßigkeit als Lebensmittel an. Für ihn war sie mehr ein Notfallprogramm, doch dafür musste er wohl eine Tafel im Arzneischrank verstecken.

Stattdessen schenkte er sich noch einen Kaffee ein.

Langsam wurde es zur Besessenheit. Ständig dachte er darüber nach, warum Doro und er keine Basis fanden, auf der sie sich begegnen konnten.

Brian grinste, er musste wieder an die Episode mit Tommy denken. Zum ersten Mal in seinem Leben hatte er sich einfach treiben lassen. Und es hatte ihm gefallen. Er *konnte* also die Zügel aus der Hand geben, das war doch ein Anfang.

Mit Sicherheit würde Doro versuchen, ihn so lange zu triezen, bis er ihr halb wahnsinnig vor Lust aus der Hand fraß, das gab ihr das Gefühl von Macht. Sie respektierte ihn überhaupt nicht, er reizte sie als Opfer. Das verstieß gegen alle seine Prinzipien. Wenn er sie dazu bringen könnte, ihm bei ihren Eskapaden zumindest die Selbstachtung zu lassen ... Sie war derart unberechenbar, dass er sich schwer tat, sich gerade in ihre Hände zu begeben.

Es reizte ihn trotzdem. Vielleicht sollte er es einfach darauf ankommen lassen, Abenteuerlust stieg in ihm hoch. Warum sollte er ihr nicht die Genugtuung gönnen?

Ein Blick auf die Uhr sagte ihm, dass es ein Uhr nachts war, doch es war auch

50

Samstag, sie würde nicht unbedingt schlafen.

"C'mon Baby, let's play!" Er griff nach seiner Jacke und stürmte aus dem Haus.

Die Weihnachtsbeleuchtung an den Fenstern des kleinen Hauses brannte noch. Brians Herz schlug zum Zerspringen, als er auf den Klingelknopf drückte. Er hörte eine Bewegung hinter der Tür, dann fragte eine Stimme forsch: „Wer ist da?" Er grinste erleichtert, es deutete darauf hin, dass sie allein war, wenn sie um diese Zeit selbst öffnete.

„Ich bin's nur, Brian, bitte mach auf!" Er rechnete damit, in die Mündung einer Waffe zu schauen, doch es tat sich zunächst gar nichts an der Tür. Dann öffnete sie sich einen Spalt breit, die Kette blieb vorgelegt. Neugierig spähte Doro zu ihm hinaus; er sah durchgefroren aus, aber er lächelte sie gewinnend an. Mit einem Ruck schwang die Tür auf, sie stand in einem ausgebeulten Jogginganzug und mit wirren Haaren vor ihm. „Brian! Was willst du mitten in der Nacht hier?"

Brian schmunzelte, er hielt eine Tüte mit Brötchen hoch. „Nun, ich wollte dich fragen, ob du mit mir frühstücken möchtest. Aber ich bin wohl etwas zu früh dran? Soll ich später wiederkommen, möchtest du zuerst duschen?"

„Verrückter Kerl. Komm erst mal rein." Sie strich sich die Locken aus dem Gesicht und schlang schnell ein Band herum

„Ich habe dir noch jemanden mitgebracht, aber ich muss dir gleich sagen, dass ich der Hübschere von uns beiden bin." Feixend drückte er Doro einen Plüschelch mit roter Nase in die Hand; in dem Tier verbarg sich eine gute Flasche Wein.

„Da wäre ich mir aber nicht so sicher, er ist ein nettes Kerlchen."

„Ich hätte diesen pervers aussehenden Weihnachtsmann nehmen sollen." Brian schnitt eine Grimasse. Er sah sich interessiert um, er hatte sich schon gefragt, wie Doro lebte. Die Einrichtung war sehr gemütlich, sie hatte einen guten Geschmack.

Als sie sich im Wohnzimmer gegenüberstanden, schaute sie ihn ernst an. „Also, warum bist du hier?"

Brian räusperte sich. „Ich sagte bereits, ich würde gern mit dir gemeinsam frühstücken. Wenn du magst, könnten wir vorher die Flasche Wein leeren und uns unterhalten?" Er streichelte sanft ihre Wange und schaute ihr ruhig in die Augen. „Vielleicht könnten wir auch später dort weitermachen, wo wir in der Sauna aufgehört haben? Für mich wäre es in Ordnung, wie ist es mit dir?" Er küsste zärtlich ihre Wange, dann wanderten seine Lippen zu ihrem Hals. „Ich weiß nicht, wie weit ich deine Erinnerung auffrischen muss?", flüsterte er ihr ins Ohr.

„Halt, so geht das nicht!" Störrisch schob Doro ihn von sich.

„Okay." Brian atmete tief durch. „Wenn wir schon die Spielregeln ausdiskutieren müssen, dann bitte gemütlich bei einem Glas Wein. Ein wenig gedämpftes Licht? Vielleicht noch etwas zum Knabbern?"

„Gut, setz dich. Ich ziehe mich schnell um. Wenn du magst, kannst du die Flasche schon einmal öffnen ..." Sie deutete vage in eine Richtung. „In Küchen kennst du dich ja aus."

Brian seufzte, es war genauso, wie er es sich vorgestellt hatte - Doro hätte ihn schwer enttäuscht, wenn sie einfach auf sein Friedensangebot eingegangen wäre.

Nach kurzem Suchen hatte er sich einen Überblick in ihren Küchenschränken verschafft. Den Korkenzieher und die Weingläser zu finden war kein Problem. Die Dame hatte Stil, anerkennend betrachtete Brian die elegante Form der Gläser. Der Flaschenöffner gehörte zur Kategorie Profiausstattung, er hätte auch an Leons Bar herumliegen können. Mühelos entfernte er den Korken.

In der Obstschale entdeckte er eine Mango, er hielt sie an die Nase und prüfte ihre Reife. Der Duft war angenehm und auf sinnliche Weise erotisch. Mit einem scharfen Messer filetierte er die Frucht fachmännisch in mundgerechte Stücke und drapierte sie auf einem Teller. Balancierend mit Flasche, Gläsern und dem Teller machte sich Brian dann auf den Rückweg ins Wohnzimmer.

Er war gespannt, was Doro anziehen würde.

An der Garderobe seiner Gespielinnen hatte er immer im Voraus feststellen können, ob er schon beim ersten Treffen zum Zuge kam. Amüsiert hatte Brian mit sich selbst gewettet und fast immer gewonnen.

Doch Doro war nach wie vor ein Buch mit sieben Siegeln für ihn.

Würde die Gottesanbeterin ihn verspeisen oder würde sie ihn heute noch einmal verschonen? Es kribbelte in seinem Magen, er war zu allem bereit.

„So, ich hoffe, ich habe dich nicht zu lange warten lassen." Freundlich lächelnd setzte sie sich zu ihm. Brian schaute sie mit offener Bewunderung in seinem Blick an, sie sah atemberaubend aus. Sie wollte augenscheinlich nicht den Eindruck erwecken, sich bei der Auswahl ihrer Kleidung zu viel Mühe gegeben zu haben, doch die Jeans mit der lässigen Bluse ließ sie jugendlich und natürlich erscheinen.

„So viel Rücksichtnahme von dir? Ich dachte eigentlich, es macht dir Spaß, mich auf die Folter zu spannen?" Mit einem süffisanten Lächeln reichte er ihr das Glas.

„Das tut es auch, aber nicht dann, wenn du es erwartest." Ihr Blick senkte sich tief in seine Augen, das Kribbeln in seinem Magen verstärkte sich.

„Brian, was hast du gerade gemeint, als du vorgeschlagen hast, wir könnten dort weitermachen, wo wir aufgehört haben? Ich dachte, mein Spiel hat dir nicht zugesagt?" Sie lächelte in ihr Weinglas und nahm einen Schluck, genießerisch schloss sie die Augen. „Hmmm, ein guter Tropfen. Hast du nicht gesagt, du spielst nicht mit Menschen? Ich frage mich, womit dann?"

Brian schmunzelte in sich hinein, sie hatte die Messer gewetzt. Jetzt wollte sie kämpfen. „Du weißt genau, was ich gemeint habe." Seine raue Stimme klang sanft, er versuchte sie nicht zu reizen. „Ich spiele nicht mit Menschen in dem Sinne, dass ich sie nicht erniedrige, nicht mit ihren Gefühlen spiele."

Doch Doro war ein schlafender Vulkan, kurz vor dem Ausbruch.

„Worum geht es hier? Es geht um Sex, oder? Bei jedem anderen würde ich diese Gefühle-Nummer glauben, aber nicht bei dir. Du weißt ganz genau, was purer Sex ist. Und du genießt ihn." In ihren Augen tanzten kleine Funken. „Alles, was ich will, Brian Oakley, ist, dass du dich in meine Hand begibst, dass du mir vertraust. Ich spiele harmlose Spielchen, ich füge dir keine Schmerzen zu, ich möchte einfach nur bestimmen, *wann* ich mich dir hingebe und *wie*."

Doro lief aufgebracht vor dem Sofa hin und her, mit ihrem Weinglas vollführte sie ausladende Bewegungen, so dass sein Inhalt wild schwappte.

„Was in aller Welt hat das mit Erniedrigung zu tun? Gut, vielleicht bin ich dominant, vielleicht bist du das auch, verdammt, in jeder Beziehung muss ausgeknobelt werden, wer oben liegt. Zumindest, wenn es mehr als einen Bewerber gibt. Aber der Unterlegene muss sich nicht unbedingt erniedrigt fühlen, oder? Die meisten Frauen übernehmen diese Rolle sogar freiwillig. Nicht-dominant heißt noch lange nicht devot!"

Brian nutzte schnell den Moment, in dem sie nach diesem Ausbruch Atem holen musste. Er nahm sie sanft in den Arm und zwang sie dazu, stehen zu bleiben. Vorsichtig nahm er ihr das Glas aus der Hand und stellte es auf den Tisch.

Seine innere Stimme riet ihm davon ab, ihr seinen Standpunkt weiter darzulegen, obwohl er es gern getan hätte. Er würde nichts weiter erreichen, als dass sie sich heftig stritten. Wenn er das gewollt hätte, hätte er sich den Besuch sparen können. Doch er würde später noch einmal darauf zurückkommen, dass sie ihn anscheinend für einen gefühllosen Sexfanatiker hielt.

„Doro, bitte beruhige dich. Ich bin gekommen, um dir zu sagen, dass ich deine Regeln akzeptiere. Ich will nicht unbedingt oben liegen, aber vielleicht darf ich es ab und zu?"

Irritiert schaute sie ihn an. „Du bist einverstanden?"

Etwas zögernd antwortete er, er klang nicht so richtig überzeugt: „Ja, irgendwie schon, doch bitte, lass mir ein wenig Selbstachtung, okay?" Brian schaute ihr in die Augen, er atmete tief.

Doro lächelte ihn an, warm stieg ein Gefühl in ihr hoch, doch sie schob es sofort zur Seite. Sie streichelte durch sein Haar und küsste ihn für einen kurzen

Moment. Als er jedoch versuchte, den Kuss zu erwidern, biss sie ihn zart in die Lippe und überspielte die Situation. „He, wo hast du mein Glas hingestellt? Ich verdurste!"

Wortlos reichte Brian ihr den Wein, er dachte resigniert darüber nach, ob er jetzt überhaupt einen weiteren Versuch starten sollte, sich Doro zu nähern. Doch er hatte nichts zu verlieren. Das war sein Part. Sie erwartete von ihm, dass er nicht lockerließ, wie sollte sie ihn sonst abblitzen lassen?

Nachdem Brian sich neben sie gesetzt hatte, nahm er ihre Hand. Langsam führte er die Handfläche an seinen Mund und küsste sie, seine Zunge begann sie zu liebkosen und an ihren Fingern entlangzustreichen.

„Brian." Doros Stimme hatte einen heiseren Unterton. „Sag mir, was du jetzt am liebsten mit mir machen würdest."

Er lächelte. „Stehst du auf Dirty Talking, Babe?"

„Lenke nicht ab, sag schon!" Gespannt sah sie ihn an, ihr Atem hatte sich leicht beschleunigt. Sie überließ ihm weiterhin ihre Hand, die er gedankenverloren streichelte.

„Okay", er atmete tief durch, „ich würde dich gern weiter mit meiner Zunge verwöhnen – nein, nicht, wie du jetzt denkst, da sind wir noch lange nicht angekommen. Mit deinen süßen Zehen würde ich anfangen. Meine Zunge und meine Lippen würden sie reizen, bis sie vibrieren und jede Berührung in einer erregenden Welle aufnehmen.

Dann würde ich langsam mit meinem Mund hinaufwandern und deine Kniekehlen küssen und liebkosen. Hat das schon mal jemand bei dir gemacht?" Brian streichelte sie sanft am Oberschenkel und ließ einen Finger in die besagte Region gleiten.

„Nein, nicht anfassen, du sollst es mir nur beschreiben. Finger weg!" Scherzhaft schlug sie ihm auf die Hand und schob sie zur Seite. „Komm schon, erzähl weiter."

„Die Bluse knöpfe ich jetzt ganz gemächlich mit den Zähnen auf. Wenn ich deinen Busen halb freigelegt habe, tauche ich mit meiner Nase ab in das wunderbare Tal dazwischen, um deinen Duft so richtig zu genießen. Meine Zunge nimmt deinen Geschmack auf und kitzelt dich an dieser verborgenen Stelle."

Brian schluckte und trank von seinem Wein. Doro schaute ihn gebannt an, zumindest konnte er sich der Aufmerksamkeit dieses kleinen Luders sicher sein.

„Ich gebe dir ein kleines Küsschen auf die Nasenspitze und küsse dich dann leidenschaftlich auf deinen reizenden Mund. Du öffnest ihn für mich, damit meine Zunge mit deiner einen heißen Tanz starten kann." Er nahm ein Stück Mango und führte es über ihre Lippen, sie ließ es sich in den Mund schieben, und Brian leckte genüsslich den Saft von ihrem Mundwinkel. Er unternahm noch einen zarten Versuch, sie zu küssen, doch sie schob ihn entschieden zurück.

„Na, nicht unartig werden. Es scheint dir doch zu gefallen." Doro klopfte kurz mit der Hand auf seine ausgebeulte Hose. Brian zuckte zusammen und unterdrückte ein Stöhnen.

Nachdem er ihr weitere prickelnde Details offenbart hatte, schaute er sie auffordernd an. „Und was ist mit dir, gefällt es dir auch?" Sein Herz schlug ihm bis zum Hals.

„Weißt du, du scheinst ein sehr guter Liebhaber zu sein. Es ist wirklich eine Schande, dass du heute auf diesem Sofa schlafen wirst."

Er atmete tief durch und schloss die Augen. Das hatte sie sich fein ausgedacht, aber er würde nicht betteln. „Gut, wenn es dich so kalt gelassen hat, was ich dir erzählt habe, dann brauchen wir es auch nicht in die Tat umzusetzen. Dann ist es besser, wenn ich hier übernachte." Brian lehnte sich gemütlich zurück.

Verführerisch sah Doro ihn an. „Würde es dich nicht unheimlich aufregen zu wissen, dass ich direkt nebenan in einem durchsichtigen Spitzennachthemd liege und *vielleicht* sogar auf dich warte?"

Er bebte, doch feixend sagte er, „Nein, ich denke das wäre mir ziemlich egal."

Sie ging zur Tür und drehte sich noch einmal um. „Na komm schon, Cowboy!"

Grinsend folgte er ihr. *Fein gemacht, Fifi, komm, hol dir deinen Knochen*, dachte er süffisant. Er hoffte inständig, dass sie ihn nicht noch länger zappeln ließ, sonst wäre es absolut möglich, dass er doch noch seine guten Manieren vergaß. ♥

John ging langsam die Treppe zum obersten Deck der großen Fähre hinauf. Es war eisig draußen und der Wind schlug ihm unangenehm ins Gesicht. Mona lehnte an der Reling und sah über das Wasser. Obwohl sie ihren Schal bis über die Ohren gewickelt hatte, riss eine Böe an ihrem Haar und ließ es wild flattern.

Wortlos stellte er sich neben sie und schlug seinen Kragen hoch. Sie waren allein auf dem Deck, die anderen Passagiere bevorzugten bei dem rauen Wetter einen Aufenthalt im warmen Bauch des Schiffes.

Es dauerte eine ganze Weile, bis Mona sich John zuwandte und ihn forschend ansah. Schon auf der Fahrt nach Rostock hatte sie kaum ein Wort mit ihm gewechselt. Wirklich überrascht hatte ihn ihre Schweigsamkeit nicht, war sie ihm doch bereits in der Zeit vor ihrer Abreise möglichst wenig über den Weg gelaufen.

Tommy hatte ihn eingeladen, mit ihnen das Weihnachtsfest zu verbringen. Sie würden in einer abgelegenen Holzhütte gemeinsam mit schwedischen Freunden feiern. In Stömne, Schweden.

Mona hatte ihrem Bruder fast die Krallen ins Gesicht gejagt, als sie die Neuigkeiten erfahren hatte. Beinahe wäre sie nicht mitgefahren.

Es tat John in der Seele weh, dass die Frau, die er liebte, seine Gegenwart offenbar unerträglich fand. Nach wie vor verstanden sie sich einfach nicht mehr, wenn sie aufeinander trafen. Und das schon fast im wörtlichen Sinne, es war, als würden sie einen unterschiedlichen Zeichensatz benutzen.

Monas blaue Augen verengten sich zu Schlitzen, weil der scharfe Wind sie reizte. Mit einer schnellen Bewegung wischte sie sich eine Träne aus dem Augenwinkel. John erwiderte ihren Blick und lächelte sie an. Er wollte nicht reden, es war nicht die Zeit und nicht der Ort, um die gemeinsame Sprache wiederzufinden. Vorsichtig legte er seinen Arm um ihre Schultern und zog sie sanft an sich.

Mona drehte sich zu ihm und öffnete mit steifen Fingern den Reißverschluss seiner Jacke, sofort pfiff der Wind hinein, und John schauderte. Stirnrunzelnd wartete er ab, was sie vorhatte. Sie schlüpfte mit in seine Jacke, schlang ihre Arme um seine Hüften und schmiegte sich Wärme suchend an ihn.

Ein genießerisches Lächeln erschien auf Johns Gesicht, doch im nächsten Moment zuckte er erschreckt zusammen. Monas eiskalte Hände hatten sich den Weg unter seinen Pullover gebahnt, zielstrebig suchten sie seine warme Haut. Eine Gänsehaut überzog augenblicklich seinen Körper, doch seine Nackenhaare sträubten sich nicht nur aufgrund dieses tätlichen Angriffs.

John legte seinen Kopf zurück und biss sich auf die Unterlippe, um nichts in der Welt wollte er irgendetwas an ihrer Position ändern.

Ein Bollwerk gegen den Sturm, mit einem sehr intimen Eigenleben.


Tommy hatte John ursprünglich hinauf auf das Vorderdeck begleiten wollen, doch als ihm der Wind entgegenschlug, hatte er lieber beigedreht. Außerdem hatte er das Gefühl, dass er die beiden allein lassen sollte. Er vertrieb sich die Zeit, indem er Leute beobachtete. Speziell Männer. Durch das ungemütliche Wetter waren die Zwischendecks ungewöhnlich belebt. Die Auswahl war groß.

„Wie mache ich das bloß?" Tommy hatte bereits ein paar Blicke aufgefangen, die ihm mitteilten, dass der jeweilige junge Mann sich gerne die Langeweile während der Überfahrt mit ihm vertrieben hätte. Er schmunzelte amüsiert; wahrscheinlich konnte man ihm seine Gedanken von der Stirn ablesen.

Eine Gruppe kichernder Mädchen hatte begonnen, *ihn* zu beobachten. So unauffällig war seine Kommunikation offenbar nicht gewesen. Doch nachdem ihm jede der jungen Damen einen schmachtenden Blick zugeworfen hatte, war er beruhigt. Anscheinend hatten sie nichts von seinen Augenflirts mitbekommen, sie versuchten sich einfach nur im Schwärmen für „ältere" Männer. Er warf ihnen eine Kusshand zu und wechselte seinen Standort. Der Hühnerhaufen gackerte wild durcheinander und begann zu streiten, wem die Aufmerksamkeit gegolten hatte.

Tommy schlenderte einige Sitzgruppen weiter und ließ sich in einem der Sessel nieder. Genüsslich streckte er seine langen Beine. Ein gut aussehender Steward in Uniform kreuzte für seinen Geschmack verdächtig oft seinen Weg. Der Mann sah ihm tief in die Augen und machte ihm ein unauffälliges Zeichen.

Tommy grinste, der Typ gehörte zur Besatzung, also kannte er mit Sicherheit verborgene Plätze an Bord, an denen man sich ungestört vergnügen konnte. Doch er erinnerte ihn an jemanden. Er hatte ebenmäßige Gesichtszüge und dunkles, kurz geschnittenes Haar. Seine Augen hatten weder die besondere Farbe, noch das überirdische Leuchten, aber - sicher, er erinnerte ihn an Leon! Tommy wurde auf einmal das Herz schwer, der Grieche hatte sich noch nicht bei ihm gemeldet.

Sein Interesse an einer schnellen, lustvollen Nummer ließ schlagartig nach. Er lächelte den Stewart an, als er ihm wieder entgegenkam, und schüttelte kaum merklich den Kopf. Der junge Mann lächelte mit Bedauern in seinem Blick zurück und begegnete ihm danach seltsamerweise nicht mehr.

John und Mona kamen zurück auf das Zwischendeck, sie hatten mal wieder Streit. Tommy sah bereits an ihren Gesichtern, dass der Haussegen wieder schief hing.

Er gesellte sich zu den beiden und schwieg mit ihnen, er hatte sich abgewöhnt, nach der Ursache ihrer Unstimmigkeiten zu fragen. Die Erfahrung hatte gezeigt, dass er sowieso irgendwann die Umstände erfuhr. Es war also nicht nötig, in ein summendes Wespennest zu stechen.

*Hoffentlich hält sich diese Stimmung nicht zu lange*, dachte Tommy resigniert. Sie hatten noch etwa 650 Kilometer mit seinem alten Kombi vor sich. Die neuen Winterreifen waren bei diesem Wagnis sein einziger Trost. Weihnachtliche Gefühle würden sich bestimmt erst nach ihrer Ankunft einstellen.

Sie konnten bald in Trelleborg an Land gehen. Um die letzte Wartezeit zu überbrücken, schlug Tommy vor, noch schnell etwas an der Bar zu trinken. Mit einem Gingerale in der Hand pfiff er die mindestens fünfte Version von „Jingle Bells" mit, die er auf der Fähre bisher aus den Lautsprechern gehört hatte.

John sah ihn erstaunt an. „Willst du nicht ein einziges Bier trinken? Das wirst du doch wohl dürfen, auch wenn du unser Fahrer bist?"

Tommy grinste. „Besser nicht, die Polizei steht schon am Kai, wenn wir Pech haben. Die sind ganz scharf auf Alkoholsünder, das wird schon so ab 0,2 Promille richtig teuer."

„Dann sind die Flaschen Whisky, die du im Kofferraum hast, nicht als Weg-zehrung gedacht?" Johns Laune schien sich langsam zu bessern, er grinste breit.

„Das ist Tauschware. Glaub mir, es gibt kein besseres Argument, als eine Fla-sche Hochprozentiges, wenn du den Fahrer des Schneepfluges davon über-zeugen willst, dass er genau denselben Weg fahren möchte wie du." Der junge Schwede feixte über das ganze Gesicht, als er Johns ungläubigen Blick auffing. „Wirklich, da, wo wir hinwollen, kommst du manchmal ohne den Räumdienst nicht weiter. Es gibt dann kein größeres Glück, als zufällig einen Schneepflug zu treffen."

John runzelte die Stirn: „Wann hatte der Kombi seine letzte Inspektion? Und was machen wir, wenn wir im Schnee stecken bleiben?"

Beruhigend klopfte ihm Tommy auf die Schulter. „Mach dir keine Sorgen, wir nehmen pro Person ein Paket Kekse mit. Zum Aufwärmen haben wir ja den Whisky, falls alle Stricke reißen."

Tommy war mehr als überrascht, dass sie ohne größere Zwischenfälle in Stömne ankamen.

Er blickte in den Rückspiegel und schmunzelte. John und Mona waren, er-schöpft von der langen Reise, eingeschlafen. Sie hatten sich aneinander geku-schelt, als würden sie sich nicht ständig bekriegen wie ein zänkisches altes Ehepaar

Langsam ließ Tommy den Kombi durch den tiefen Schnee auf den Hof rollen. Sie wurden bereits erwartet. Ihre schwedischen Freunde waren schon am frü-hen Vormittag angereist, ihr Weg war ein wenig kürzer gewesen.

Jetzt war es Spätnachmittag. Da die Wintersonnenwende gerade hinter ihnen lag, gab es nur sehr wenige Stunden mit Tageslicht. Tiefe Dämmerung breitete sich über dem Anwesen aus.

Umso einladender wirkte das große Feuer, das die Schweden schon vor dem Haus entfacht hatten. Ein riesiger dampfender Topf hing an einem Gestell, di-cke Baumstämme rund um die Feuerstelle dienten als Sitzbänke.

Als sie das Knirschen der Reifen auf dem Schnee hörten, sprangen alle gleich-zeitig auf und liefen dem Wagen gut gelaunt entgegen. Tommy und Mona hüpften aus dem Auto, sobald die Reifen standen. Sie wurden begeistert um-ringt und die Begrüßung fiel sehr temperamentvoll aus.

John stieg langsam aus und rieb sich schlaftrunken die Augen. Er wurde emp-fangen von einem unglaublichen Wirrwarr schwedischer Wortfetzen. Da die Anwesenden sich sowieso in erster Linie mit Tommy und Mona befassten und er kein Wort verstand, konnte John sich in aller Ruhe von dem malerischen Anblick der kleinen Ansammlung roter Holzhäuser verzaubern lassen. Dick lag der Schnee auf den Dächern.

Das größte der drei Gebäude hatte zwei Stockwerke und schien das Hauptwohnhaus zu sein, daneben stand ein kleineres Exemplar, das das so genannte Gästehaus sein musste. Dann gab es noch die Saunahütte, sie war unschwer an dem heftigen Dampf zu erkennen, der aus dem leicht geöffneten Fenster strömte. Es hatte anscheinend schon jemand den Saunaofen angefeuert.

Irritiert stellte John fest, dass das aufgeregte Geschnatter im Hintergrund verstummt war. Als er sich umdrehte, galt die Aufmerksamkeit ausschließlich ihm. Er wurde von allen freundlich angelächelt, stillschweigend schienen sie sich darauf geeinigt zu haben, auf Englisch umzusteigen.

Tommy grinste ihn über das ganze Gesicht an. „Hej John, soll ich dir diese Mumien jetzt auf einmal vorstellen, oder möchtest du bis später warten, bis sie nicht mehr alle gleich aussehen?"

Der Amerikaner lachte, genau das war sein erster Eindruck gewesen. Sie waren allesamt dick vermummt, da es sehr kalt war, und die Gesichter waren vom Frost gerötet. „Schieß los, wir können die Vorstellung ja bei Bedarf wiederholen, oder?"

„Gut, hier haben wir also die Geschwister Leif und Britt, dann Björne und Cecilia, Christoffer und Freja. Nicht zu vergessen, unseren Acke, der aber noch hinter dem Haus Holz hackt. Das Los hat entschieden, dass er zuerst für den Vorrat sorgen darf, damit wir es muckelig warm haben." Tommy stellte ihm seine Freunde formvollendet vor. Sie warteten, bis er fertig war, um John dann herzlich in den Arm zu nehmen. Er war erstaunt, noch nie war er von Fremden so warmherzig aufgenommen worden.

„So, und jetzt ran an den Glögg! Lassen wir uns etwas Wärmendes durch die Kehlen laufen!" Björne, ein Kerl wie ein Bär mit einem buschigen, roten Vollbart und lustigen Augen, griff zu einer Schöpfkelle und trat an den großen Kessel.

Die Neuankömmlinge bekamen schnell Keramikbecher in die Hand gedrückt, und der hochprozentige, schwedische Glühwein floss in rauen Mengen.

Mona wich nicht von Johns Seite und übersetzte fleißig, was er nicht verstehen konnte. Er war erstaunt über ihren Sinneswandel, doch er ahnte, dass das Ganze mit der auffälligen Anhänglichkeit der hübschen Britt zu tun hatte. Die süße Schwedin hatte anscheinend nicht vor, den Platz an seiner anderen Seite wieder aufzugeben. Argwöhnisch beobachtete Mona, dass sie immer wieder nach Johns Hand griff.

Es war schon später am Abend, als es am Feuer langsam ruhiger wurde. Das kleine Gelage wurde nun in das Haus verlagert, gemütlich setzten sie sich um den großen Kachelofen, der eine wohlige Wärme abstrahlte.

John schaute zu Tommy herüber, er hatte ein wenig zuviel getrunken. Benommen lehnte er sich gegen Leif. Britts Bruder war sehr vertraut mit Tommy, er biss ungeniert in seinen Hals, um ihm dann einen langen Zungenkuss zu geben. Mona folgte Johns Blick und lächelte. „Mach dir keine Sorgen. So schnell macht niemand etwas mit Tommy, was er nicht will."

Kurz darauf löste sich die Gesellschaft auf.

John kam gerade von der Toilette, als er Mona in einer erregten Diskussion mit einer kleinen Gruppe vorfand. Sie sprachen Schwedisch, deshalb sah er fragend in die Runde.

Leif grinste ihn an, er stand hinter Tommy, und seine rechte Hand war im Bund seiner Jeans verschwunden. John atmete tief durch, er war im Vergleich zu den Skandinaviern offenbar recht prüde erzogen worden. „Mona hat etwas gegen unsere vorgesehen Schlafordnung einzuwenden. Du solltest mit Britt, Tommy und mir im Gästehaus schlafen. Aber jetzt möchte Mona unbedingt mit Britt tauschen. Da sie das nicht will, sollst du entscheiden." Leif schaute ihn auffordernd an.

John fühlte, wie ihm die Röte langsam ins Gesicht stieg.

Für Monas Geschmack hatte er schon zu lange gezögert, doch sie konnte ihn schlecht aus Ärger einfach Britt überlassen. Sie wusste, was für ein kleines Luder sie war. Zähneknirschend hoffte sie für John, dass er die richtige Wahl traf.

Er nahm schmunzelnd ihre Hand und zog sie in Richtung ihres Nachtlagers.

John wachte wie gerädert auf. Er hatte kaum ein Auge zugetan, da Tommy und Leif auf dem halbhohen Schlafboden über ihnen sehr ausgiebig ihr Wiedersehen gefeiert hatten.

Der Amerikaner hatte eine eher konservative Meinung über Homosexuelle. Es verband ihn eine tiefe Freundschaft mit Tommy, doch er wollte sich einfach nicht vorstellen, was der junge Musiker mit den Männern so trieb, die regelmäßig an ihrem Frühstückstisch aufgetaucht waren. John war zu Hause immer recht dankbar gewesen, wenn er von seinen Aktivitäten in dieser Richtung nicht viel mitbekommen hatte.

Zumindest hatte er, während er nicht schlafen konnte, genießen können, dass Mona sich eng an ihn gekuschelt hatte. Auch sie wurde nun langsam wach, genüsslich sog sie den intensiven Duft ein, der sie überall umgab. Sie wusste nicht, warum sie John so nah war, doch der Geruch seines Körpers hatte ihr schon immer gefallen. Als sie sich voller Behagen räkelte und an ihn schmiegte, traf sie plötzlich seinen fragenden Blick.

Sie gähnte herzhaft und grinste ihn an. „Ja, okay, Frieden."

John lächelte, er war so froh, dass sie endlich das Kriegsbeil begruben. „Besiegeln wir das mit einem kleinen Kuss?"

Sie zog eine Augenbraue hoch. „Na gut, aber erst nach dem Zähneputzen."

Nachdem sie üppig gefrühstückt hatten, zogen die Männer in Richtung Wald los, um den Weihnachtsbaum zu schlagen. Dem Marschgepäck nach zu urteilen, sollte es feuchtfröhlich werden.

John hatte sich aus der Aktion ausgeklinkt, weil er noch vom Vorabend genug vom Trinken hatte. Er saß inmitten der Frauen in der Küche und ließ sich in heiterer Stimmung die schwedischen Weihnachtsbräuche erklären. Nebenbei bereiteten sie das Festessen vor. Es türmten sich mit der Zeit immer mehr Köstlichkeiten im Kühlschrank. John war damit beauftragt, den Reisbrei zu rühren und aufzupassen, dass er nicht anbrannte. Er war ein sehr wichtiger Bestandteil der Weihnachtstraditionen.

Es war Brauch, dass eine einzige, ganze Mandel in den Reisbrei gegeben wurde. Wer diese Mandel bekam, sollte als nächstes heiraten.

Britt hatte sich besonders als seine Lehrmeisterin in Sachen schwedische Weihnacht hervorgetan. Als sie ihm von dieser Geschichte erzählte, glühten ihre Ohren. Er versuchte, Monas Blick nicht zu begegnen, denn er konnte förmlich fühlen, wie er ihn streifte und dann voller Unmut auf Britt überging, die angefangen hatte, albern zu kichern. Langsam wurde es Mona zu bunt! „Du hast den Brei ganz wunderbar fertig gerührt, Johnny. Jetzt muss er nur noch etwas quellen, dabei kann er nicht anbrennen." Sie zog den Topf vom Herd und stellte ihn auf eine Ablage. Dann schlang Mona ihre Arme um seinen Hals und zog ihn sanft zu sich herunter. „Ich glaube, ich schulde dir noch etwas", flüsterte sie in sein Ohr. Zärtlich fanden ihre Lippen seinen Mund, und er erwiderte erfreut den Kuss.

Über Monas Schulter sah er zufällig in Britts Augen. Sie ließ die besagte Orakel-Mandel demonstrativ in den Reisbrei fallen und zwinkerte ihm zu. „Heavens, schaff deinen kleinen Hintern aus der Gefahrenzone, sonst passiert hier noch ein Unglück."

Später schmückten sie alle gemeinsam den etwas krumm gewachsenen Weihnachtsbaum. Die Herren der Schöpfung hatten ihre liebe Not gehabt, ein Exemplar zu finden, das nicht die Dimensionen des Wohnzimmers sprengte.

Tommy machte sich freundlich über seine Begleiter lustig, „Städter! John, du glaubst ja nicht, was die Kerle für ein schlechtes Augenmaß haben. Und als es dann ans Schlagen ging, konnte keine der Grazien dieselbe Stelle zweimal treffen Ein Wunder, dass niemand die Axt an den Schädel bekommen hat."

Acke, der schmächtige junge Mann, der bereits beim Holzspalten für den Kachelofen alle Mühe gehabt hatte, brummte mürrisch: „Was willst du denn? Du bist doch selbst ein Städter."

„Ja, das stimmt, aber ich tue auch nicht so, als wäre ich ‚Der Mann aus den Bergen'. Ich hatte vorgeschlagen, die kleine Motorsäge aus dem Schuppen mitzunehmen, aber da habt ihr kernigen Naturburschen alle beleidigt geschaut." Tommy feixte voller Schadenfreude und probierte den Baumbehang, für den er gerade keine passende Stelle finden konnte. „Hmmm, wer hat denn diese göttlichen Plätzchen gebacken?" Björne sah auf ihn herab. „Die sind von Cecilia, du Giftzwerg. Und jetzt sorge lieber dafür, dass wir noch etwas zu trinken bekommen, Kalle Anka fängt nämlich gleich an."

John staunte nicht schlecht, einem alten Bekannten zu begegnen. „Kalle Anka" war niemand anderes als der gute alte Donald Duck. Er gehörte in Schweden schon seit vielen Jahren zur festen Weihnachtstradition.

Er konnte sich ein Grinsen nicht verkneifen, als zehn erwachsene Menschen wie gebannt vor dem Fernseher hockten, um bloß keine Szene aus den Disney-Streifen zu verpassen.

„Ha!" Über Cecilias rundes Gesicht huschte ein breites Lächeln. Triumphierend hielt sie die Mandel hoch. Björne war schon seit langem ihr Verlobter. Er hatte sich bisher einfach nicht getraut, ihr die entscheidende Frage zu stellen. Als sie ihm freudestrahlend in die Augen schaute, errötete er so heftig, dass kein Unterschied mehr zwischen seinem Vollbart und seiner Haut auszumachen war.

Er räusperte sich lautstark und sank dann vor der erstaunten Cecilia auf die Knie. Alle Anwesenden hielten gespannt den Atem an. Seine Stimme klang vor Aufregung ganz gepresst, und er kiekste zwischendurch, als wäre er im Stimmbruch. Lauter Jubel am Ende seines Satzes verriet John, dass Björne seinen Antrag beendet hatte.

Begeistert ließ er sie gemeinsam mit den anderen hochleben.

Als es etwas ruhiger wurde, wandte er sich Mona zu, die sich gerade wieder neben ihn gesetzt hatte. Ohne ein Wort zu sagen, küsste er sie zärtlich. Sie ließ es geschehen, doch sie erwiderte den Kuss nicht. Als seine Zunge vorsichtig ins Spiel kommen wollte, drehte sie langsam den Kopf weg.

John öffnete seine Augen und schaute in zwei tiefe, unergründliche Bergseen. „Entschuldige, ich habe mich wohl vom Alkohol und der gefühlsgeladenen Stimmung hinreißen lassen."

Mona biss sich auf die Unterlippe und sah ihn stirnrunzelnd an. „John, wir haben gerade erst das Stadium verlassen, in dem wir uns bei jeder Gelegenheit in den Haaren gelegen haben. Bitte dränge mich nicht, ich bin einfach noch nicht wieder bereit, es ernsthaft angehen zu lassen." „Okay." John atmete tief durch und leerte sein Glas.

Etwas später schlenderte er, auf der Suche nach den Resten ihres opulenten Mahls, in die Küche. Aus dem Augenwinkel sah John, dass Britt sich anschickte, ihm zu folgen. Deshalb war er erstaunt, als Tommy stattdessen kurz nach ihm die Küche betrat.

John kaute kräftig auf einem Fleischklösschen und schob ihm, nach einem fragenden Blick, ebenfalls eins in den Mund. Tommy sah ihm tief in die Augen, er griff nach seiner Hand und fuhr sanft mit seiner Zunge über die fettigen Fingerspitzen. Ein Schaudern ging durch den Körper des jungen Amerikaners, perplex sah er Tommy an.

„Wenn du es nötig hast, solltest du dich lieber mit mir vergnügen, als mit Britt. Das bleibt sozusagen in der Familie, und Mona würde es auch nicht so ernst nehmen. Schließlich bist du nicht schwul."

„Wie kommst du auf die Idee, dass ich an so etwas Gefallen finden könnte?" Entrüstet schob John den Schweden von sich.

„Na, weil ich weiß, dass ‚so etwas' verdammt viel Spaß macht. Aber in erster Linie wollte ich dir als Freund raten, die Finger von Britt zu lassen."

„Oh, Tommy! Wieso kannst du nicht einfach sagen 'Lass deine Finger von Britt'? Das wäre für deinen Geschmack zu einfach, was? Wo ist denn dein blonder Lover? Wenn du Betätigung brauchst, beglücke ihn, und bringe mich nicht noch mehr durcheinander. Ich habe schon meinen Stress mit Mona." John strich sich entnervt durch die Haare.

„Ich weiß nicht, wo Leif gerade ist. Wir haben ein bisschen Zoff. Ich habe ihm gesagt, dass er nicht wie eine Klette an mir hängen soll - ewig dieses Geschmuse! Wir sind nämlich kein Paar, wir schlafen nur miteinander." Resigniert zuckte Tommy mit den Schultern.

John schmunzelte über die einfache Logik in seinen Worten und schüttelte amüsiert den Kopf. „Was ist eigentlich aus deinem griechischen Schönling geworden? Hast du mir nicht erzählt, du wärst soooo in ihn verliebt? Von Treue hältst du wohl nicht viel?"

„Alles zu seiner Zeit." Tommy grinste und blieb kurz im Türrahmen stehen, als er die Küche wieder verließ. „So, ich habe dich also durcheinander gebracht, mhh?" Er fing geschickt das Fleischklösschen, das John nach ihm warf. Genüsslich schob er es sich in den Mund, ließ kurz die Augenbrauen hochschnellen und verschwand. ♥


*Wer zum Henker ist John?*
Der Gedankenfetzen geisterte durch das gepeinigte Hirn.
*John ... Brian ... Mona ... Scheiße, ich kenne diese Leute nicht!*
Die Stimme, die er dazu in seinem Gedächtnis gespeichert hatte, klang sanft,

doch auch sie war ihm nicht bekannt.

Da war eine Berührung seiner Hand gewesen, er erinnerte sich daran. Probehalber versuchte er, seine Finger zu bewegen, doch er scheiterte an der Trägheit seiner Muskeln. Bestenfalls brachte er ein Zucken zustande. *Ich muss in der Hölle sein. Warum brennt mein Kopf sonst so? Die Schmerzen bringen mich um den Verstand!* Wenn er sich mühsam darauf konzentrierte, konnte er den roten Schimmer seiner Augenlider wahrnehmen. Wo auch immer er sich befand, dort musste es Licht geben.

Mit all seiner Willenskraft versuchte er, die Augen zu öffnen. Er hob die Lider so weit, dass er durch einen minimalen Spalt sehen konnte - und schloss sie sofort wieder. Ein Gleißen überreizte seine Nerven und führte zu schmerzhaften Explosionen in seinem Hirn.

*Langsam, ganz langsam. Du solltest noch warten.* Er spürte, dass die Gedanken geschmeidiger wurden, weniger träge.

*Wer bin ich?* Er horchte auf eine Antwort. *Alex!*, tauchte aus den Tiefen seines Unterbewusstseins auf. *Den kenne ich*, bemerkte er beruhigt und zog sich wieder in sich zurück, um sich zu erholen. ♥

Doro deckte gut gelaunt den Tisch, sie überprüfte sorgfältig, ob die Weingläser und das Besteck keine Wasserflecken hatten. Sie zupfte hier noch ein wenig und rückte dort etwas zurecht, dann war sie zufrieden. Die festliche Tafel mit der liebevollen Weihnachtsdekoration war ihr gut gelungen.

Es war Heiligabend. Brian würde ihr Gast sein. Dass sie ein intimes Candle-Light-Dinner zu zweit genießen durften, hatten sie dem Umstand zu verdanken, dass sie beide ohne ihre Familien auskommen mussten.

Doro hatte sich mit Josie gestritten, es war um irgendeinen Blödsinn gegangen. Doch ihre Tochter hatte sich die Sache sehr zu Herzen genommen und kurzerhand einen spontanen Urlaub über die Festtage gebucht.

Und Brian schien nicht besonders viel von seiner Familie „down under" zu halten, er hatte Weihnachten schon seit Jahren allein verbracht. Fast immer hatte er an den Feiertagen gearbeitet, um sich abzulenken. Auch an diesem Heiligabend war er am Herd anzutreffen. Die Mannschaft war zähneknirschend in voller Besetzung angetreten, weil sie absolut ausgebucht waren. Heute würde im Restaurant die Hölle los sein.

Doch es war Doro absolut recht, dass er später kommen würde. Brian war schließlich ein Fünf-Sterne-Koch, da musste sie sich schon etwas ins Zeug legen, um ihn auch angemessen zu verwöhnen. Für das Dessert hatte sie sich etwas Besonderes ausgedacht, sie lächelte voller Vorfreude. Es würde nach Brians Geschmack sein.

Brian atmete erleichtert durch, sie hatten den großen Ansturm überlebt. Es waren fast doppelt so viele Bestellungen herausgegangen wie an einem normalen Durchschnittsabend. Natürlich sollte die Qualität nicht zu sehr unter der Menge leiden, also hatte die ganze Küchenmannschaft auf Hochtouren arbeiten müssen.

Mit resoluten Bewegungen säuberte Brian die letzte Arbeitsfläche. *Hoffentlich hast du noch etwas Energie für deine reizende Gastgeberin übrig, Oakley. Du weißt schließlich nicht, was das Engelchen mit dir vorhat.* Er sah zu dem kleinen Paket, das er schon den ganzen Abend in Sichtweite hatte. *Weißt du, was du da tust? Das kann schwer ins Auge gehen.*

Er machte sich auf den Weg zu Doro, er war gespannt, wie sie auf sein kleines Geschenk reagieren würde. Wahrscheinlich würde er danach genau wissen, wie sie über ihre Beziehung dachte.

Brian saß an der gemütlichen Tafel und schaute sich den Christbaum genauer an. Die deutschen Bäume gefielen ihm, er hatte den ganzen übertriebenen Kitsch noch nie gemocht.

Er konnte sein Glück kaum fassen, Doro war bis jetzt bemerkenswert zahm gewesen. Doch er war auf der Hut, er wusste, dass sie auch in ihrer Festtagslaune keineswegs zu unterschätzen war. Mit geröteten Wangen trug Doro den vorletzten Gang auf. „Ist Weihnachten in Aus-tralien sehr anders als hier bei uns?"

Er schmunzelte, sie spielte weiter die Rolle der harmlosen Gastgeberin, jetzt war also leichtes Plaudern angesagt. Theatralisch zog er die Augenbrauen hoch. „Nun, wenn Strandpartys, Temperaturen von etwa vierzig Grad und ein Weihnachtsmann auf Wasserskiern für dich anders sind, dann schon."

„Wie kann es denn mitten im Winter so heiß werden?"

Brian lachte, amüsiert zwinkerte er ihr zu. „Weil in Australien zu Weihnachten gerade Hochsommer ist. Die Jahreszeiten sind um etwa ein halbes Jahr verschoben. Wenn hier das ist, was ihr hochtrabend Sommer nennt, kannst du in den Blue Mountains Ski fahren."

„Oh! Jetzt weiß ich auch, warum du so ein verdrehter Kerl bist."

Sie lachten gemeinsam, doch Doro wirkte irgendwie seltsam.

Brian wurde einiges klar. Sie war gerade nicht die verruchte Verführerin, die sie ihm bisher präsentiert hatte, sondern das brave Hausmütterchen. Die Rolle passte einfach nicht zu ihr, sie war unlocker und fühlte sich nicht wohl in ihrer Haut. Das konnte nicht mehr lange gut gehen. Er entschied, dass jetzt der Zeitpunkt gekommen war, um ihr sein Geschenk zu überreichen.

„Doro, ich möchte dir für die Einladung danken." Sie wollte gerade abwinken, als er ihre Hand nahm. "Als kleines Dankeschön habe ich dir etwas mitgebracht. Es ist nur eine Kleinigkeit." Er nahm den Karton aus dem Leinenbeutel und reichte ihr das Päckchen.

„Wieso schenkst du mir etwas? Wir sind doch kein Liebespaar." Sie zog die Augenbrauen zusammen; wie konnte er es wagen?

Brian lächelte sie belustigt an, da war sie wieder: Die Doro, die er kannte. „Bitte, Doro, schau es dir doch erst einmal an. Wenn es dir nicht gefällt, kannst du mich immer noch in der Luft zerreißen."

Sie sah das kleine Paket grimmig an, Brian gab ihm einen auffordernden Stups in ihre Richtung. Mit gerunzelter Stirn nahm sie es in die Hände, er schien es selbst eingepackt zu haben. Das Geschenkpapier war etwas ungelenk um den Inhalt drapiert, und die Schleife hing durch den Transport bereits auf Halbmast.

Mit unwilligen Bewegungen riss sie die Verpackung herunter und öffnete langsam den Karton. „Du schenkst mir Schuhe? Das kann doch nicht dein Ernst sein!" Schuhe waren für eine Frau eine überaus intime Sache. In Doro stieg die Wut hoch; es waren Stiefeletten aus weichem Leder, in Jeansblau, mit geschmackvoller Stickerei: Sie waren einfach entzückend.

Im ersten Moment wollte Doro sie Brian vor die Füße werfen, doch es waren umwerfend schöne Schuhe, die man wunderbar zur Jeans anziehen konnte. Ein heftiger Kampf tobte in ihr, in dessen Verlauf sie immer empörter wurde. „Wie, wie kommst du nur dazu, mir so etwas zu schenken? Wie kommst du überhaupt dazu, mir *irgendetwas* zu schenken? Ich weiß nicht, was ich sagen soll, ich ... Bitte geh jetzt, bevor ich mich vergesse! Ich bin so wütend, ich ...!"

Brian lächelte süffisant, er drückte der aufgelösten Doro einen kleinen Kuss auf die Stirn. „Frohe Weihnachten, Babe", flüsterte er und ging langsam aus dem Raum.

Erst als er das Haus verlassen hatte, hatte sich Doro wieder soweit im Griff, dass sie ihm nachging. Doch er war bereits weg.

Brian grinste vor sich hin. *Sie haben ihr gefallen. Ich hab' es gewusst.* ♥


Es war der Morgen des ersten Weihnachtstages. Bea hatte Tagesdienst, eine Folge der Begegnung mit Schwester Hildegardis. Sie wusste es nicht sicher, aber sie vermutete stark, dass die ältere Frau ihre Hände im Spiel hatte. Zumindest war sie, kurz nachdem die Stationsleiterin sie beim Stöbern in Alex' Akte erwischt hatte, vom Nachtdienst wieder auf die normale Schicht versetzt worden.

Als sie ihre wichtigsten Aufgaben erledigt hatte, verspürte sie das starke Bedürfnis, bei Alex vorbeizuschauen. Der Heiligabend war sehr einsam gewesen.

Sie hatte viel an ihren Geliebten gedacht, als sie ihn allein in der Wohnung verbracht hatte.

Auf diesen Moment hatte sie sich schon den ganzen Vormittag gefreut. Bea öffnete die Tür zu Alex' Zimmer - und stand vor einem frisch bezogenen, leeren Bett. Sie griff sich vor Schreck ans Herz und sank auf den Besucherstuhl. Von der Tür erklang ein Lachen. „Tja Mädel, die Überraschung ist wohl gelungen? Bedanke dich bei deinen lieben Kolleginnen, den falschen Schlangen. Ich durfte dir nichts davon sagen, dass dein Süßer aufgewacht ist. Er ist nur verlegt worden, Kleines." Monika, eine ältere Schwester, legte ihr beschwichtigend die Hand auf die Schulter. „Geht's?", fragte sie besorgt, als sie sah, dass Bea blass geworden war. „Ist schon gut. Wo finde ich ihn?"

„Auf der 3a. Aber, Mädel -" Monika senkte die Lautstärke merklich, „Wie soll ich es sagen? Er hat Besuch.", raunte sie verschwörerisch. Sie zwinkerte ihr im Gehen zu. „Nur, damit du nicht noch einmal ins offene Messer läufst."

Alarmiert schaute Bea hoch, das konnte nur heißen, dass er *Damen*besuch hatte, sonst hätte Monika sie nicht so eindringlich gewarnt.

Der Weg zur benachbarten Station war ihr noch nie so lang vorgekommen. Bei jedem Schritt fragte sich Bea, ob sie das Richtige tat. Sollte sie wirklich zu ihm gehen? Ausgerechnet jetzt, wo er seine Freundin in seinem Zimmer hatte? *Ja, ich will sie sehen. Ich will sehen, welcher Frau sein Herz gehört. Und ich hoffe, dass ich sie nicht schön finde. Ich werde sie nicht leiden können, schon aus Prinzip!* Vor der Tür blieb sie stehen und holte tief Luft. Dann klopfte sie und öffnete die Tür. Sie hielt ein kleines Päckchen in der Hand, ein Geschenk für Alex.

Vier Augenpaare sahen sie fragend an, als sie mitten im Zimmer stehen blieb. Zwei ältere Herrschaften, vermutlich seine Eltern, und eine junge Frau mit Model-Qualitäten waren bei ihm. Alex saß im Bett und schien guter Dinge zu sein. Unter seiner Bräune wirkte er zwar etwas bleich, und die Wangen waren leicht eingefallen, aber ansonsten war er ein Bild von einem Mann. Die kleine Narbe an seiner Schläfe, die noch von seiner Kopfverletzung stammte, fiel kaum ins Gewicht.

„Hat das jemand für mich abgegeben? Wie lieb, dass Sie es mir extra bringen." Er deutete auf das kleine Paket in ihrer Hand.

Bea konnte ihn einfach nur ansehen. „Gern geschehen", stammelte sie, als sie ihm ihr Geschenk auf das Bett legte. Dann drehte sie sich abrupt um und rannte aus dem Raum.

Sie hörte noch mit halbem Ohr die spitze Bemerkung der jungen Frau über das Benehmen des Personals, als das große Elend über sie hereinbrach. Tränenblind stolperte sie zum Umkleideraum, wo sie sich in einen ruhigen Winkel hockte und ihren Schmerz herausließ. Da gerade keine Schicht begann oder zu Ende war, konnte sie dort ungestört allein sein.

„Hey, little princess, komm mit mir nach Hause. Wenn du dich ausgeschlafen hast, sieht die Welt schon wieder etwas freundlicher aus." Die geflüsterten Worte holten sie wieder zurück in die Realität.

Bea registrierte nicht, wer sie aussprach, doch ein Gefühl von Wärme und Geborgenheit stieg bei dem Klang der vertrauten Stimme in ihr hoch. Ehe sie sich versah, lag sie schluchzend in Brians Armen.

Es dauerte lange, bis sie sich wieder beruhigen ließ. Der Australier sang ihr leise ein Lied ins Ohr und kraulte ihren Nacken.

„Seine Augen sind blau", stammelte sie schniefend, ihre Nase begann zu laufen. Brian reichte ihr ein Taschentuch und wiegte sie sanft. „Seine Freundin würde dir gefallen. Sie ist wirklich schön", versuchte Bea zu scherzen und brach mit einem schiefen Lächeln wieder in Tränen aus.

Er legte den Arm um ihre Schulter. „Frohe Weihnachten, my little one.", murmelte er in ihren Lockenkopf. „Lass uns gehen." ♥


Doro kam aus der Dusche, ihr Körper dampfte noch von dem heißen Wasser. Sie würde den Silvesterabend wie geplant bei einer großen Feier im Haus einer guten Bekannten verbringen, doch sie hatte einfach keine Lust.

Bis zum letzten Moment hatte sie unterschwellig gehofft, dass Brian sich bei ihr melden und sich mit ihr für den Jahreswechsel verabreden würde. Ihr war einfach nicht nach belanglosen Plaudereien mit bekannten und unbekannten Partygästen.

Ihre Freundin hatte darüber hinaus angekündigt, sie wolle ihr Möglichstes tun, Doro mit jemandem zu verkuppeln. Sie verdrehte genervt die Augen, diese gut gemeinten Versuche waren ihr schon immer zuwider gewesen.

Launig machte sie sich für den Abend zurecht. Leider war ihre Garderobe etwas zu elegant für die neuen Stiefeletten. Bis jetzt hatte sie noch keine Gelegenheit gehabt, sie zu tragen, obwohl sie darauf brannte, sie endlich an ihren Füßen zu spüren. Während sie in ihre Pumps schlüpfte, drehten sich ihre Gedanken wieder um Brian.

Es ärgerte Doro maßlos, dass er sie ständig dazu brachte, total überzogen zu reagieren. Wie machte er das nur? Am schlimmsten fand sie dabei, dass Brian das in aller Seelenruhe über sich ergehen ließ. Sie hatte im Nachhinein ein schlechtes Gewissen und dachte darüber nach, ob sie nicht zu heftig gewesen war – und er war der Überlegene, der die Fassung behalten hatte.

Als Doro aus dem Haus ging, dachte sie zumindest nicht mehr voller Wehmut an Brian, sondern war wieder einmal wütend auf ihn.

Die Party war bereits in vollem Gange; der große Fremde, mit dem ihre

Freundin Doro unbedingt bekannt machen wollte, war noch nicht aufgetaucht. Hinter vorgehaltener Hand hatte Ursula ihr etwas von dem Mann vorgeschwärmt, es war offensichtlich, dass sie selbst scharf auf ihn war. Nur schien er dummerweise nicht angebissen zu haben. Doro war nicht besonders neugierig, sie hatte genug Ärger mit Brian, sie brauchte nun wirklich nicht noch einen Anwärter auf den Status des Ex-Lovers.

Als sie sich bei dem Punsch anstellte, wurde sie von zwei amüsierten Augen verfolgt. Genüsslich wanderte der Blick über ihren nackten Rücken, der von ihrem schlichten, schwarzen Kleid unbedeckt gelassen wurde. Der Ausschnitt ging elegant bis über den Ansatz ihres Gesäßes, ohne jedoch aufdringlich zu wirken. Billig war nicht ihr Stil. Ihr langes Haar hatte sie im Nacken zu einem lockeren Knoten zusammengedreht, so dass noch einzelne Locken ihren Rücken umschmeichelten.

Er stand hinter ihr und atmete den Duft ihres Parfums ein.

Als sie sich gerade ein Glas einschenkte, beugte er sich vor und küsste zärtlich ihren Hals. Einem Impuls folgend, hielt er ihre Hand mit der Schöpfkelle sanft umfasst. Er konnte sich noch gut an eine andere Situation erinnern, bei der sie ihm eine ähnliche Gerätschaft um die Ohren hauen wollte.

Wie von der Tarantel gestochen fuhr Doro herum und hielt erstaunt inne. „Was um alles in der Welt machst du denn hier? Wer hat dich verdammt noch mal hereingelassen?" Sie schnappte überrascht nach Luft. „ Und woher wusstest du, dass ich hier bin?"

Brian grinste sie über beide Ohren an. „Warte, Babe, warte. Mit welcher Frage soll ich anfangen?"

„Ooooh, wie ich sehe, kennt ihr euch schon?" Die Gastgeberin kam neugierig auf die beiden zugeschossen. Sie machte Doro unmissverständliche Zeichen, dass Brian wohl der Fang des Abends sein sollte. Doro musterte ihn grimmig. „Flüchtig, würde ich sagen." Brian grinste noch immer, sie trat ihm auf den Fuß.

„Na, dann habt ihr bis Mitternacht noch genug Zeit, euch besser kennenzulernen. Viel Spaß!" Ihre Freundin warf Brian noch einen schmachtenden Blick zu und verschwand dann wieder im Gewühl.

„Woher kennst du Ursula? Und mit welchem dieser aufgedonnerten Hühner bist du hier?" Doro schaute Brian mit umwölkter Stirn an.

„Ist es heute deine Art, immer gleich mehrere Fragen gleichzeitig zu stellen? Piano, Süße!" Seine Stimme hatte einen zärtlichen Unterton. „Ich kenne sie von der Bar in unserem Restaurant. Sie hatte den ganzen Abend versucht, unseren Barkeeper anzumachen, aber ich würde sagen, er war nicht interessiert. Als ich dann Feierabend gemacht hatte und noch einen Drink nehmen wollte, erschien ich ihr offenbar als willkommenes Opfer. Doch ich hatte leider auch kein Interesse. Warum sie mich dann eingeladen hat, weiß ich nicht."

Doro schürzte die Lippen. „Okay, das war die Antwort auf die erste Frage. Und? Mit welcher der *Damen* bist du hier?"

Brian trank einen Schluck, um ein Grinsen zu verstecken, das sich den Weg gebahnt hatte, als er ihren Gesichtsausdruck sah. Doro war so eifersüchtig, dass es ihr dick auf die Stirn geschrieben stand.

„Babe, es ist nicht nötig, dass du dir überlegst, welcher Frau du die Fingernägel ins Gesicht jagen sollst. Obwohl ich mir ein ordentliches Schlammcatchen sehr reizvoll vorstellen kann."

Erwartungsgemäß warf sie ihm einen giftigen Blick zu, feixend fuhr er fort: „Ich habe den Heiligabend mit einer wundervollen Frau verbracht, sie hatte leider keine Zeit. Deshalb habe ich es vorgezogen, allein zu kommen."

„Du hast wohl vergessen, dass sie dich hinausgeworfen hat?" Doro wich seinem Blick aus und schaute angestrengt in ihren Punsch.

Brian streichelte ihr zärtlich eine Locke aus dem Gesicht, er flüsterte so leise, dass sie ihn kaum verstehen konnte, „Ich bin nicht nachtragend."

Alarmiert schaute ihn Doro an. „Wir müssen reden!" Sie zog ihn am Arm hinter sich her, bis sie in einer ruhigeren Ecke angekommen waren. Brian sah sie fragend an, er erwartete einen Ausbruch, der auch nicht lange auf sich warten ließ. Sein Auftauchen musste sie tief berührt haben.

„Das ist alles viel zu gefühlsduselig. Wir sollten uns daran erinnern, dass wir nur Sexpartner sind." Doro gestikulierte wild mit ihren Händen; wieder einmal war es Brian, der ihr Glas in Sicherheit brachte. „Du kannst jederzeit mit anderen Frauen ausgehen. Leg sie alle flach, wenn du willst. Und schenke mir nichts mehr. Bitte, tu mir den Gefallen. Du bist mir viel zu nah gekommen, das ist zu vereinnahmend. Und ..."

Brian verschloss ihren Mund mit einem Kuss, er hielt sie fest in seinen Armen, bis er merkte, wie sie sich langsam etwas entspannte. Er kraulte sie sanft im Nacken, unvermutet fragte er, „Was wäre das Weihnachtsdessert gewesen? Ich habe mich die ganze Zeit gefragt, welche Köstlichkeit mir wohl entgangen ist. Du hattest etwas Besonderes vorbereitet, oder?"

Doro wurde von einem kleinen Lachanfall geschüttelt. „Parfait de Vanille Le Nombril."

Er zog seine Augenbrauen hoch. „Vanilleparfait aus dem Bauchnabel?"

„Es scheint Körperteile zu geben, die du in so ziemlich jeder Sprache kennst, hm?" Doro wischte sich eine kleine Lachträne aus dem Augenwinkel.

„Ich habe auch in Frankreich gekocht. Aber dort habe ich selten so ein interessantes Angebot bekommen. Steht es noch?"

„Nein, ich habe aus Frust alles allein aufgegessen. Danach war mir schlecht."

„Wir könnten vielleicht schauen, was wir in deiner Küche sonst noch so fin-

den ... Sollen wir den Rahmen der Party etwas verkleinern?"
Eigensinnig schüttelte sie den Kopf. „Ich möchte das Feuerwerk sehen, es soll bombastisch sein. Das hat Ursula jedenfalls angekündigt."
„Und wenn ich dir ein ganz eigenes Feuerwerk verspreche? Eines, das du so schnell nicht wieder vergessen wirst?"
Mit einem wilden Glitzern in den Augen schaute sie ihn an. „Ich will beides gleichzeitig. Brian, liebe mich, während draußen die Raketen in den Himmel schießen!"
„Ist das nicht ein wenig kalt?"
„Es gibt in diesem Haus einen Wintergarten direkt auf dem Dach. Vielleicht wollen sich dort aber auch ein paar andere Partygäste das Spektakel ansehen? Bist du ein böser Junge, kommst du damit klar, eventuell Gesellschaft zu bekommen?"
„Aber nur, wenn die Dame in meinen Armen sonst niemand anfassen darf."
Der unergründliche Blick aus ihren Augen trug nicht direkt dazu bei, seinen hämmernden Herzschlag zu beruhigen. Doro leerte ihr Glas und drückte es ihm in die Hand. Im Gehen flüsterte sie ihm zu: „Folge mir in ein paar Minuten."

Brian schloss aufatmend die Tür hinter sich. Er hatte nur kurz eine Flasche Rotwein und zwei Gläser besorgen wollen, als er Ursula in die Fänge geraten war. Sie hatte ihn allein gesehen und versucht, ihn mit ihrem Geplänkel zu becircen. Nur unter dem Vorwand, zur Toilette zu müssen, konnte Brian sich von ihr loseisen. Ohne Wein. „Fuck it!"
Suchend glitten seine Augen durch den halbdunklen Flur. Einem leisen „Pst!" folgend, trat er in einen offenen Türrahmen. Ein dunkles Zimmer lag vor ihm, doch im Mondschein konnte er nach kurzer Zeit einiges erkennen.
Auf diesen Moment hatte Doro gewartet, sie trat in das Licht, das durch das Fenster fiel. Plötzlich konnte Brian sehen, wie ihr Kleid langsam zu Boden glitt. Er ging einige Schritte auf sie zu, doch als er bei ihr ankam, konnte er nur noch den weichen Stoff aufheben.
Mit einem leisen Lachen war sie wieder im Dunkeln verschwunden.
Brian schüttelte mit einem leichten Lächeln den Kopf. Das war mal wieder klar, Doro liebte Katz-und-Maus-Spielchen. Er hob ihr Kleid an seine Nase und sog genüsslich den Duft ihres Parfums ein. Dann folgte er ihr schnell aus dem Raum, um den Anschluss nicht zu verpassen. Es war ein großes Haus, und er war noch nie dort gewesen.
Auf den unteren Treppenstufen lag ihr schwarzer Spitzenunterrock, er bückte sich danach und küsste das feine Gewebe. Er wunderte sich, wie sie unter diesem knappen Kleid noch so ein Kleidungsstück tragen konnte. Brian schluck-

te, jetzt konnte sie nicht mehr viel anhaben. In einem fremden Haus, ganz allein! Er eilte nach oben und hoffte, Doro schnell zu finden. Wenn ihm jemand zuvorkam, konnte leicht ein Unglück passieren. Nicht jeder teilte Doros Humor.

Unerwartet hörte Brian Schritte auf der Treppe, er drehte sich um.

Plötzlich wurde er in einen Raum gezogen und fiel in der Dunkelheit auf ein Sofa, das mit dem Rücken zur Tür stand. Er wollte einen überraschten Laut ausstoßen, doch dann fühlte er Doros hungrige Lippen auf den seinen. Erst jetzt bemerkte er, dass sie neben ihm lag; ihre Perlenkette schimmerte sanft im Mondlicht.

Eine Gestalt erschien in der hellen Türöffnung, sie wagten kaum zu atmen. Dann wurde das Licht angeschaltet, Doro zog ihn ganz dicht an sich heran. Es wurde wieder dunkel und die Schritte entfernten sich.

Sie kicherten wie Teenager, als sie erleichtert feststellten, dass sie nicht entdeckt worden waren. „Das war Ursulas Mann, ein unsympathischer Kerl."

Als sie ihre Hand bewegte, stöhnte er leise auf. Brian hatte bisher nicht registriert, wo sie gelegen hatte. Anscheinend wollte Doro schon einen Vorgeschmack auf das Feuerwerk. ♥

Bea schaute auf die Uhr, in einer halben Stunde würde das Jahr zu Ende gehen. Sie hatte sich freiwillig gemeldet, um in der Silvesternacht zu arbeiten. Brian hatte sie ermutigt, nicht so schnell aufzugeben. Also wollte sie es wagen.

Aus der Teeküche holte sie die beiden kalten Piccolos und klopfte dann an Alex' Zimmertür.

Schlimmstenfalls war er nicht da. Zumindest gab es keine Geräusche, die darauf hinwiesen, dass sich mehr als eine Person im Raum aufhielt.

„Herein!" Die Stimme klang überrascht, aber freundlich.

„Hallo, stör' ich?" Bea trat zögernd ein und deutete auf das Buch, das Alex hatte sinken lassen.

„Oh nein, es strengt mich sowieso zu sehr an, wenn ich lange lese. Ich wollte gerade aufhören. Nur zu!" Er machte eine einladende Handbewegung.

Nachdem Bea sich einen Stuhl an das Bett geholt hatte, setzte sie sich zu ihm. Alex nahm ihr wie selbstverständlich die kleinen Fläschchen aus der Hand und stellte sie auf den Nachttisch. „Ein Service des Hauses?"

Sie atmete tief ein, dann sah sie ihm in die Augen. „Nein, eher ein persönlicher Service."

„Dann sind Sie also der gute Geist, der mich die ganze Zeit betreut hat, während ich im Koma lag. Ich habe von Ihnen gehört." Alex musterte sie unverblümt. „Nett, wirklich nett!"

Bea versuchte zu lächeln, doch es wurde mehr eine Grimasse. Es stieß ihr bitter auf, dass ihre Fürsorge und Liebe zu seiner Erheiterung beizutragen schienen. „Wo ist denn Ihre Freundin in dem knappen Maßkostüm? Sollte sie nicht hier sein und Silvester mit Ihnen feiern?"

Sein Lächeln gefror. „Sie haben eine spitze Zunge. Wahrscheinlich haben Sie ihre blöde Bemerkung gehört, als Sie weggelaufen sind wie ein kleines Mädchen. Es tut mir leid, wenn Lulu Sie beleidigt hat. Aber sie hat eben auch wenig Feingefühl in solchen Dingen."

„Lulu? Ist das wirklich ihr Name?" Bea konnte sich ein Schmunzeln nicht verkneifen.

Alex grinste. „Wenn Sie mir versprechen, dass sie es nicht erfährt, verrate ich Ihnen, dass sie Ludwiga heißt. Und außerdem fährt sie gerade Ski in St. Moritz, das war ihr wichtiger, als bei mir zu sein. Sie mag den Geruch von Krankenhäusern nicht." Für einen Moment sah er aus wie ein kleiner Junge, der von allen verlassen war.

Bea lächelte ihn warm an. *Ludwiga!*, dachte sie. *Es gibt also doch noch Gerechtigkeit auf dieser Welt!*

„Da wir uns nun wunderbar über den Namen meiner Freundin amüsiert haben - die das absolut verdient hat, weil sie ein herzloses Biest ist - würde ich doch gerne erfahren, wie Sie heißen. Und ob ich Sie duzen darf. Mein Name ist Alexander, kurz: Alex." Er fuhr fort, sie zu betrachten, tat es aber etwas unauffälliger, als vorher. Sie war süß. Ein ganz anderer Typ, als er normalerweise kennenlernte. Seine animalische Seite meldete sich, aber er wusste, dass er hier behutsamer vorgehen musste.

„Ich heiße Bea. Und du darfst mich duzen. Wenn wir mit diesem Geplänkel weitermachen, verpassen wir noch den großen Moment. Es ist schon kurz vor zwölf." Sie deutete auf die Piccolos. „Ich besorge uns Gläser, wenn du vielleicht ...?"

Alex nickte lächelnd und begann die Fläschchen aufzuschrauben.

Grinsend betrachtete er die Etiketten, diesmal würde es also kein Schampus sein. Ob das irgendwelche Auswirkungen auf das kommende Jahr haben würde?

Bea kam zurück, mit zwei Wassergläsern in den Händen.

„Auch das noch", dachte er erheitert. „Wahrscheinlich gibt es nächstes Jahr mehr Leberwurstbrot als Kaviar. Wobei *dieses* Leberwurstbrot ein wirklich hübsches Fahrgestell hat." Sein Blick glitt genüsslich über ihre Figur.

Sie errötete, als sie seinen Gesichtsausdruck bemerkte. „Moment, wir haben doch ein Radio zwischen diesen ganzen Gerätschaften. Bestimmt senden sie einen Countdown." Froh, von der seltsamen Situation ablenken zu können, hantierte sie an den Knöpfen.

„3 - 2 - 1 - 0 - Frohes neues Jahr!", rauschte es nach ein paar Minuten aus dem Lautsprecher.

Alex zog sie zu sich auf die Bettkante und reichte ihr ein Glas.

„Frohes neues Jahr!" Er nahm ihr Kinn sanft in seine Hand, um ihr Gesicht zu heben. Als er seine Lippen auf ihren Mund legen wollte, machte sie einen schnellen Schlenker und drückte ihm ein Küsschen auf die Wange.

„Frohes neues Jahr! Und jetzt solltest du ein wenig schlafen, normalerweise soll schon um zehn das Licht ausgemacht werden, Herr Patient. So ganz auf dem Damm bist du schließlich noch nicht." Sie schüttelte ihm das Kissen auf und nahm ihm das Glas aus der Hand. Da er von dem Sekt Kopfschmerzen bekam, protestierte er nicht.

„Kommst du morgen wieder?"

Bea nickte nachdenklich. Sie hatte zwar eigentlich keinen Dienst, aber sie würde ihn bestimmt besuchen. „Ja, ich werde da sein. Gute Nacht."

„Ach, und Danke für die tollen Handschuhe", rief er ihr belustigt hinterher, als sie fast schon auf dem Gang war.

Bea lächelte, er hatte also gewusst, dass das Päckchen von ihr war.

„Damit deine Hände immer so schön warm bleiben, wie ich sie in Erinnerung habe." ♥


John atmete tief durch. Die frische Winterluft half ihm, die immer wieder aufsteigende Übelkeit niederzukämpfen. Wie er es befürchtet hatte, fuhr der Orangensaft vom Frühstück Aufzug in seinem Körper.

„Oh shit!", knurrte er. Ausgerechnet an ihrem Abreisetag musste es ihm so schlecht gehen. Wenn er an die lange Autofahrt und dann auch noch an die Fähre dachte, wurde er erst recht grün im Gesicht.

Tommy streckte den Kopf aus der Haustür und stapfte durch den Schnee auf ihn zu, als er ihn bemerkt hatte.

„Hej, du Stockfisch! Ich habe dir etwas mitgebracht, was deinem Magen bestimmt auf die Sprünge hilft." Der junge Schwede grinste und hielt ihm einen hausgemachten Rollmops hin. „Dazu gehört eigentlich noch ein Schnaps, damit das Katerfrühstück rund ist. Aber ihr Amis könnt ja nichts vertragen."

John legte die Hand vor seinen Mund und verschwand schnell hinter einer Schneeverwehung, nachdem ihm der Fischgeruch in die Nase gestiegen war.

„Na gut, war nur ein Vorschlag." Tommy setzte sich auf die Stufen, die zur Veranda des Hauses führten, und verspeiste den eingelegten Hering genüsslich selbst. Die Geräusche hinter dem weißen Hügel störten ihn dabei nicht.

Mona kam ebenfalls nach draußen und gesellte sich zu ihm. Sie hockte sich neben ihren Bruder. „Hast du zufällig Johnny gesehen?" Sie verzog das Gesicht und verdrehte dabei die Augen. „Britt möchte sich *unbedingt* ausgiebig von ihm verabschieden. Wenn sie ihn nicht bald findet und mich noch öfter nach ihm fragt, drehe ich der Schlange den Hals um!"

Tommy feixte. „Seid ihr beiden nicht sonst immer ganz gut miteinander klargekommen? Warum denn plötzlich so feindselig, Schwesterherz? Liegt es am Gockel, dass die Hennen sich prügeln?"

Sie funkelte ihn giftig an. „Hast du ihn nun gesehen, oder nicht?"

Die Antwort erübrigte sich, weil eine bleiche Gestalt herangetorkelt kam. „Hi, Mona. Du hast mindestens so viel getrunken wie ich, also könntest du aus Solidarität ein wenig kränker aussehen."

„Hej, Johnny! Ist mein armer Schatz etwas verkatert?" Mona nahm ihn gut gelaunt in den Arm und drückte ihn an sich. Es freute sie vor allem, dass sie ihn vor Britt gefunden hatte. „Soll ich dir etwas holen, was deinen Bauch beruhigt?"

John schaute sie missmutig an. „Hat es etwas mit Fisch zu tun?"

„Nein, ich dachte dabei an Alka Seltzer." Mona hakte sich bei ihm ein. „Komm, mein Süßer, wir müssen dich fit bekommen. Du gehörst nämlich zu meinem Team, wenn es gleich darum geht, am schnellsten die Autos auszugraben. Und ich zähle auf deine Muskeln."

John schaute sie irritiert an. Dann schweifte sein Blick über die eingeschneiten Autos, die sich als sanfte Hügel von der Schneedecke abhoben. „Macht ihr aus allem einen Wettbewerb?"

„Nein, wir machen aus allem einen Spaß." Mona grinste und schob ihn vor sich her ins Haus.

Tommy hatte sich noch Nachschub geholt und setzte sein Mahl im Freien fort. Auch er fühlte sich nicht besonders frisch, aber das hatte eher damit zu tun, dass Leif ihm nicht viel Zeit zum Schlafen gelassen hatte. Doch es hatte wohl wenig Sinn darauf zu hoffen, dass John die erste Etappe der Rückfahrt übernahm.

„Frohes neues Jahr", gähnte er und schob sich ein Stück Senfgurke in den Mund.

4

## Frühlingsverwirrungen

„Hi, Babe!" Doro liebte den Klang Brians rauer Stimme, wenn er sie begrüßte. Es schwang eine unterschwellige Zärtlichkeit in den Worten, die sich dann zumeist im folgenden Kuss fortsetzte.

Wenn sie ihn ließ - manchmal gehörte es zu ihrem Spiel, dass sie ihn schon zu Beginn auf die Folter spannte.

Für ihren Geschmack hörte sie seine Begrüßung allerdings ein wenig zu oft. Doro befürchtete langsam, dass sie in eine Art Beziehung hineinschlitterten. In der letzten Zeit hatten sie ziemlich viel „normalen" Sex gehabt, da sie sich wesentlich öfter getroffen hatten, als sie Lust auf raffinierte, erotische Experimente hatte.

Brian war nach wie vor ein begnadeter Liebhaber, und sie genoss es, sich einfach verwöhnen zu lassen, doch - unmerklich - mogelten sich Gefühle dazu.

Es war schon die Art, wie er sie liebte. Brian war sehr sanft, er streichelte sie und schickte dabei vibrierende Wellen durch ihren ganzen Körper. Er wusste mittlerweile ganz genau, welche Berührungen sie unheimlich anmachten, und er war so aufmerksam, sie immer wieder fantasievoll in ihr Liebesspiel einzubauen.

Doro war Wachs in *seinen* Händen. Eigentlich wollte sie, dass Brian ihr aus der Hand fraß. Doch stattdessen begann sie ihn zu vermissen, wann immer sie sich länger als einen Tag nicht gesehen hatten.

„Was ist los? Warum werde ich heute mit einem Stirnrunzeln empfangen?" Brian wollte sie küssen, doch Doro biss ihn nur spielerisch in die Unterlippe.

„Komm schon, wir gehen shoppen." Sie schlang den Arm um seine Hüfte und schob ihn wieder auf die Tür zu. Er zog fragend die Augenbrauen hoch, doch er ließ sie gewähren.

Brian grinste vor sich hin, als er neben ihr im Auto saß. Doros Hand schien gerade den Schaltknüppel zu suchen, und er war sich sicher, dass sie in der falschen Richtung unterwegs war. Er gab sich keinen Illusionen hin, das war nur das Vorspiel.

Da sie mit ihm in die Innenstadt fuhr, stand ihr wohl der Sinn nach Öffentlichkeit. Er war gespannt, was die kleine Hexe wieder vorhatte. Doro lenkte das Auto in ein Parkhaus; sie hatte spontan beschlossen, dass Brian heute dringend eine Herausforderung brauchte. Sie schätzte seine Qualitäten als Verführer sehr - doch sie hatte es am liebsten, wenn er sie wild und leidenschaftlich nahm, weil er so unter Dampf stand, dass er es nicht mehr erwarten konnte.

Dann hatte sie das Spiel gewonnen und konnte seine Lust als Preis genießen. Sie gewann gern, doch es gelang ihr selten, Brian wirklich aus der Fassung zu bringen.

Als sie ausstiegen, fiel Doros Blick auf die Kamera der Parkhausüberwachung, die direkt auf sie gerichtet zu sein schien. Sie schüttelte den Kopf, als Brian sie fragend ansah.

„Nein, ich sagte doch, wir gehen Shoppen. Wir verpassen dir ein neues Outfit" Doro grinste ihn an, als Brian an sich herabsah. „Ist an meinen Klamotten irgendetwas nicht in Ordnung?"

Sie spitzte schelmisch die Lippen. „Für drunter." Doro hakte sich bei Brian ein und bummelte mit ihm zur Fußgängerzone. Als sie die Einkaufsmeile erreicht hatten, steuerte sie zielstrebig auf ein Dessousgeschäft zu.

„He, Babe, das ist nur für Damenunterwäsche, oder? Du wirst mich nicht in einen Spitzenfummel stecken, da mache ich nicht mit!" Er sah sie grimmig an, er würde sich auch für ein erotisches Spiel nicht zu einer Tunte machen lassen.

Feixend zog sie Brian in das Geschäft. „Reg dich doch nicht so auf. Ich dachte, wir fangen zum Aufwärmen mit mir an?" Sie schenkte ihm einen Augenaufschlag und hauchte ihm einen flüchtigen Kuss auf die Lippen.

Eine stark geschminkte Frau mittleren Alters kam auf sie zu. „Kann ich Ihnen helfen? Suchen Sie etwas Bestimmtes?"

„Oh, mein Mann soll sich etwas besonders Scharfes aussuchen, das ich dann für ihn anprobieren werde. Zeigen Sie uns doch bitte ein paar Modelle, die möglichst wenig Stoff benötigen, um gut auszusehen." Brian hatte sich schon gedacht, dass es darauf hinauslaufen würde. Doro würde ihn mit ihren Reizen quälen, die er ansehen, aber nicht anfassen durfte. Bisher hatte ihn noch keine Frau derart angemacht; wenn er sie nur anschaute, wurde er ganz unruhig.

Die Verkäuferin hielt ihm ein sehr anregendes Ensemble vor die Nase. Sie vermied es dabei, ihn direkt anzuschauen und fixierte mit ihrem Blick das knappe Textil.

Genießerisch ließ er seine Finger über den zarten Stoff wandern. Er stellte sich vor, dass er von Doros seidenweicher Haut umgeben wäre, und sein Herz begann schneller zu schlagen.

Nach außen wirkte er ganz cool. „Ja, das ist nett, das könntest du mal probehalber anziehen." Brian senkte seinen Blick tief in Doros Augen und zog sie sacht an sich. Seine Lippen glitten zärtlich zu ihrem Mund, und sie erwiderte den Kuss innig. „Zuckerbrot und Peitsche", dachte er süffisant.

Ein verlegenes Hüsteln holte sie wieder auf den Boden der Tatsachen zurück. Brian öffnete langsam die Augen und zwinkerte der molligen Frau zu. Sie kicherte nervös, und er beschloss, seine Aufmerksamkeit lieber wieder Doro zuzuwenden.

Nachdem sie noch mehr Dessous ausgewählt hatten, die sie anprobieren wollte, drückte Doro Brian auf den Stuhl nieder, der neben der Umkleidekabine stand. „Oh, eine Sekunde, ich brauche noch ein Strumpfband." Mit den Worten schoss sie an der erstaunten Verkäuferin vorbei und kam nach kurzer Zeit mit einer ganzen Auswahl zurück.

Sie drückte sie Brian in die Hand und stellte mit Schwung ihren Fuß auf die Sitzfläche des Stuhls - zwischen seine leicht gespreizten Beine. Brian atmete tief ein, als er Doro ansah; sie lächelte ihn verführerisch an. „Würdest du sie mir bitte überstreifen? Schön eins nach dem anderen?"

Als das erste Strumpfband ihr schlankes Bein schmückte, ließ sie es lasziv ein wenig hin und her schaukeln. Bei der Bewegung rutschte ihr ohnehin recht kurzer Minirock noch ein gutes Stück nach oben. Brian hatte nun aus seiner Position einen Einblick, der ihn nicht darüber im Unklaren ließ, dass sie zumindest im Moment keine Unterwäsche trug. „Und? Gefällt es dir?" Doro beugte sich zu ihm herunter und küsste ihn sanft.

„Yeah, that's great!" Seine Stimme klang heiser, obwohl er sich Mühe gab, sich nichts anmerken zu lassen. Dann hielt er erstaunt inne.

Josie stand keine zwei Meter von ihnen entfernt im Laden und starrte sie fassungslos an. Sie hielt zwei Bügel mit BHs in der Hand, die sie gerade anprobieren wollte.

Brian lächelte sie an und griff schnell nach Doros Bein, um es auf den Boden zu setzen. In der gleichen Bewegung zog er ihren Rock bis zu einer anständigeren Länge herunter. Dann stand er auf und nahm Doro bei den Schultern; sie hatte ihre Tochter noch nicht gesehen, und schaute ihn verständnislos an. Langsam drehte Brian sie herum.

Die beiden Frauen sahen sich wortlos an. Es war nicht notwendig, irgendeinen Erklärungsversuch zu starten, die Situation sprach für sich.

Brian legte seinen Arm um Doro, als könnte er sie so vor dem Unausweichlichen schützen. Diese Geste der Ritterlichkeit ließ Josies Mundwinkel schmerzhaft zucken.

Es war Doro, die zuerst die Worte wiederfand. „Josie, Schätzchen, es ist leider genau, wie du denkst. Unter den gegebenen Umständen verstehst du sicher, dass ich dir nichts von unserer", sie zögerte einen kurzen Moment, „*Affäre* erzählen konnte."

Brian atmete tief ein, das war ein Signal an ihn gewesen. Er hatte gehofft, dass sie ihre regelmäßigen, heißen Begegnungen langsam als etwas mehr sehen würde. Hätte sie Beziehung gemeint, hätte sie es auch gesagt, Doro war keine Frau, die etwas beschönigte.

Plötzlich fühlte er sich fehl am Platz. Er war zwar genau genommen der Stein des Anstoßes, doch der Konflikt betraf eigentlich nur Mutter und Tochter. „Ich lasse euch jetzt lieber allein. Es ist besser, wenn ihr das unter vier Augen klärt." Brian drückte Doros Schultern und hauchte ihr einen Kuss auf die Stirn. Dann lächelte er Josie noch einmal kurz an und verließ das Geschäft. ♥

Es hatte Leon einige Überwindung gekostet, endlich ein Treffen mit Tommy zu verabreden. Lange Zeit war ins Land gegangen.

Unbewusst hatte Leon furchtbare Angst vor einem Wiedersehen gehabt. Tommy war immer in seinen Gedanken gewesen, aber schon die Tatsache, dass er ihn anzog wie ein Magnet, war ihm unheimlich. Seine innere Zerrissenheit, die noch immer anhielt, hatte ihn nicht direkt offen für Experimente gemacht.

Leon lehnte an Tommys klapprigem Kombi. Sie hatten kurz telefoniert und ausgemacht, dass sie sich unten treffen wollten. Da Tommy noch eine Bandprobe hatte, hatte sich er kurzerhand entschlossen mitzugehen. Der Gesang bei ihrem letzten Treffen hatte ihn neugierig auf mehr gemacht. Tommy schien eine sehr interessante Stimme zu haben. Rockabilly war nicht direkt Leons bevorzugte Musikrichtung - er hörte lieber Jazz - doch er war gespannt, was ihn erwartete.

Später wollte er den jungen Schweden zum Essen einladen und ein Gläschen mit ihm trinken gehen.

Als er Leons Stimme am Telefon erkannt hatte, war Tommy fast in Ohnmacht gefallen. Langsam hatte er nicht mehr daran geglaubt, dass er sich überhaupt noch melden würde.

Er hatte Brian dauernd wegen Neuigkeiten über den Griechen ausgequetscht und ihn heftig genervt. Ein paar Mal hatte er versucht, Leon wenigstens kurz zu Gesicht zu bekommen, doch es war ihm zu peinlich gewesen, sich vor der Bar herumzudrücken. Tommy hatte sich nicht getraut, hineinzugehen, sicher hatte Leon einen guten Grund, sich nicht zu melden.

Tommy stand noch im Badezimmer vor dem Spiegel. Seine Haare brachten ihn zur Verzweiflung! Was sich bei seiner Schwester in üppigen Locken ausgeprägt hatte, stellte sich bei ihm so dar, dass jedes einzelne Haar von der Wurzel an zwar relativ glatt, aber unglaublich stur war. Er trug sie am Hinterkopf kurz, doch die vordere Partie war etwas länger und sollte sich zu einer Tolle formen lassen. Jedes Mal fiel ihm das Kunstwerk fransig in die Stirn, wenn er auch nur eine kleine Bewegung machte.

„Fan också!"" Wutschnaubend ließ er von seiner Frisur ab und eilte in sein Zimmer. Lu musste auch noch mit. Sein Kontrabass war schon eingepackt in seine schützende Hülle, doch der Weg durch das Treppenhaus würde mal wieder ein Spießrutenlauf werden. Ihm war wichtig, dass sein Schmuckstück keine Macken bekam, ein Unterfangen, das er jedes Mal mit deftigen schwedischen Flüchen begleitete.

Tommy öffnete das Fenster und streckte den Kopf heraus, er lächelte Leon an, als er ihn bereits warten sah. „Hej Leon, es kann noch einen Moment dauern. Ich muss Lu runterbringen, gib mir fünf Minuten, okay?" Leon schmunzelte, Tommy schien in heller Aufregung zu sein. „Mach dir keinen Stress, ich bin sehr geduldig. Kann ich dir irgendwie helfen?" Tommy grinste. „Besser nicht. Aber Danke."

„Wer ist Lu?" Der Grieche zog an seiner Zigarette und sah mit zusammengekniffenen Augen der kleinen Rauchwolke nach. Tommy hatte nicht erwähnt, dass noch jemand mitkommen würde. Hatte er eine Freundin, von der er noch nicht gesprochen hatte?

Leon war auf unerfindliche Weise erleichtert, als er sah, wie der Schwede seinen Kontrabass behutsam durch die Tür bugsiert hatte. Tommy warf ihm die Autoschlüssel zu, und er öffnete die Heckklappe des Kombis für ihn. Vorsichtig wurde die große Instrumententasche auf ein Deckenlager gebettet.

Tommy lehnte sich an das Auto und legte seinen Kopf in gespielter Erschöpfung auf die verschränkten Arme. Er prustete und grinste Leon an. „Hej, das wäre mal wieder geschafft! Vielen Dank fürs Warten."

„Du musst ein ganz besonderes Verhältnis zu deinem Instrument haben, hm?" „Oh ja! Die Dame ist anspruchsvoll."

Nachdem sie bei dem Proberaum bzw. dem kleinen Tonstudio angekommen waren, stieg Leon erleichtert aus dem Auto. „Live fast – die young!" - Diesen Aufkleber hatte Tommy an seinem Armaturenbrett kleben, und es schien auch sein Motto beim Autofahren zu sein.

„Bitte, lass dich nicht abschrecken, es sieht ziemlich schlimm aus." Tommy hantierte an der Tür, die er mit alten Latten wieder zusammengeflickt hatte. An dem klapprigen Holz prangte ein neues Schloss, das angesichts der verrosteten Scharniere etwas unpassend aussah.

Leon sah sich um und stupste die Glühbirne über dem Mischpult kurz mit dem Finger an. Wie ein Pendel schwang sie hin und her.

---

· Verdammter Mist!

Tommy grinste, die Geste kam ihm irgendwie bekannt vor.

„Die beste Musik wurde selten in einem goldenen Palast geboren. So ein wenig Erdverbundenheit bringt die Töne erst richtig zum Klingen." Leon ließ schmunzelnd den Blick über die fleckigen Wände gleiten.

Nachdem Tommy seine Vorbereitungen beendet hatte, saßen sie gemütlich an die Wand gelehnt in dem Chaos und tranken eine Tasse Kaffee. Die beiden anderen Bandmitglieder waren noch nicht aufgetaucht, doch das war nicht ungewöhnlich, sie würden schon noch kommen. Leon schaute Tommy interessiert an. „Wie bist du eigentlich zu deiner Musik gekommen?"

„Ooooch", der junge Schwede lehnte sich genüsslich zurück, er schien gern über dieses Thema zu reden, „eigentlich war meine Mo daran schuld. Sie hat Mona und mir eine ordentliche musikalische Ausbildung auf den Weg geben wollen. Mona sollte Geige lernen und ich Cello, um sie begleiten zu können. Meiner Mo war es wichtig, dass es die klassischen Instrumente waren. Als ich ein paar Straßenmusiker gesehen hatte, die Rockabilly spielten, habe ich mich in die Musik und in den Kontrabass verliebt. Natürlich nicht mit Bogen, sondern Slappen. Man nimmt die Saiten und zupft sie, oder man lässt sie richtig knallen." Tommy grinste breit. „Dann halten sie allerdings nicht sehr lange. Cellosaiten vertragen das übrigens überhaupt nicht. Nachdem ich mehrere Sätze Saiten durchgejagt hatte - und die sind teuer - habe ich angefangen, mit dem Cello zu tanzen und dabei draufzuspringen. Meine Mo hat sich dann endlich breitschlagen lassen, und ich habe meinen Bass bekommen."

Tommy knuffte Leon sanft in die Seite. „Wie ist es mit dir, Tiger? Machst du auch Musik?"

Er lächelte belustigt. „Tiger?" Tommy schien langsam aufzutauen und seine Hemmungen ihm gegenüber zu vergessen. „Nein, tut mit leid, ich mag zwar Musik, aber ich besitze keinerlei Rhythmusgefühl. Es reicht gerade für ein wenig Gesang unter der Dusche."

„Weißt du, was das geilste Instrument überhaupt ist?" Tommy sah ihn gespannt an. „Das Publikum! Es gibt nichts Tolleres, als auf ihm zu spielen wie auf einem Instrument!" Die Augen des jungen Schweden sprühten vor Begeisterung, er sprang aufgeregt auf.

Liebevoll griff er nach Lu für eine kurze Demonstration.

Tommy nahm den Bass zwischen seine Beine und ließ sein Becken sanft kreisen. „Du kannst hundertprozentig sicher sein, dass so die Mädels anfangen zu kreischen. Und so -", er schwang einen Arm nach oben und „ritt" einhändig auf dem Instrument, „sogar in den höchsten Tönen. Es ist völlig egal, wo du auftrittst, es ist immer die gleiche Reaktion."

Tommy sprang auf den Kontrabass und balancierte atemlos auf der Stelle, dann hüpfte er mit Lu ein wenig hin und her.

„Darauf reagieren die Burschen mit Grölen und Pfeifen, wenn du noch ein ‚Yiiiiha!' drauflegst, flippen sie ganz aus. Mit Musik sieht das natürlich besser aus."

Schwer atmend setzte er sich wieder neben Leon und zog sich seinen Pullover über den Kopf. Es war kalt in dem Proberaum, doch er schien in dem ärmellosen Shirt, das er jetzt nur noch trug, nicht zu frieren. Er grinste und sah Leon an, wobei er sich über den Gesichtsausdruck des Griechen amüsierte, er schien fasziniert zu sein.

In diesem Augenblick entstand zwischen ihnen eine tiefe Vertrautheit, doch als sie sich ansahen, verflüchtigte sich das Gefühl wieder und machte Verlegenheit Platz.

Die beiden anderen Bandmitglieder trafen ein und retteten die Situation. Mark, der Gitarrist der Band, kam mit einem missmutigen Gesicht in den Raum. Ohne einen Gruß fuhr er Tommy an: „Verdammt, was hast du diesen Leuten vom Musikschuppen erzählt? Wir sollten doch in der nächsten Woche dort spielen. Und jetzt sagt mir der Kerl, du hättest alles umgemodelt. Kannst du mir mal sagen, wann der Gig stattfinden soll?" Während er sprach, packte er seine Gitarre aus und machte sie startklar, Leon würdigte er keines Blickes.

Im Schlepptau hatte er einen Punk mit blauen Haaren gehabt, der ein wenig zu breit grinste. Sein aufgebrachter Kumpel schien ihn sehr zu erheitern.

Tommy begann ebenfalls zu grinsen. „Oh, hej Mark, wie schön dich zu sehen. Ja, vielen Dank, mir geht es auch gut. Das ist übrigens Leon, ein Freund von mir."

Mit einem blasierten Gesichtsausdruck nickte der andere Leon zu und fühlte vorsichtig, ob seine perfekt frisierte Tolle noch saß. Er sah gut aus, doch die Arroganz kam ihm aus allen Knopflöchern.

„Hej, Animal, hattest du mir nicht versprochen, dass du vor den Proben keine Pillen einwerfen wolltest? Du bist breit wie ein Gullideckel!" Tommy schüttelte den Kopf.

Noch immer grinsend, setzte sich der blauhaarige junge Mann an sein Schlagzeug und ließ die Sticks rotieren.

Tommy debattierte noch kurz mit Mark über den verschobenen Auftritt und ging dann an das Mikrofon, Lu an seiner Seite. Er zupfte ein paar Mal an den Saiten und schien zufrieden mit dem Klang zu sein. Zum Aufwärmen spielten sie ein schmalziges Liebeslied.

Leon bewunderte die Bandbreite in Tommys Stimme. Um mit der Gitarre im Einklang zu singen, musste er in einer relativ hohen Tonlage anfangen, doch obwohl es sehr anstrengend für ihn war, kamen die Töne glasklar rüber. Im unteren Bereich bekam die Stimme einen samtigen Charakter, der Leon tief unter die Haut ging. Er hatte gewusst, dass es sich lohnen würde, sich Tommys Gesang genauer anzuhören.

Als er begann, die Bühnenshow zu trainieren und zur Musik zu tanzen, zog der Grieche unwillkürlich den Kopf ein. Es sah aus, als würde Tommy eine Dusche benötigen, bevor sie sich dem weiteren Abendprogramm widmen konnten.

Einige Zeit später saß Leon am Tisch in der gemütlichen Wohnküche der WG. Jetzt wusste er, was Tommy gemeint hatte, als er behauptete, die gehörte Musik würde ihm noch durch die Adern rauschen. Wie ein Echo klangen die Töne in ihm nach, Leon fühlte sich gut durchgewärmt und zufrieden.

Der junge Schwede war im Bad, um sich für den Abend frisch zu machen. Es schien ihm ähnlich zu gehen, Leon konnte ihn gut gelaunt singen hören.

Brian setzte sich zu dem Griechen an den Tisch und reichte ihm eine Tasse schwarzen Kaffee. Er war auf dem Sprung, da er im Gegensatz zu Leon keinen freien Abend hatte. „Hier bitte, ich hoffe, er schmeckt dir. Ich habe die Brühe gebraut, und sie ist den meisten hier zu stark." Brian feixte. Er stand auf und verschwand im Flur, nachdem sie sich zum Abschied noch einmal zugenickt hatten.

Vorsichtig probierte Leon die dampfende Flüssigkeit, doch es war so, wie er es vermutet hatte - mit dem, was er „Kaffee" nannte hatte das Ganze wenig zu tun. Er würde sich nie an Filterkaffee gewöhnen.

Tommy steckte den Kopf zur Tür herein. „Schau doch bitte mal, ob noch Kuchen da ist. Könntest du mir vielleicht auch einen Kaffee einschütten?"

Leon war etwas überrascht. „Wollen wir nicht zum Italiener gehen?" „Ja klar, aber Kuchen ist eine Geschichte für die Seele, das hat nichts mit Essen zu tun." Tommy grinste noch kurz und ging in sein Zimmer, um sich anzuziehen. Schmunzelnd schaute Leon nach, ob er etwas Gebäck finden konnte. Unter einer hübschen Glasglocke, die wie selbstverständlich auf der Arbeitsplatte stand, waren frische Berliner Pfannkuchen.

Dunkel konnte sich Leon daran erinnern, über Schweden gehört zu haben, dass sie zu jeder Tages- und Nachtzeit Kuchen aßen und dazu eimerweise Kaffee tranken. Das schien einmal ein Gerücht zu sein, das zumindest ansatzweise zutraf.

Leon bewegte sich ganz unbefangen in der gemütlichen Küche. Er war zwar noch nicht oft in der WG gewesen, doch die Atmosphäre erinnerte ihn derart an sein Elternhaus, dass er sich sehr zu Hause fühlte. Nachdem Tommy sein „Seelenmahl" zu sich genommen hatte, drängte er zum Aufbruch. „Lass uns bitte schnell verschwinden. Noch ist von den Mädels keine zu Hause, aber sie kommen bald" Er grinste schuldbewusst. „Weißt du, ich bin in dieser Woche mit Badputzen und Katzenklo-Saubermachen dran. Wenn Mona oder Bea mich erwischen, rennen sie mit Gummihandschuhen hinter mir her. Da habe ich heute keine Lust drauf."

Spät in der Nacht kamen sie wieder zurück in die heimelige Küche. Leon hatte Tommy bis in die Wohnung begleitet, weil ihm seine Beine nicht mehr so richtig gehorchen wollten.
Tastend suchte der Schwede nach dem Lichtschalter. Unglücklicherweise trat er dabei auf Adonis, der auf die Rückkehr seines Herrn gewartet hatte. Als der Kater erschreckt davonstob, brachte er Tommy aus dem ohnehin recht labilen Gleichgewicht.
Leon fing ihn auf, und Tommy lehnte sich genüsslich gegen den Griechen. Er schlang die Arme um seinen Hals. „Jag är lite lullig!" Er lachte über Leons verständnisloses Gesicht. „Ich habe einen Schwips! Leon, wenn ich dich jetzt auf der Stelle heiraten wollte, müsste ich dich dann fragen, ob du mein Mann werden willst oder meine Frau?"
Leon grinste ihn an. „Ich denke, das ist egal. Du stinkst so nach Schnaps, dass ich dich sowieso nicht heiraten würde. Kommst du jetzt klar?"
„Alles okay, und wenn ich auf allen Vieren ins Bett kriechen muss. Leon …"
Tommy schien sich ein wenig zusammenzureißen und sah ihn verhältnismäßig ernst an. „Ich habe mich sehr wohl mit dir gefühlt. Danke. Und eine gute Nacht."
„Kai ego sou efchome poli orea oneira.*" Der Grieche küsste ihn sanft auf die Stirn und setzte ihn dann auf einen Küchenstuhl. „Pass auf dich auf, Apollon. Kalinichtà*." Leon schaute ihn noch einmal lächelnd an und ging.
Er machte sich zu Fuß auf den Heimweg und dachte noch einmal an den gemeinsamen Abend zurück. Sie hatten sich sehr gut unterhalten. Dabei war es egal, ob es um irgendeinen Blödsinn gegangen war oder um tief greifende Themen.
Ja - Apollon! Der schöne, junge Gott des Lichts, der Künste und des Gesangs. In seinen Gedanken hatte er ihn schon öfter so genannt. Leon atmete tief durch, Tommy hatte es auf den Punkt gebracht:
Er hatte sich sehr wohl mit ihm gefühlt. *Sehr* wohl. ♥

Er seufzte im Halbschlaf, Brian konnte sich noch nicht so ganz orientieren. Sein Mund huschte in das Tal zwischen Doros Brüsten, um dort knabbernd

---

· Auch ich wünsche dir sehr schöne Träume
·* Gute Nacht

84

und küssend vollständig wach zu werden. Seine Unterlage begann zu beben, Doro hatte also auch schon das Land der Träume verlassen. Sie rutschte langsam unter ihm weg und küsste ihn zwischen die Schulterblätter. Brian räkelte sich wohlig. Doch was angefangen hatte wie ein interessanter Stellungswechsel, endete leider damit, dass Doro sich zum Frühstückmachen in die Küche verzog. Seine Hand strich enttäuscht über das leere Laken.

Großzügig hatte sie ihm gestattet, bei ihr zu übernachten. Normalerweise bat sie Brian zu gehen, wenn der romantische Teil des Abends beendet war. Es gefiel ihm nicht, in die Nacht „hinausgejagt" zu werden, doch er verstand, warum Doro diese Nähe nicht ertragen konnte. Sehr oft war es ihm mit seinen Gespielinnen genauso gegangen.

Gemeinsam aufzuwachen war eine andere Form der Intimität, als miteinander zu schlafen. Das hatte nichts mehr mit Sex zu tun, es war die Vertrautheit der Seelen, wenn man Arm in Arm erwachte und sich dabei wohlfühlte. Stellte man allerdings fest, dass man neben einem Fremden lag, kehrte sich die Intensität des Gefühls ins Gegenteil um. Brian konnte gut damit leben, wenn Doro der erste Mensch war, dessen Nähe er am Morgen fühlte. Es erstaunte ihn immer wieder. Aber sie hatte Probleme, diese Empfindungen zuzulassen. Er hatte ihr Unbehagen gespürt.

Es war das erste Treffen nach dem Zwischenfall mit Josie gewesen. Doro verspürte offenbar ein ziemlich schlechtes Gewissen ihm gegenüber. Sie hatte ihm nicht wehtun wollen. Es war zwar die Wahrheit, dass sie ihre Beziehung nur als Affäre betrachtete, aber es war ihr nicht entgangen, dass es Brian einen kleinen Stich versetzt hatte.

Doro und Josie waren einen Kaffee trinken gegangen und hatten sich vernünftig unterhalten, doch eine unüberbrückbare Barriere hatte zwischen ihnen gestanden. Die Beziehung zu Josie wurde immer schwieriger. Die Sache mit Brian hatte dem Ganzen die Krone aufgesetzt, doch sie hatten schon vorher ihre Differenzen gehabt.

Genießerisch sog Doro den Duft des Kaffees ein, die Eier würden auch bald fertig sein. Insgeheim gefiel es ihr sehr, für Brian Frühstück zu machen. Manchmal machte ihr das Alleinsein in der letzten Zeit schwer zu schaffen. In einsamen Momenten sehnte sie sich nach Brians Gesellschaft. Eine Affäre - ja, das war es. Doch das Wort bedurfte in ihrem Fall einer neuen Definition. Mit einem entrückten Lächeln stellte sie das Marmeladenglas auf das Tablett. Sie war sich sicher, dass Brian die eine oder andere Idee haben würde, was man bei einem Frühstück im Bett mit dem Fruchtaufstrich machen konnte. ♥

Bea betrat leise Alex' Zimmer, um ihn nicht zu stören, falls er schlafen sollte. Sie hatten sich länger nicht gesehen, nachdem sie ihn am Neujahrsmorgen besucht hatte.

Da sie dabei ausgerechnet auf seine Lulu gestoßen war, hatte sie sich nur kurz aufgehalten. Nachdem sie ein paar Artigkeiten ausgetauscht hatten, wurde ihr die Situation zu peinlich, und sie war schnell wieder aufgebrochen.

Alex hatte die ganze Zeit ein ziemlich unangebrachtes Feixen zur Schau getragen. Es hatte ihn überaus amüsiert, dass Lulu Bea argwöhnisch gemustert und dauernd versucht hatte, sie durch Fangfragen aufs Glatteis zu führen. Sie war ihr ein absoluter Dorn im Auge gewesen.

Danach hatte Bea einige Male versucht, Alex allein zu erwischen, aber das war ein fast unmögliches Unterfangen. Wenn ihn nicht gerade seine Eltern oder Lulu besuchten, wurde sein Zimmer von einer Vielzahl seiner Freunde belagert. Eine Kollegin hatte Bea davon berichtet, das diese Yuppies ein unmögliches Benehmen an den Tag gelegt hatten.

„Oh, welch Sonne erhellt meinen Tag!" Alex setzte sich in seinem Bett auf und schwang langsam seine Beine heraus. „Du schleichst dich herein, als ob du etwas zu verbergen hättest. Keine Sorge, Lulu ist nicht da."

„Und wenn sie es wäre, würde es mich nicht stören." Es nervte Bea, dass er einfach davon ausging, dass sie mit ihm allein sein wollte. Alex stand mühsam auf, sein Beckenbruch war zwar verheilt, aber die Muskeln hatten sich verkürzt und mussten durch gezielte Gymnastik wieder gedehnt und gestärkt werden. Er ging auf sie zu und stützte eine Hand auf ihre Schulter. „Kleine Bea, ich habe mir gerade von dir erhofft, dass du nicht so schnippisch wärst. Da werde ich schon mit Zickigkeiten begrüßt, obwohl wir uns so lange nicht gesehen haben." Er freute sich, dass sie errötete und massierte sanft ihre Schulter. „Und du hast mich um meinen Neujahrskuss betrogen. Du hast dich verhalten wie meine Gouvernante, ich denke, du schuldest mir etwas."

Bea schnappte nach Luft, was bildete sich dieser arrogante Kerl eigentlich ein? „Aber ich habe eine gute Nachricht für dich: Ich bin nicht mehr mit Lulu zusammen." Alex schmunzelte und legte ihr einen Finger auf die Lippen, als sie etwas sagen wollte. „Ja, ich bin mir darüber im Klaren, dass dir das völlig einerlei ist, aber ich sage es dir trotzdem. Es macht mich auch nicht zum Helden, denn sie hat *mir* einen Tritt in den Hintern gegeben. Da kann ich mit umgehen, ich bin ganz cool. ‚Love it, leave it, or change it!' Und ich habe das kleine Biest hinter mir gelassen."

"Hast du mich extra rufen lassen, um mir das zu sagen?" Bea schaute ihn irritiert an. Gefühlsmäßig musste sie gerade noch die Neuigkeit von seiner neuen Freiheit verdauen.

„Körperlich bin ich wieder einigermaßen gut auf dem Damm. Die Reha ist ganz o.k. für den Muskelaufbau und so. Für die fehlende Milz bekomme ich

Medikamente. Aber hier ..." Alex deutete auf seinen Kopf. „Da ist noch nicht wieder alles in Ordnung. Ich bin ein paar Mal umgefallen, und jetzt wollen sie mich nicht ohne fachkundige Betreuung nach Hause lassen." Er verzog grimmig das Gesicht wegen der vermeintlichen Ungerechtigkeit.

Beas Lippen zitterten, als sie ihn voller Mitgefühl ansah. „Was kann *ich* da für dich tun?"

„Kennst du den Film ‚Entscheidung aus Liebe'? Wo eine Pflegerin sich hingebungsvoll um einen kranken Mann kümmert? Bea, ich brauche deine Hilfe!" Alex nahm ihre Hände und drückte sie sanft.

„Der Mann in dem Film war todkrank. Er brauchte wirklich eine Rundumbetreuung. Aber du bist beinahe gesund, wie stellst du dir das Ganze vor?" Es rotierte in ihrem Hirn.

„Entschuldige bitte, heißt das, dass ich dir nicht krank genug bin?" Alex sah sie beleidigt an, doch dann besann er sich. „Bitte werde meine private Krankenschwester und betreue mich in meiner Wohnung. Ich habe schon nachgefragt, es wäre kein Problem, dich hier in der Klinik zu beurlauben. Bei deinem Gehalt würde ich einen dicken Batzen drauflegen, du verdienst ja nicht die Welt."

„Hat man dir in der Verwaltung etwa verraten, was ich verdiene?" Bea schaute ihn ungläubig an und errötete vor Scham.

„Nein, natürlich nicht. Aber hat dein Gehalt fünf Stellen?"

Sie schüttelte erstaunt den Kopf. „Längst nicht."

„Na also, dann habe ich doch recht."

„Wir würden miteinander leben, richtig? Ich würde bei dir wohnen, und wir wären Tag und Nacht zusammen?" Bea wusste nicht ob sie sich freuen sollte, oder ob sie das Grauen packte. Zumindest erfüllte der Gedanke sie mit Angst.

„Mit allen Konsequenzen?"

„Oh, du meinst mit Sex und dem ganzen Tamtam?" Alex amüsierte sich über die tiefrote Farbe, die Beas Ohren annahmen.

„Was für eine Art Gespräch soll das werden? Wenn wir nicht professionell an die Sache herangehen, lassen wir es ganz. Unsere Beziehung wäre rein geschäftlich. Das ist umso wichtiger, wenn die Privatsphäre fehlt."

„Hat man dir das auf der Schwesternschule beigebracht?" Alex lächelte nachsichtig. „Es wäre ja nur für eine gewisse Zeit. Der Doc hat gesagt, dass die Anfälle wahrscheinlich ganz verschwinden werden. Nur jetzt muss ich noch unter Beobachtung bleiben."

„Warum ausgerechnet ich? Kannst du dir nicht eine andere Pflegeperson besorgen?" Bea fühlte sich überhaupt nicht wohl bei dem Ganzen. Das würde wieder ein Desaster werden! Und sie hatte sich geschworen, die Finger davon zu lassen, wenn es schon zu Beginn danach aussah.

„Ich bin anspruchsvoll." Alex ging um sie herum und streifte sie beiläufig, er nahm den Duft ihres Haares auf. Bea erschauderte bei dem zufälligen Körperkontakt.

Er stand hinter ihr und flüsterte in ihr Ohr. „Ich möchte keinen x-beliebigen Menschen ständig um mich haben. Du kennst mich ..."

„Nicht besonders gut", warf sie schwach ein.

„Macht es das nicht besonders spannend?" Er hauchte ihr ein Küsschen auf den Hals.

Bea räusperte sich und rückte von ihm ab. „Gib mir etwas Bedenkzeit. Ich werde dir morgen sagen, ob ich den Job annehme. Und jetzt muss ich gehen."

Alex und zog die Augenbrauen hoch, nachdem er wieder allein in seinem Zimmer war. „Es wird mir eine Freude sein, herauszufinden, was sie dir auf der Schwesternschule noch so alles beigebracht haben." ♥


Schon während der Vorlesungen am Nachmittag hatte John ständig daran denken müssen. Mona, dieses kleine Luder! Sie hatte ihn böse in die Pfanne gehauen, aber er würde ihr eine sanfte Lektion erteilen. Um mit seinen Prüfungen möglichst locker weiterzukommen, hatte er versucht, seinen ganzen Charme in die Waagschale zu werfen, damit ihm einige Mädels halfen, den Stoff zu pauken. Er wollte sich mit ihnen zum Lernen treffen und dabei mit dem geringsten Aufwand Wissen in sein Hirn bekommen.

Ja, okay, er wollte die Arbeit ihnen überlassen, aber dafür musste er auch mit ihnen flirten. Ein harter Job, denn die schlauesten Studentinnen waren nicht immer die hübschesten, vor allem nicht im Bereich Maschinentechnik. Sie hatten vereinbart, dass sie ihn anriefen - und er hatte nichts mehr von ihnen gehört.

Heute hatte er allerdings eine von seinen Kommilitoninnen getroffen, und sie hatte interessante Dinge zu erzählen gehabt: Seine „Freundin" hatte ihren Anruf entgegengenommen. Und als sie ihr Anliegen gehört hatte, war die Dame ziemlich biestig geworden.

Bea war es nicht gewesen, darauf hielt John jede Wette.

Er hätte zu gern gewusst, ob Mona ihn nur ärgern wollte, als sie seine Lernpartnerinnen vergrault hatte. Oder war sie ernsthaft eifersüchtig? Schmunzelnd dachte er an die Geschichte mit Britt zurück. Bei ihr hatte Mona nicht verbergen können, dass es ihr gar nicht recht gewesen war, wenn sie John anbaggerte. So ganz egal war er dem süßen Pummelchen wohl doch nicht.

Nur, seit sie von ihrem Schweden-Trip wieder zu Hause waren, hatte sich ihre Beziehung nicht so entwickelt, wie John es sich gewünscht hätte. Der Jahresbeginn war sehr ermutigend gewesen, aber leider hatte es seitdem keine Highlights gegeben. Er hatte mit Mona zurzeit eine Art Waffenstillstand. Es war eine stillschweigende Übereinkunft; sie versuchten, sich nicht zu bekriegen, dafür passierte aber auch nichts im positiven Sinne.

„Schmiede das Eisen, solange es noch heiß ist." Das hatte seine Granny immer gesagt, wenn er mit Liebeskummer bei ihr angeschlichen gekommen war. Deshalb versuchte er zumindest, mit kleinen Neckereien die Sache warm zu halten, bevor sie sozusagen zur Tagesordnung übergingen.

Voller Erwartung öffnete er die Wohnungstür.

Er lächelte zufrieden, als er Monas Stimme in der Küche hörte. Bea und Brian schienen auch zu Hause zu sein, und er glaubte, sogar Tommy. „Hi, die ganze Bagage auf einen Haufen, das habe ich schon ewig nicht mehr gesehen." John steckte den Kopf zur Küchentür herein und wurde fröhlich begrüßt.

Sie tranken gerade Kaffe und aßen frische Teilchen, die wie üblich jemand am Nachmittag beim Bäcker geholt hatte. In punkto Süßigkeiten waren sie sich alle einig: Sie waren überaus wichtig! Nur Brian war ein „Gelegenheitstäter", die anderen hatten zwar unterschiedliche Vorlieben, doch diese sehr regelmäßig.

Mona stand an die Anrichte gelehnt und schaute ihm entgegen. Wie ihr Bruder liebte sie Berliner Pfannkuchen, die Zuckerkrümel um ihren Mund zeugten davon, dass ihr Lieblingsgebäck bei der Auswahl dabei gewesen war.

John setzte sich an den Tisch und schüttete sich Kaffee ein. Nach dem ersten Schluck war er überaus erfreut, ausnahmsweise war er frisch und nicht zu stark.

In seinen Augen glänzte der Schalk. „Hmmmm, dazu brauche ich etwas Süßes." Er holte mit seinen langen Armen aus und zog Mona mit Schwung auf seinen Schoß. Zärtlich leckte John den Zucker von ihrem Mund. Dabei ließ er seine Zunge kurz in ihren vor Überraschung leicht geöffneten Mund schlüpfen und küsste sie sanft.

Es dauerte nur eine Schrecksekunde, dann begann sie sich heftig zu winden, um sich von ihm zu befreien. John musste aufhören, sie zu küssen, weil er sich vor Lachen nicht mehr halten konnte.

Als er sie belustigt ansah, funkelte Mona ihn wütend an. „Wie kannst du es wagen, du …!"

„Ich werde doch meine neue Freundin mit einem kleinen Kuss begrüßen dürfen, oder?"

„Freundin? Davon träumst du aber nur! Wie kommst du denn auf diese Idee?" Entrüstet sprang sie von seinem Schoß und sah ihn aufgebracht an.

Die anderen beobachteten die Szene interessiert. Brian und Tommy tauschten amüsierte Blicke, stillschweigend schlossen sie Wetten ab, ob es jetzt wieder richtig krachen würde. Bea schüttelte schmunzelnd den Kopf.

„Kann es sein, dass du nur bei Bedarf meine Freundin bist?"

„Bitte was? Kannst du dich vielleicht etwas klarer ausdrücken?"

„Ja, das kann ich. Hast du dich am Telefon als meine Freundin ausgegeben, als meine Kolleginnen angerufen haben, um mit mir zu lernen?" John sah sie grimmig an, es würde ihn einige Anstrengung kosten, wenn er den gesamten Stoff selbst aufbereiten musste, um ihn dann zu pauken.

Mona wurde leicht rot. John fand diesen schuldbewussten Ausdruck auf ihrem Gesicht einfach wunderbar - er war gerade in der Position, um etwas von ihr zu verlangen, das sie ihm sonst nicht so einfach zugestanden hätte.

Er lächelte sie an, ihm war gerade eine großartige Lösung eingefallen.

„Hättest du nicht Lust, mir beim Lernen ein wenig zu helfen? Dann brauche ich die anderen Mädels nicht, und es würde auch mehr Spaß machen."

Skeptisch schenkte sie ihm einen Seitenblick. „Okay, aber nur, weil ich weiß, dass dein Stipendium wackelt. Und wenn du nicht brav bist, fessele ich dich an deinen Bürostuhl." ♥

Doro hatte einen wunderbaren Nachmittag in der City verlebt. Ganz gemütlich war sie Bummeln gegangen. Sie hatte sich ein neues Kleid gegönnt und war gespannt, ob es Brian gefiel.

Zum Abendessen saß sie in einem Bistro, ihr Essen ließ auf sich warten. Ungeduldig schaute sie auf die Uhr.

Heute wollten sie sich eigentlich nicht treffen, doch es überfiel sie die Sehnsucht, Brian wenigstens kurz zu sehen. Plötzlich hatte sie eine Eingebung - sie konnte auch auf eine Stippvisite im Restaurant hereinschauen. Warum nicht? Bestimmt rechnete er nicht mit ihrem Erscheinen.

Schade, die Dessous, die sie sich ebenfalls gekauft hatte, konnte sie ihm dort nicht vorführen. Doch wer wusste schon, was passieren würde, vielleicht ergab sich eine Gelegenheit? „Lassen wir die Dinge auf uns zukommen." Genießerisch nippte sie an ihrem Rotwein.

Endlich kam ihr Essen, Blumenkohl und Broccoli überbacken. Sie schnupperte genüsslich; was daran so lange gedauert hatte, war ihr schleierhaft, aber das Warten schien sich gelohnt zu haben.

Satt und zufrieden lehnte sie sich zurück; jetzt noch einen kleinen Espresso, um diese gelungene Mahlzeit abzurunden.

Der Weg in den „verbotenen" Personalbereich war ihr mittlerweile ausreichend bekannt. Es fiel ihr nicht schwer, Brians Arbeitsplatz in der Restaurantküche wiederzufinden. Doro blieb wieder im Eingang stehen, um die Lage zu sondieren. Sie hatte ihn sofort gesehen, doch sie wollte ihn nicht in Schwierigkeiten bringen. Also war Vorsicht angesagt.

Zum Glück arbeitete er heute an einem Platz, an dem er nur die Wand im Rücken hatte. Brian war schwer in Aktion, der Betrieb, der zurzeit im Restaurant herrschte, sorgte dafür, dass er keine Langeweile hatte. Der Mensch mit der Kochmütze und dem energischen Blick schien sein Chef zu sein. „Kein guter Stil, Baby, du könntest eine saubere Schürze brauchen." Es war wichtig, mit gutem Beispiel voranzugehen, wenn man respektiert werden wollte. Als er sich aus dem Raum bewegte, beschloss sie, die Gelegenheit zu nutzen.

Da er sehr beschäftigt war, konnte sie sich Brian unbemerkt nähern. „Es hat jemand ein zartes Stück Fleisch bestellt." Doro war dicht hinter ihn geglitten und raunte ihm die Worte ins Ohr. Sie streichelte über seinen Allerwertesten und kniff ihn sanft. „Ich glaube, ich habe schon ein Passendes gefunden."

Brian wäre fast die Bratpfanne, die er gerade schwenken wollte, aus der Hand gefallen. Er drehte sich um und schaute sie überrascht an. Doros Hand wanderte in Richtung seines Schritts und verweilte dort mit sachtem Druck. „Was würden Sie dazu empfehlen? Spargel? Sie haben doch bestimmt ein paar kräftige Stangen parat?"

Diese Vermutung bestätigte sich im nächsten Augenblick, und sie begann ihn langsam zu reiben. Als sie ihn küssen wollte, kam Brian ihr zuvor und hielt sie sanft aber bestimmt fest. „Doro, du bist ein kleines Biest. Du weißt genau, dass ich Ärger bekomme …"

Der Chefkoch kam gerade wieder in den Raum. Doro sah ihn und ließ sich zusammensacken, um sich hinter Brians Arbeitstheke zu verstecken. Das war knapp, aber er hatte sie nicht gesehen. Was er allerdings gesehen *hatte*, war Brians verdutztes Gesicht.

„Alles in Ordnung, Brian? Sie schauen mich an, als hätten Sie einen Geist gesehen." Er machte Anstalten, zu ihm herüberzukommen.

„Nein, nein, alles klar, ich hatte mich beim Probieren kurz verschluckt." Brian hustete demonstrativ und nahm schnell die normale Arbeit wieder auf. Es wurde auch höchste Zeit, in seinen Pfannen wäre fast einiges verbrannt. Der Chef nickte und ging an seinen eigenen Herd zurück.

Doro kniete zwischen dem Herd und Brian, der angestrengt versuchte so zu tun, als ob nichts wäre. Er nahm neue Bestellungen entgegen; seine Kollegin hatte es zum Glück eilig und bemerkte sie nicht.

Sie ließ ihre Hände an den Innenseiten von Brians Beinen hinaufwandern. Seine Bewegungen, um sie davon abzuhalten, waren bühnenreif, Doro musste unwillkürlich lachen. Mit Topf und Pfannenwender bewaffnet, vollführte er einen Tanz, als hätte er Ameisen in seiner Hose. Da sie noch nicht wieder auftauchen konnte, nutzte sie weiter die Gelegenheit, um ihn mit ihren Streicheleinheiten sanft zu quälen. Brian stützte sich auf den Herd und biss die Zähne zusammen. Er bemühte sich, seinen Arbeitsplatz und seinen Gesichtsausdruck im Griff zu behalten.

Dann tat ihm der Chefkoch glücklicherweise den Gefallen, den Raum erneut zu verlassen. Brian beugte sich zu ihr herunter. „So, Babe, jetzt verschwinde schnell."

Doro schaute ihn schmollend an, doch sie sah, dass es ihm ernst war. Draußen auf dem Gang, begegnete Doro dem Maître de Cuisine und ging beschwingt auf ihn zu. „Ein großes Lob an die Küche! Sie haben wirklich begnadete Köche." Erfreut sah er ihr nach und wischte sich verlegen die Hände an der Schürze ab. Dann schaute er an sich herunter und beschloss, eine neue umzubinden. ♥

Tommy war ausnahmsweise mit seinen beiden Bandkollegen unterwegs gewesen, um ein Bier zu trinken. Er hatte mit Mark und Animal über den verschobenen Auftritt gesprochen, dabei waren einige Gallonen ihre Kehlen hinuntergeflossen.

Er sah auf die Uhr, vielleicht war Leon noch da, die Bar war nur ein paar Häuserblocks weg. Es drängte ihn, den Griechen zu sehen, zum einen, weil er ihn vermisst hatte, und zum anderen hatte er ein Anliegen. Tommy wollte ihn um einen Gefallen bitten, doch er war sich nicht sicher, ob er sich im nüchternen Zustand traute.

„Entschuldigen Sie bitte, mein Herr, aber wir sind gerade im Begriff zu schließen." Der Kellner, der soeben die Tür verriegeln wollte, hielt ihn höflich aber bestimmt auf.

Leon polierte mit einem weichen Tuch die glänzende Oberfläche seines Tresens, als er die Worte hörte und interessiert den Kopf hob. Er erkannte Tommy und ein Lächeln glitt über sein Gesicht. „Paul, würdest du den Mann bitte hereinlassen? Er ist ein Freund von mir." Sein Tonfall war freundlich, doch er duldete keinen Widerspruch.

Nachdem Leons Kollege ihm mit einem zuvorkommenden Nicken die Tür aufgehalten hatte, ging Tommy leicht schwankend auf den Chef de Bar zu. „Hej, Tiger!" Maria, die Kellnerin aus dem Barteam, hörte seinen Gruß und feixte über das ganze Gesicht.

Leon schmunzelte. „Hallo, Tommy. Maria, könnten Sie bitte so freundlich sein, die Aschenbecher einzusammeln und sie dann in der Küche zu leeren?"

Sie lächelte, es war ein eindeutiger Wink, dass ihr Chef gern allein mit seinem Gast reden wollte. Außerdem ärgerte er damit Souchef Gerster, der es hasste, wenn sie das in der Küche tat. Doch er würde sich nicht wieder mit der Barmannschaft anlegen, er hatte bereits Federn lassen müssen.

Leon wandte sich Tommy zu. „Wie komme ich zu der Ehre deines Besuchs?"

Der intensive Blick aus seinen außergewöhnlichen Augen bescherte dem Schweden weiche Knie, er räusperte sich. „Och, ich war gerade in der Gegend, und ich dachte, ich schau mal, wie es dir geht."

Schmunzelnd stellte Leon ein großes Glas vor ihn, ein Schirmchen krönte den Inhalt. Er nahm sein eigenes Getränk und stieß mit Tommy an. Erstaunt sah ihn der junge Schwede an. „Man schmeckt gar keinen Alkohol heraus. Was ist da drin? Wodka?"

„Orangensaft, frisch gepresst. Mit einem Spritzer Tabasco." Die Mundwinkel des Griechen zuckten amüsiert.

„So, Tabasco. Macht feurig, oder?" Tommy grinste. „Leon, ich habe eine Bitte, wenn dir nicht wohl dabei ist, sag es mir."

„Okay, was gibt es?" Sein Gegenüber zog die Augenbrauen leicht hoch und sah ihn aufmerksam an.

„Nun, ich habe ein kleines Problem. Meine Mutter hat sich für das nächste Wochenende angemeldet, sie kommt extra aus Schweden, um nach uns zu sehen." Tommy sah ihn kurz an und fuhr fort. „Na ja, ich wäre halt nicht gern die ganze Zeit dort, wenn sie bei uns ist. Ich dachte, vielleicht könnte ich mich für eine Nacht bei dir einquartieren, dann könnte sie in meinem Zimmer schlafen?" Vorsichtig hob er den Blick, um festzustellen, wie Leon auf seinen Vorschlag reagierte.

„Magst du deine Mutter nicht?" Das Gesicht des Griechen war unbewegt.

„Doch, sicher. Meine Mo ist cool." Tommy nahm noch einen Schluck Saft. „Aber sie ist ständig so besorgt. Weißt du, wie Mütter eben so sind. Sie zupft immer an mir herum."

„Sie zupft an dir herum?" Belustigung schlich sich in Leons Blick.

„Ja, ich mag das nicht. Mal streicht sie mir die Haare aus dem Gesicht, dann fällt ihr mit Sicherheit auf, wenn irgendwo ein Knopf fehlt, so Sachen eben. Ich warte immer darauf, dass sie ein Taschentuch mit Spucke nass macht, um mir einen Fleck aus dem Gesicht zu wischen. Sie macht mich ganz verrückt mit diesem Mutterdings."

Leon sah ihn prüfend an. „Dann fragt sie doch auch sicher immer wieder, ob du denn endlich eine Freundin hast, oder?"

„Leon, wenn du etwas von mir wissen willst, dann frag mich einfach." Tommy schluckte krampfhaft und atmete tief durch. „Ja, ich liebe Männer, das wolltest du doch hören?"

Der Grieche runzelte leicht die Stirn. „Ich habe so etwas vermutet, doch ich war nicht sicher. Du wirkst irgendwie so ..."

„Normal?" Der junge Mann grinste grimmig, „Ich bin nicht tuntig, ich lackiere mir nicht die Fußnägel, und ich trage auch keine Nylons unter meiner Jeans. Ich bin noch nicht einmal besonders pervers, was meine Vorlieben angeht. Ist doch ganz schön befremdlich, wenn ein Schwuler so *normal* ist, oder? Da funktioniert das männliche Frühwarnsystem nicht."

Leon schmunzelte. „Ich habe keine Probleme damit."

Tommy leerte das Glas und ließ das Schirmchen hineinfallen. „Der Saft war echt lecker, aber das mit dem Tabasco würde ich demnächst weglassen", sagte er pampig. „Ja, du hast Recht, meine Mutter hofft noch immer, dass irgendwann die ‚Richtige' kommt und mich wieder umpolt. Es kann doch nicht sein, dass *ihr Sohn* wirklich so richtig endgültig homosexuell ist. Das ist neben diesem Gezupfe der Hauptgrund, warum ich ihre Gegenwart nicht allzu lange ertragen kann. Würdest du denn einem entnervten Schwulen eine Zuflucht anbieten, oder hast du zu viel Angst um deinen ...?"

„Tommy! Es ist ja gut!" Leon unterbrach ihn und legte ihm die Hand auf den Arm. „Bitte, du kannst gern bei mir übernachten. Mach dir keine Gedanken. Ich sagte bereits, ich habe keine Probleme damit."

„Danke, du weißt nicht, was mir das bedeutet." Tommy sah ihn betreten an, er hatte sich in Rage geredet, doch jetzt beruhigte er sich wieder. „Weißt du, Leon, ich hätte viele Typen, bei denen ich übernachten könnte. Aber keinen, bei dem ich einfach nur *schlafen* würde, du weißt, was ich meine. Ich will das im Moment einfach nicht."

Leon lächelte. „Du brauchst mir nichts zu erklären. Komm, ich fahre dich schnell nach Hause."

Auf dem Weg zum Ausgang stießen sie fast mit Brian zusammen. Er schien es sehr eilig zu haben, das Restaurant zu verlassen.

„Hallo Brian, möchtest du mitfahren? Du hast doch den gleichen Weg wie Tommy." Leon sah ihn erstaunt an, sein Kollege wirkte sehr aufgebracht und wütend. Ob es in der Küche Ärger gegeben hatte?

„Nein, vielen Dank. Erstens will ich nicht nach Hause und zweitens sollte ich versuchen, mich auf dem Weg ein wenig abzureagieren. Ich habe noch ein Hühnchen zu rupfen." Mit einem kurzen Abschiedsgruß verschwand Brian um die nächste Ecke.

Leon runzelte die Stirn. „Heißt es nicht „ein Hühnchen mit *jemandem* rupfen"?"

Grinsend zog Tommy die Schultern hoch. „Ich denke, es kommt darauf an. Jedenfalls will ich so oder so nicht in der Haut des Huhns stecken." ♥

Das Knirschen im Schloss verriet Doro, dass Brian endlich gekommen war. Es war nichts dergleichen vereinbart, doch sie wusste, dass er nach ihrer Einlage in der Restaurantküche zu ihr kommen würde.

Ihre neuen Dessous waren das Einzige, was sie am Körper trug, lasziv räkelte sie sich auf dem großen Bett und wartete auf sein Erscheinen.

94

Brians Gestalt verdunkelte kurz die Türöffnung, und er trat in das gedämpfte Licht des Schlafzimmers. Ihr Anblick hätte ihn fast davon abgehalten, zu tun, was er seiner Meinung nach tun musste.

Langsam öffnete er den Gürtel seiner Jeans und zog ihn wortlos aus den Schlaufen. Er legte den Ledergurt doppelt und ließ ihn probehalber kurz in seine Hand klatschen. Brian schien zufrieden zu sein.

Doros Augen wurden größer, sie schaute ihn ungläubig an. „Brian, das kannst du doch nicht machen! Sag, dass du nicht vorhast, was ich denke ..."

Noch ehe sie eine Ausweichbewegung machen konnte, hatte sie Brian gepackt und setzte sich mit ihr auf das Bett. Er hatte sie mit dem Gesicht nach unten quer über seinen Schoß gelegt und entblößte nun mit einer Hand ihr Hinterteil. Der neue Slip, dieser süße Hauch von Nichts, hing wenig dekorativ in ihren Kniekehlen.

„Brian, nicht! *Brian*! Sag doch etwas, lass mich los!" Doro versuchte sich strampelnd von ihm zu befreien. Doch seine Kräfte waren wesentlich größer als die ihren.

Er streichelte vorsichtig über ihre samtweiche Haut, er liebte ihren Hintern. Der erste Schlag kam aus dem Handgelenk und traf leicht die sich ihm entgegenwölbenden Pobacken. Doro zuckte zusammen; der stärker werdende Druck an ihrem Becken, deutete darauf hin, dass ihn die Situation durchaus erregte.

Endlich brach Brian sein Schweigen. Während der zweite Schlag ein wenig fester und mit einem Klatschen auftraf, sagte er grimmig, "Du glaubst gar nicht, wie sehr ich mir diesen Moment herbeigesehnt habe, seit du gegangen bist."

Der nächste Hieb hinterließ einen roten Striemen auf ihrem weißen Fleisch, Doro schrie auf. „Fast hätte ich meinen Job verloren, damit du deinen Spaß hast."

Er begann, vor Anstrengung zu schwitzen, da sie sich heftiger wehrte, doch er hörte nicht auf. „Wahrscheinlich hast du vergessen, wie es ist, wenn man einen Job dringend braucht." Weiter ließ er den Riemen über ihren Po tanzen, der sich langsam rötete. Dann knurrte er mit zusammengebissenen Zähnen. „Du wirst dir demnächst genauer überlegen, was du tust. Wenn ich dir auf *diese* Weise ein wenig Respekt beibringen muss, tut es mir leid." Atemlos ließ er von ihr ab und streichelte über den gut durchbluteten Bereich, den er gerade noch malträtiert hatte.

Sobald sie wieder frei war, flüchtete Doro in die hinterste Ecke ihres Bettes und blitzte ihn mit funkelnden Augen an. Noch nie hatte es jemand gewagt, sich derart an ihr zu vergreifen.

„Wahrscheinlich wirst du ein paar Tage nicht so richtig sitzen können. Mein Vater hat mich oft so versohlt; ich habe danach immer sehr genau über meine

Sünden nachgedacht."
Brian schien sich abreagiert zu haben, und seine Wut schlug in eine andere
Form der Erregung um. Er griff nach ihrem Fuß, seine Zunge spielte zärtlich
mit ihren Zehen. Doro unterdrückte den ersten Impuls, nach ihm zu treten.
Sie versuchte, sich ihm zu entziehen, doch er hielt ihre Beine fest.
Brian küsste sich ihren Unterschenkel hinauf und knabberte an der zarten
Haut auf der Innenseite ihrer Oberschenkel. Ein Schauer jagte über Doros
Körper; sie nahm erst jetzt wahr, dass auch sie durch die „Spezialbehandlung"
ganz berauscht war. Ihre erogenen Zonen reagierten sehr sensibel auf seine
Berührungen, und ein heiseres Stöhnen drang aus ihrer trockenen Kehle.
Plötzlich ließ Brian von ihr ab. Er richtete sich schwer atmend auf und be-
trachtete Doro. Sie war soweit, dass sie alles dafür tun würde, dass er bei ihr
blieb. Ein grimmiges Lächeln umspielte seine Lippen.
„Respekt, Babe, ein wenig Respekt. Mehr wünsche ich mir gar nicht. Spiel deine Spielchen mit mir, aber es gibt Grenzen, die du nicht überschreiten darfst."
Er streichelte über ihr gerötetes Hinterteil. Doro zuckte, weil es schmerzte,
doch dann hob sich ihm ihr Po lustvoll entgegen. „Denk darüber nach!" Dann
gab er ihr noch einen kleinen Klaps und wandte sich zum Gehen. ♥

Alex' Blick wanderte, begleitet von einem breiten Grinsen, über die Vorkeh-
rungen, die er getroffen hatte. Eine Flasche Schampus im Sektkühler, zwei
Sektflöten. Gut. Die Beleuchtung war gedämpft, und wenn das Timing einigermaßen stimmte, würde nach seinem „Anfall" die romantische Musik starten.
„Jetzt wollen wir doch mal ausprobieren, ob du eine brave Krankenschwester
bist. Wenn du deinen Job gut machst, müsstest du mir schnell zur Hilfe eilen."
Er feixte und beglückwünschte sich für den tollen Einfall. „Die Jungfrau muss
doch zu knacken sein."
Er warf sich mit Schwung auf den Boden, damit es einen ordentlichen Plumps
gab. Dann begann er zu zucken, als flösse elektrischer Strom durch seinen
Körper, die Arme schlugen wild auf und ab.

Bea räumte die Spülmaschine ein. Sie war ziemlich ungehalten, weil Alex während des Abendessens besonders unanständige Sprüche draufgehabt hatte.
Langsam wurde ihr die Lage unerträglich. Da die fehlende Privatsphäre nicht
durch die Intimität einer Beziehung ersetzt wurde, geriet sie durch die erzwun-
gene Nähe immer wieder in prekäre Situationen.
Sie stockte mitten in der Bewegung. Alarmierende Geräusche ließen sie die
Arbeit sofort unterbrechen und schnell zu Alex' Zimmer sprinten. Geistesge-

genwärtig nahm sie noch das kleine Täschchen mit den Medikamenten mit. Es enthielt das krampflösende Mittel, das sie nach Anweisung seines Arztes bei einem weiteren Anfall spritzen sollte. Für den Notfall lag es immer bereit.

Die Tür flog auf und sie sah den am Boden liegenden Alex. Bea warf sich auf ihn, um ihn am Schlagen zu hindern. Sie griff nach einem Paket mit Papiertaschentüchern und schob es ihm in den Mund, damit er sich nicht auf die Zunge biss. Dann nestelte sie mit vor Aufregung zitternden Händen an dem Futteral mit den rettenden Ampullen. „Scheiße!" Sie bekam den Reißverschluss nicht auf.

Alex' Gesicht verfärbte sich puterrot, er versuchte den Knebel auszuspucken. Bea wollte ihn gerade wieder an seinen Platz zurückschieben, da bemerkte sie, dass ihr „Patient" fast platzte vor unterdrücktem Lachen.

„Du verfluchter Mistkerl!" Sie wollte von ihm herunterklettern, doch Alex hielt sie fest. Bea war außer sich vor Wut. „Wie kannst du es wagen? Du weißt genau, dass das jederzeit passieren *könnte*. Darüber Witze zu machen ist absolut idiotisch. Außerdem hast du mich wirklich erschreckt." Sie wehrte seine Hände ab und sprang entrüstet auf. Alex schmunzelte noch immer, als er dann ebenfalls aufstand. „Komm schon, Süße, wo bleibt denn dein Sinn für Humor? Wir sollten meine schnelle Genesung mit einem Schlückchen Champagner feiern."

„Nein, vielen Dank. Du brauchst alles Mögliche, aber keine Krankenschwester. Wenn dein Arzt noch kein grünes Licht gibt, dann gehst du eben wieder in die Klinik oder suchst dir einen anderen Dummen zum Triezen. Alex, ich werde meine Sachen packen und wieder in meine WG ziehen. Ich kündige!"

Langsam raffte er sich auf, um der aufgebrachten Bea hinterherzugehen. Wieso regte sich diese Pute eigentlich so künstlich auf? Es war schließlich nichts passiert.

Als er in den Flur kam, stand sie bereits mit ihrer Reisetasche an der Wohnungstür. „Willst du es dir nicht noch einmal überlegen?" Alex setzte seinen wirksamsten Dackelblick auf und nahm ihre Hände in die seinen.

Bea schüttelte traurig den Kopf. „Ich weiß nicht, ob du die Tragweite deiner blöden Aktion überhaupt verstehst. Es hätten ungeahnte Komplikationen auftreten können, wenn ich dir das Mittel wirklich injiziert hätte. Und ich wäre daran Schuld gewesen."

„Häschen, mach dir doch keine Sorgen. Ich hätte dich schon davon abhalten können, mich ernsthaft zu pieksen."

„Darum geht es gar nicht. Mach es gut, Alex, ich hoffe wir sehen uns noch." Sie nahm ihre Tasche und ging die Treppe hinunter.

Alex sah ihr mit gerunzelter Stirn nach. „Bye!"

Hoffentlich erfuhren seine Kumpel nicht, dass er sich ausgerechnet an dem

Leberwurstbrot die Zähne ausgebissen hatte. ♥

„Bitte gönn mir eine kleine Pause. Gnade!" John grinste und spielte mit einer langen Locke von Monas Haar.
„Nichts da. Ein bisschen musst du schon noch durchhalten." Mona knuffte ihn in die Seite und blätterte eine Seite weiter. Sie lagen nebeneinander auf Johns Bett und gingen seine Bücher durch, um die wichtigsten Abschnitte zu markieren.
„Vielleicht sollten wir ein kleines Anreizsystem einführen? Für jede richtig gelöste Aufgabe und jedes durchgearbeitete Kapitel eines Buches bekomme ich einen Kuss. Wenn wir ein Fach abgeschlossen haben, könntest du vielleicht noch etwas drauflegen?" Seine Hände gingen hoffnungsvoll auf Wanderschaft, doch Mona sah ihn ungehalten an.
„Wie willst du jemals die Prüfung bestehen, wenn du so weitermachst? Dein Hirn ist wie ein abgehalfterter Gaul, den du nur mit Würfelzucker oder Arschtritten dazu bringst, sich zu bewegen."
John strich sich verlegen durch die Haare. „Um Zuckerchen hatte ich ja gerade gebeten, aber du trittst mir natürlich wieder in die Weichteile. Wieso nennt man Frauen nur das ‚sanfte Geschlecht'?"
„Tut man ja gar nicht. Man nennt uns das ‚schöne Geschlecht', von sanft kann da keine Rede sein." Mona legte eine Hand unter Johns Kinn und drehte sein Gesicht demonstrativ hin und her. „Na ja, ist Geschmacksache, aber ganz so hässlich bist du schließlich auch nicht."
Es folgte eine kleine Balgerei, in deren Verlauf Mona John in den Schwitzkasten nahm. Ihm wurde heiß, doch er verzichtete rücksichtsvoll darauf, sich gewaltsam aus der misslichen Lage zu befreien.
Wie es auch immer dazu kam, der Knoten löste sich, indem John auf dem Rücken lag und Mona über sich zog. Sie küssten sich zärtlich und kamen erst wieder zu sich, als ein kleiner Stapel Bücher mit einem lauten „Rumms!" auf dem Boden landete.
Erschreckt fuhr Mona hoch, sie stützte sich auf, wobei ihr Knie aus Versehen zwischen Johns Beinen landete. „Urrrgh!" Er krümmte sich leicht, sie hatte gut getroffen. „Das mit dem Tritt in die Weichteile war nur eine Metapher, du brauchtest es wirklich nicht gleich in die Tat umzusetzen."
Sie grinste schuldbewusst und betrachtete die gepeinigte Stelle. Die vorangegangene Tätigkeit hatte für einen Aufruhr gesorgt, der den Bereich mit Sicherheit nicht unempfindlicher gemacht hatte. Mona seufzte, wie gerne würde sie sich als Wiedergutmachung erkenntlich zeigen. Aber John war kein Mann für eine schnelle, unverbindliche Nummer.

Eigentlich wusste sie selbst nicht, was sie davon abhielt, seinem stetigen Werben nachzugeben. Wahrscheinlich hatte sie den Freiheitsdrang von ihrer Mutter geerbt. Alva Ullbrandsson hatte zwei Kinder von unterschiedlichen Männern empfangen - und keinen von ihnen geheiratet. Dabei hatte es nicht daran gelegen, dass die beiden Väter ihr nicht die Ehe angetragen hätten, sie hatte schlicht nicht gewollt.

„Irgendwelche edlen Teile verletzt?" Besorgt blickte Mona in Johns braune Augen. Er lächelte sie schelmisch an. „Ich weiß nicht genau, vielleicht solltest du mal nachsehen? Nur so zur Vorsicht."

„Blödmann!" Sie schlug ihm scherzhaft mit dem Buch auf den Kopf, das sie gerade in der Hand hielt. „Bea ist die Krankenschwester, nicht ich. Und wir wollen sie dafür doch nicht rufen, oder? Ist auch egal, jetzt wird weiter gelernt." ♥


Tommy räumte missmutig sein Zimmer auf. Schon der Gedanke, dass ausgerechnet seine Mutter hier schlafen würde, machte ihn ganz nervös.

Sein Arm angelte unter dem Bett nach der Packung mit den Kondomen und der Gleitgelflasche. Dabei stieß er die Flasche um, die daraufhin in Richtung Wand rollte. Tommy legte sich fluchend auf die Knie, um zu sehen, ob er sie mit der Hand erreichen konnte.

Mit gerunzelter Stirn kommentierte er die dicke Staubschicht und ertastete etwas, das er neugierig ans Tageslicht beförderte. Voller Erstaunen hielt Tommy einen kleinen, verdrehten Gegenstand zwischen zwei Fingern. Er grinste, das Kondom musste schon uralt sein. Wie gut, dass *er* es gefunden hatte.

Im Badezimmer zelebrierte er fröhlich eine Wasserbestattung. Er salutierte kurz, bevor er den Pariser durch die Toilette spülte.

„Wir danken Ihnen im Namen unserer Gesunderhaltung für Ihren selbstlosen Einsatz. Wenn er auch schon einige Zeit zurückliegen mag." Brian stand kopfschüttelnd in der Badezimmertür. „Wirst du eigentlich nie erwachsen?"

Tommy griff sich theatralisch ans Herz. „Musst du mich so erschrecken? Ich dachte, meine Mutter wäre schon da."

„Das weniger, aber ich wollte dir mitteilen, dass Leon gerade gekommen ist. Er sagt, dass er deine ‚Mo' gerne kennenlernen würde. Ich bin erstaunt!" Brian schmunzelte.

„Ja, bin ich auch. Leider wird er wohl kaum um meine Hand anhalten wollen. Keine Ahnung, warum er sie sehen will. Aber er hat versprochen, Erdbeerkuchen mitzubringen, dafür bin ich zu allem bereit." Tommy machte sich auf den Weg zu seinem Zimmer, dabei dachte er an den Schrank mit seinen Klamotten, den er schon immer mal wieder hatte aufräumen wollen.

Nachdem er Leon begrüßt hatte, öffnete er vorsichtig eine Tür seines Kleiderschrankes und spähte hinein. Dann schloss er ihn schnell wieder und stemmte sich mit der Schulter gegen die Tür, er grinste Leon an. „Schrankmonster!"
„Du meinst diese grässlichen Viecher, die sich die Nächte damit vertreiben, in deinem Schrank Unordnung zu machen?" Der Grieche nickte wissend. „Damit werden nur Mütter fertig. Wenn sie weg ist, wirst du alles schön sauber aufgestapelt vorfinden."
Tommy sah ihn anerkennend an. „Leon, du bist unglaublich! Du bist schön, intelligent, und du hast Humor. Willst du mich wirklich nicht heiraten?"
„Frag mich so etwas bitte nicht, wenn du im Begriff bist, eine Nacht mit mir zu verbringen. Das macht mich nervös." Leon lachte herzlich. Der junge Schwede lächelte, doch ihm war das Herz schwer. Er wusste, dass Leons Bemerkung zwar im Spaß gemeint war, doch sie entsprach der Wahrheit. Auch er hatte Angst, wenn er daran dachte, mit ihm allein in einer Wohnung zu sein - und ihn nicht berühren zu dürfen.
Schnell lenkte er von dem Thema ab. „Leon, sag mal, warum wolltest du meine Mutter unbedingt kennenlernen?"
Er atmete tief durch. „Ich weiß es nicht genau, es war so ein Gefühl. Vielleicht vermisse ich meine eigene Mutter? Vielleicht möchte ich sehen, wie sie an dir herumzupft?"
Tommy schnitt ihm eine Grimasse und machte sich wieder ans Aufräumen. Plötzlich begann Leon zu schmunzeln. „Ist das die Tasche, die du mitnehmen willst?" Tommy sah auf. "Ja."
„Kannst du mir mal erklären, warum du meinst, dass du erotische Magazine, Kondome und ich weiß nicht, was noch, brauchen könntest?" Er sah sich die Utensilien in Tommys Hand genauer an.
Der Schwede grinste, und ließ sie schnell in die Tasche fallen. „Nicht direkt, aber meine Mo braucht meine Spielzeugsammlung ganz sicher nicht."

Als er in Leons Auto stieg, hatte Tommy ein Gefühl im Magen, als hätte er einen Teller voll Ameisen statt des leckeren Erdbeerkuchens gegessen. Er hatte den Kuchen leider nicht genießen können, weil er immer befürchtet hatte, dass seine Mutter eine taktlose Bemerkung fallen lassen würde. Doch sie hatte sich einwandfrei benommen.
Der Grieche hatte sie allerdings irritiert. Sie wusste ihn nicht richtig einzuordnen, obwohl Tommy ihn als „Arbeitskollegen von Brian" vorgestellt hatte. Anscheinend hatte sie sich über seine Anwesenheit gewundert und ihren Sohn daraufhin genau beobachtet. Er hatte ihre Röntgenblicke mit einem unschuldigen Gesicht ertragen und sich vorsichtshalber von Leon fern gehalten.
Erst, als er seine Tasche schon über die Schulter gehängt hatte, erklärte Tom-

my Mama Ullbrandsson mit einem triumphierenden Grinsen, dass er jetzt bei ihm übernachten würde.

Leon hatte sie gewinnend angelächelt und sich formvollendet von ihr verabschiedet. Die schwedische Universitätsprofessorin hatte ihm zugezwinkert, als er noch einen kurzen Blick über die Schulter geworfen hatte. Er lächelte während der Fahrt leise vor sich hin, die Begegnung mit Tommys Mutter hatte ihm Spaß gemacht.

Alva war eine patente Person, und ihre beiden Kinder waren ihr auf faszinierend unterschiedliche Weise ähnlich. Den Humor und den Hang zum Nonkonformismus hatten sie eindeutig von ihr geerbt. Sie war eine blühende Endvierzigerin, ein wenig mollig, und sie hatte eine lebensfrohe Ausstrahlung. Leon hatte sie sofort gemocht.

Als sie in seiner Wohnung angekommen waren, schwieg Tommy zunächst etwas betreten. Doch nachdem er ein paar seiner Sachen ausgepackt und sie malerisch verteilt hatte, begann er sich wohler zu fühlen. Es war offenbar seine Art, sich heimisch zu machen, indem er seine „Duftmarken" setzte.

Leon betrat sein Wohnzimmer und runzelte die Stirn, er betrachtete die Unordnung. Tommy folgte seinen Blicken und feixte. „Ich habe es mir nur ein wenig gemütlich gemacht, entschuldige. Ich hätte wohl besser auf deine Aufforderung warten sollen. Soll ich etwas wegräumen?"

„Nein, ist schon okay, ich lebe jetzt schon sehr lang allein, es ist einfach ungewohnt, dass etwas herumliegt, was ich nicht selbst hingelegt habe. Nur tu mir bitte den Gefallen, und lass die Zeitschriften und den anderen Kram in deiner Tasche." Leon grinste ihn an und ließ sich in den Sessel fallen.

Sie beschlossen, sich ein Video anzusehen, da Leon keine Lust hatte, wegzugehen. Er hatte in der Woche jeden Abend gearbeitet, und sehnte sich nach ein wenig Ruhe.

Tommy bestand darauf, dass sich der Hausherr auf das Sofa legte, er selbst setzte sich auf den Boden davor und lehnte sich an die Polster. Er war sich Leons Wärme schon fast schmerzlich bewusst, er sehnte sich nach Körperkontakt. Im Laufe des Films wanderte sein Kopf vorsichtig in Richtung Leons Oberschenkel. Er schmiegte sich sanft an und genoss das Gefühl seiner Nähe.

Leon lächelte, als er auf Tommy herabsah, fast hätte er ihm durch das Haar gestreichelt. Er konnte sich seine Empfindungen selbst nicht erklären, doch die Berührung war ihm keineswegs unangenehm. Verwirrt fuhr er sich mit der Hand über das Gesicht.

„Wo soll ich schlafen?" Tommy kam nur mit einer Jogginghose bekleidet aus dem Badezimmer, er putzte gerade seine Zähne und hatte Schaum im Mundwinkel. Fragend deutete er mit der Zahnbürste auf das Sofa, doch Leon schüttelte langsam den Kopf.

101

„Wenn du möchtest, kannst du bei mir schlafen, ich habe ein Doppelbett."
Leon sah ihn fragend an.

Tommys Augen wurden groß, er schaute den Griechen ungläubig an. „Du
willst das Bett mit mir teilen?"

„Ja, Rücken an Rücken. Tommy, ich vertraue dir, und ich weiß, dass du mich
nicht enttäuscht." Leon sah ihm in die Augen.

Der junge Schwede schluckte. „Warum? Meinst du, dass ich dieses Vertrauen
verdiene?" Leon lächelte. „Ja, das meine ich."

„Hallo, aufwachen, willst du bis zum Mittag schlafen?" Leon zog die Rollläden
hoch und ließ das Sonnenlicht hinein.

„Mhhhh, hej Tiger." Tommy drehte sich gemächlich auf den Rücken und
rieb sich schlaftrunken die Augen.

Leon stutzte, die Jogginghose, die er beim Zubettgehen noch getragen hatte,
lag als Knäuel auf dem Boden. Jetzt war Tommy nackt, und die Decke verhüll-
te nicht besonders viel von seinem Körper. Auf der Höhe seiner Mitte bildete
sie ein kleines Zelt.

Der Grieche ging aus dem Schlafzimmer, um sich um das Frühstück zu kümmern. Unbewusst bekreuzigte er sich und atmete tief durch. Während er das
Rührei zubereitete, beruhigte sich Leons Puls langsam wieder.

Er lächelte vor sich hin, als Tommy, noch immer verschlafen, in die Küche ge-
schlurft kam. Außer seiner Jeans hatte er nichts angezogen, eine Zigarette hing
lässig in seinem Mundwinkel. „Guten Morgen, könnte ich bitte schon mal
einen Kaffee haben?"

Tommy sah irritiert auf die kleine Tasse, die Leon ihm reichte.

„Danke", murmelte er, die Zigarette wippte zwischen seinen Lippen.

„Ein echter griechischer Kaffee. Für dich ist es wahrscheinlich eher ein Espresso oder Mocca. Er ist sehr süß, ich koche ihn direkt mit viel Zucker.
Möchtest du ein Glas Wasser dazu?" Leons Lächeln sorgte dafür, dass Tommy
sowieso alles egal war. „Danke, ist schon in Ordnung so."

Tommy hatte sich gerade verabschiedet, und sie hatten sich locker für die
nächsten Tage verabredet. Leons Augen wanderten durch seine Wohnung,
ohne Tommys Klamotten wirkte sie gleich wieder ordentlich aufgeräumt. Und
leer.

„Was geht hier vor? Verdammt, ich verstehe mich selbst nicht mehr! Er ist
mein Freund! Weiche von mir, Satanas! Versuche mich nicht!" Leon ließ sich
in seinen Sessel fallen und verbarg das Gesicht in seinen Händen. Lange blieb
er so sitzen. ♥

Der Bus näherte sich langsam dem Ziel, dem Bea schon die ganze Zeit entgegenfieberte. Da John ihr das Auto nicht hatte leihen können, musste sie leider auf den öffentlichen Nahverkehr zurückgreifen.

Bald würde sie vor Alex' Haus stehen.

Er hatte sie eingeladen. Sie wollten sich bei ihm ein paar Filme ansehen und es sich gemütlich machen. Bea zitterte innerlich vor Aufregung, wer wusste schon, was der Abend noch bringen würde?

Ihr Aufenthalt in Alex' Wohnung als seine Krankenschwester lag nun schon einige Zeit zurück. Natürlich war die Sache gründlich in die Hose gegangen. Aber sie konnte Alex nicht vergessen. Seit er sie angerufen hatte, um sich für den heutigen Abend mit ihr zu verabreden, war sie aufgeblüht wie ein Backfisch vor dem ersten Rendezvous. Vor dem Haus angekommen, blieb sie erstaunt stehen. Ein Pizza-Taxi fuhr mit quietschenden Reifen vor, und ein junger Mann balancierte mit einem riesigen Stapel Pizzakartons auf die Tür zu.

„Oh, Hallo, kannst du mal für mich klingeln? Schauenburg, ganz oben." Er grinste sie an und musterte sie neugierig.

Bea war wie betäubt, mechanisch drückte sie auf den Knopf und schloss sich dem Pizzaboten zögernd an, als der Türsummer erklang. Sie musste sich beeilen, um mit ihm Schritt halten zu können, weil er die Treppen förmlich hinaufflog. „Ciao bello, komm doch herein!"

Wie angewurzelt blieb Bea stehen. Es war Lulus Stimme, die den Mann begrüßte. „Ah, die Frau mit dem weißen Kittel ist auch schon da. Dann ist der Abend ja gerettet! Trau dich, Süße, wir beißen schon nicht."

Mit wackeligen Knien ging Bea die letzten Schritte und stolperte fast in den Flur. „Ja holla, du hast mich doch noch gar nicht richtig gesehen. Holt es dich schon vor Vorfreude von den Beinen?" Alex nahm ihren Ellbogen und zog sie an sich, so dass sie in seine Arme taumelte. „Wow, Bea, ich liebe deine temperamentvollen Begrüßungen."

Sie hielt sich erschreckt an ihm fest und blickte irritiert in die Gesichter von mindestens zehn Leuten. Alle schienen sich köstlich über ihren Auftritt zu amüsieren.

„Das ist die kleine Bea, Alex' Eroberung aus dem Krankenhaus. Erinnert ihr euch? Ich habe euch davon erzählt." Lulu zupfte neckisch an ihren Locken und lachte hinterhältig.

„Alex, ... ich verstehe nicht. Sagtest du nicht ...?" Bea sah ihn mit großen Augen an. Er nutzte ihre Überraschung und küsste sie plötzlich lang und innig - zur Erheiterung seiner Gäste. Dann drückte er sie auf einen Stuhl. „Häschen, nimm dir ein Stück Pizza und ein Bier. Fühl dich ganz wie zu Hause, du kennst dich ja aus ..." Er grinste unverschämt und ließ seine Kumpel bewusst in dem Glauben, er hätte etwas mit ihr laufen gehabt. Ihre lautstarke Reaktion deutete darauf hin, dass sie schon einige Biere getrunken haben mussten.

„So Jungs, und jetzt seid schön artig, damit ihr mein Mäuschen nicht erschreckt. Wäre doch schade, wenn sie uns verlassen würde, nur weil ihr so unhöflich seid. Lasst mal den ersten Film anlaufen!"

Bea war noch immer wie erstarrt, als das Licht gelöscht wurde, und der große Plasmabildschirm begann zu flimmern. Alex setzte sich in den Sessel neben ihrem Stuhl. Er drückte ihr eine Flasche Bier in die Hand und zog sie dann unvermutet auf seinen Schoß. „Ich hoffe, dass du heute Nacht hier bleibst. Du hattest dich doch sicher auf ein kleines Schäferstündchen mit mir eingerichtet? Musst nur etwas Geduld haben, dann gehöre ich dir ganz allein." Er flüsterte die Worte in ihr Ohr und legte seine Hand sanft auf ihren Busen.

Erst durch die intime Berührung erwachte sie aus ihrem Dämmerzustand. Nur zu gerne hätte Bea Alex für seinen dreisten Annäherungsversuch eine saftige Ohrfeige verpasst. Aber sie hatte genug von dieser Gesellschaft und keine Lust, sich schon wieder zu blamieren. Deshalb blieb sie ganz gefasst.

Sie befreite sich von ihm und stand wortlos auf. Ohne ihn eines Blickes zu würdigen, nahm sie ihre Jacke und ging hinaus. Als sie den ersten Treppenabsatz hinter sich gelassen hatte, öffnete sich die Wohnungstür noch einmal. „Soll ich dir Taxigeld geben? Lulu meinte, du wärst mit dem Bus gekommen. Da kommt doch jetzt sicher keiner."

„Danke, dass du dir solche Sorgen um mich machst. Ich komme schon allein klar!" Ihre Stimme zitterte vor unterdrückter Wut. Nur schwach hörte sie noch die Worte: „Bist du jetzt sauer?"

Bea versuchte, so schnell wie möglich aus der Sichtweite des Hauses zu kommen. Das Letzte, was sie jetzt vorhatte, war an der Haltestelle schräg gegenüber auf den Bus zu warten. Sie wollte ihnen nicht die Genugtuung geben, ihre Tränen zu sehen.

Als Bea die Wohnung betrat, hatte sie sich wieder einigermaßen beruhigt. Es war noch nicht spät, und in der Küche brannte Licht. Bea ging ins Bad, um sich das Gesicht zu waschen. Es war nicht nötig, dass jeder sah, dass sie geweint hatte.

In ihrem Zimmer warteten fünf große Sträuße mit roten Rosen auf sie. Als Bea sie bemerkte, ging sie unwillkürlich einen Schritt rückwärts - und stieß gegen Brian, der direkt hinter ihr stand.

„Sie wurden geliefert, als du gerade das Haus verlassen hattest. Lass mich raten, little princess, wahrscheinlich hat er auf dem Kärtchen den Anlass seines großzügigen Geschenks offen gelassen. Er wusste schließlich noch nicht genau, wie der Abend endet."

Seine Hände legten sich sanft auf ihre Schultern und drehten sie langsam um.

104

Brian schaute ihr in die Augen, die sich wieder mit Tränen füllten. „Entweder wollte er dich heute ins Bett bekommen, oder er hat dich seinen Freunden zum Fraß vorgeworfen, um sein Image aufzupolieren." Bea Lippen bebten. „Woher weißt du das?"

„Weil er offensichtlich davon ausgegangen ist, dass an diesem Abend etwas danebengehen könnte. Deshalb die Blumen, um dich milde zu stimmen; er manipuliert deine Gefühle. Ich kenne diese Sommer-Sonne-Surfer-Typen. An den australischen Stränden gibt es sie massenhaft. Ihnen ist wichtig, dass sie eine Eroberung machen, und dass sie vor ihren Kumpeln gut dastehen."

„Aber - du hast Alex doch noch nie gesehen. Woher willst du wissen, was für ein Typ er ist?" Sie schniefte und wischte sich verstohlen über das Gesicht.

Brian grinste. „Du hast mich nie gefragt, warum ich im Krankenhaus war, als ich dir das letzte Mal die Tränchen getrocknet habe. Ich wollte mir deinen schlafenden Prinzen ansehen, weil ich neugierig war. Ich war ziemlich erstaunt, ihn sehr wach anzutreffen. Und mit so einem Feger!"

„Sie heißt Ludwiga."

„Babe, bei so einer Frau fragt man nicht nach dem Namen."

„Sie ist auch eine widerliche Zimtzicke. Und Alex ist ein - ist ein ...!"

„Bea!" Brian sah sie ernst an. „Von dem Mann kannst du nicht viel erwarten. Sei unbesorgt, wenn er bei dir gelandet ist, wird er sich nicht wieder melden. Also solltest du einen netten Fick mit ihm genießen, weil es dir mal ganz gut täte, und dich bis dahin daran erfreuen, dass er dich umwirbt und auf Händen trägt."

„Warum meinst du, du wüsstest, was mir gut täte? Ich liebe Alex. Und ich hasse ihn dafür, dass er so ein Arschloch ist. So ein unreifer Bengel, so ein - so ein ...!"

„Rosenkavalier. Aber vergiss nicht, dass das mit Romantik wahrscheinlich wenig zu tun hat." ♥

## 5

# Fehltritte und andere Erkenntnisse

Brian saß vor dem Eingang des Sportstudios auf einer Mauer und rauchte eine Zigarette. Es war jetzt schon einige Zeit her, dass er Doro den Hintern versohlt hatte. Das schien sie ihm übel genommen zu haben. Er war seitdem schon öfter im Studio gewesen, doch sie wollte ihn offenbar nicht sehen. Heute hatte er beschlossen, auf sie zu warten. Es war sehr wahrscheinlich, dass sie wieder normal sitzen konnte; seine Mundwinkel hoben sich bei dem Gedanken. Vielleicht würde sie ihm die etwas grobe Behandlung verzeihen. Dabei tat es ihm keineswegs leid, sie hatte es verdient. Er vermutete nur, dass es gegen ihre Regeln verstieß, dass ihr Lieblingsopfer ihren Schinken weich geklopft hatte. Brian schmunzelte, Doro war nicht besonders flexibel, wenn ihr etwas gegen den Strich ging.

Aber er hätte zu gern gewusst, was sie wirklich über seine kleine Vergeltungsmaßnahme dachte. Mit ihrer kindischen Aktion hätte sie ihn in ernsthafte Schwierigkeiten bringen können. Schließlich ging es bei dem Job um seine Lebensgrundlage. Und für das erotische Prickeln war er nicht bereit, seine Arbeit zu verlieren.

Brian war froh, dass er als Volontär in dem 5-Sterne-Restaurant arbeiten konnte. Er hatte nun schon einige namhafte Häuser auf seiner Liste, in denen er seine Kochkunst hatte verfeinern können. Weltweit. Und trotzdem rissen sich die noblen kulinarischen Tempel nicht gerade um ihn. Es war ab einem bestimmten Level verdammt schwer, eine adäquate Anstellung zu bekommen. Die Konkurrenz war einfach zu groß.

Endlich öffnete sich die Glastür und Doro verließ das Studio. Sie hatte einen jungen Mann im Schlepptau. Brian kannte den Typen, er trainierte ebenfalls hier. Immer, wenn Doro auf der Bildfläche erschienen war, hatte er mit dem Balzen begonnen. Bisher hatte der Australier nur Verachtung für ihn übrig gehabt - jetzt brannte heiße Eifersucht in seinen Eingeweiden.

„Hallo, Brian. Ich nehme an, dass du wohl kaum auf den Bus wartest? Wolltest du zu mir?" Mit einem süffisanten Lächeln wartete Doro, bis der junge Mann die Tür passiert hatte und drehte dann den Schlüssel im Schloss.

„Ich möchte mit dir reden." Brian ignorierte den frechen Gesichtsausdruck ihres Begleiters. Es kribbelte in seinen Fingern, zu gern wäre seine Faust in dem dreckigen Grinsen gelandet.

Doro schenkte ihm einen steinharten Medusenblick. Für einen Moment hatte Brian den Eindruck, dass er die Schlangen um ihren Kopf tanzen sehen konnte, als der Wind in ihrem langen Haar spielte.

Doch dann vollzog sich ein erstaunlicher Sinneswandel, und sie lächelte in an. „Lass uns zu mir gehen. Vielleicht zauberst du ein Firstclass-Menü aus meinem Kühlschrank? Dein Zauberstab vollbringt doch wahre Wunder." Sie hakte sich bei Brian ein und ließ den vermeintlichen neuen Gespielen links liegen.

Die beiden Männer sahen sich kurz an.

Brian konnte die Irritation seitens seines jungen Konkurrenten gut verstehen. Es hätte ebenso gut andersherum ausfallen können, Doro war unberechenbar. Deshalb wollte kein Gefühl der Überlegenheit in Brian aufkommen. Er zwinkerte ihm freundschaftlich zu, als sie sich zum Gehen wandten. Auf dem Weg zu ihrem Haus plauderte Doro leutselig, als wäre nichts gewesen.

Brian war auf der Hut. Er war sich sicher, dass noch eine Retourkutsche kommen würde. Soweit kannte er sie; es hätte ihn schon sehr gewundert, wenn sie die Sache auf sich beruhen lassen würde.

Doro schmunzelte vor sich hin. Sie beobachtete Brian ganz genau; sie wusste, dass er ein anderes Verhalten von ihr erwartet hatte.

Doch im Moment lief es genau nach ihrem Geschmack: Er sollte sich in Sicherheit wägen, erst dann würde sie zu einem Gegenangriff ausholen. „Katz und Maus", die nächste Runde.

Und ihr neuer Gelegenheitslover?

Sein Name war Chris. Nun, er hatte seine erste Lektion gelernt.

Ob er sie wirklich interessierte, war Doro noch nicht ganz klar. Aber es war aufregend zu wissen, dass sie ihn jederzeit haben konnte. Er war so ganz anders als Brian. Es fehlte ihm jede Tiefe, doch er hatte einen knackigen Körper - und er legte eine gewisse Unterwürfigkeit an den Tag.

Lange würde Chris sie nicht erfreuen, deshalb wollte Doro ihn vorerst zappeln lassen. Mit kleinen Zuckerchen konnte sie ihn sich warm halten. Seine Zeit würde noch kommen.

Im Moment genoss sie Brians Nähe. Sie hatte ihn auf beängstigende Weise vermisst. Während er den Inhalt ihres Kühlschranks inspizierte, ließ Doro ihre Hände genießerisch über seinen Körper gleiten.

„Keine Chance. Man erkennt den Profi daran, dass er auch unter erschwerten Bedingungen eine vernünftige Menüplanung auf die Reihe bekommt." Brian griff suchend nach hinten und zog sie an sich.

„Für die Vorspeise und das Dessert hätte ich schon Vorschläge. Die Zutaten sind schnell bei der Hand." Doro entkleidete ihn langsam. „Du bräuchtest dich also nur um das Hauptgericht zu kümmern. Aber das hat Zeit bis nach dem Hors d'oeuvre."

Später saßen sie, gemütlich in eine Wolldecke gekuschelt, am niedrigen Couch-
tisch in Doros Wohnzimmer. Sie aßen gemeinsam von einem Teller, auf dem
Brian alles appetitlich angerichtet hatte.
Er hatte nach Wunsch der Dame des Hauses im Adamskostüm den Kochlöf-
fel geschwungen. Doro hatte ihm genüsslich dabei zugesehen und von Zeit zu
Zeit einen kleinen Störversuch unternommen.
Es erinnerte ihn sehr an die Situation in der Restaurantküche, doch diesmal
geschah nicht alles unter den strengen Augen seines Chefs.
„Hmmm, ich glaube, ich habe noch nie so ein perfektes Filet gegessen. Brian,
du bist wirklich ein Zauberer." Sie leitete die gefüllte Gabel, die er gerade zu
seinem Mund führen wollte, in ihre Richtung um. „In jeder Beziehung.", endete sie schwelgerisch kauend.
Doro fühlte sich rundherum wohl.
In Brians Armen hatte sie eine neue Dimension der Lust entdeckt. Sie hatte
sich ausgemalt, wie sie sich an ihm rächen wollte, während sie sich seinen
Zärtlichkeiten hingab. Es gab ihr den besonderen Reiz, weil sie genau wusste,
wie sie ihn treffen konnte. Er selbst hatte ihr den Hinweis gegeben, ohne etwas davon zu ahnen. Und sie hatte die Macht es zu tun – oder es zu lassen.
Brian betrachtete sie nachdenklich. Er lächelte, als sie sich an ihn schmiegte
wie ein kleines Kätzchen. Aber es war ihm nicht geheuer, dass sie so zahm
war. Gleich würde sie ihre Krallen in sein Fleisch schlagen, vielleicht auch erst
später.
Tief in seinem Inneren regte sich der Wunsch nach Ruhe. ♥

John fuhr durch die Nacht, seine Augen waren müde, denn er hatte eine an-
strengende Abendveranstaltung hinter sich.
Zu blöd, dass er jetzt für sein Studium powern musste. Der Dekan hatte ihn
ermahnt, weil sein Stipendium angesichts seines Leistungsdurchschnitts auszu-
laufen drohte. Er hatte schon die ganze Zeit mit Ärger gerechnet, jetzt war er
sozusagen amtlich.
So musste er gemeinsam mit den Strebern seines Semesters die unbeliebten
Vorlesungen und Workshops am Samstagabend besuchen, um zusätzliche
Punkte zu sammeln. Das war krank! Es war auch noch verdammt spät geworden, weil er mit dem Dozenten eine Meinungsverschiedenheit gehabt hatte,
die er unbedingt klären wollte.
Sollte er noch bei der Studentenparty der Nachbar-Uni hereinschauen? Mona
studierte dort, vielleicht war sie da, diese Aussicht war sehr verlockend.

„Warum nicht, die Nacht ist noch jung."

Als er zum Eingang der Mensa kam, fiel ihm ein Haufen aufgeregt diskutierender Mädchen auf. Er zog fragend die Augenbrauen hoch, doch sie beachteten ihn nicht, sie waren zu sehr mit ihrem erregten Gespräch beschäftigt.

Schon von weitem hörte er das Johlen und Schreien. Da war irgendetwas Ungewöhnliches im Gange. Der schale Geruch von verschüttetem Bier und Zigarettenrauch schlug ihm atemberaubend entgegen. Es war heiß in dem großen Raum und die Musik dröhnte mit dem Geschrei um die Wette.

Eine Lichtanlage erhellte rhythmisch den Saal. Da sie die einzige Beleuchtung war, mussten sich seine Augen erst einmal an die Dunkelheit gewöhnen.

Dann sah er sie, erschreckt schloss er für einen Moment die Augen.

Mona tanzte mit entrücktem Blick und entblößten Brüsten auf dem Tisch, ihr offenes blondes Haar umspielte ihre üppigen Rundungen. Um sie herum drängten sich schwitzend und grölend Studenten, die Mona mit lautem Applaus anfeuerten.

Sie hatte sich gerade ihres BHs entledigt, den ein rotgesichtiger junger Mann triumphierend über seinem Kopf schwenkte. John entriss ihm mit einem knurrigen Laut das Wäschestück und stopfte es in seine Jackentasche. Mit glasigen Augen schaute der Typ ihn verdutzt an und lallte: „Ist das nicht geil? Die kleine Eisbraut hat die genialsten Supermöpse, die du je gesehen hast!"

Mona musste unter Drogen stehen, sie lächelte während ihres aufreizenden Tanzes, als schaute sie in eine andere Welt. Mit einem schnellen Blick verschaffte John sich die Übersicht über die Situation.

Es waren in der Tat nur Männer anwesend, das erklärte die aufgeregte Versammlung vor der Tür. Wahrscheinlich beratschlagten die Mädels, was sie tun sollten.

Ein einzelnes, verschüchtert aussehendes Mädchen stand etwas abseits von der Szenerie und sah entsetzt zu. Sie hielt eine Tasche und eine Jacke an sich gedrückt, als könnte sie sich dahinter verstecken - er erkannte die Sachen, sie gehörten Mona.

John nahm den erstbesten Kerl am Kragen und schüttelte ihn, er hatte am lautesten seine Anfeuerungsrufe gebrüllt. „Was ist hier los? Was habt ihr verdammten Schweine ihr gegeben?"

Der angetrunkene Bursche sah ihn freudestrahlend an. „Was ganz Neues, reine Chemie, das taut sogar unsere schwedische Eisprinzessin auf!"

John konnte nicht anders, er versetzte ihm einen Kinnhaken, der ihn quer durch den Saal beförderte. Durch diesen Tumult abgelenkt, hörte die Menge auf zu jubeln und schaute sich neugierig um.

Er nutzte diesen Moment der Überraschung und stürmte auf Mona zu, die gerade den Tisch hinunterzustürzen drohte. Mit einem schnellen Griff fing er sie auf und drückte sie schützend an sich.

John nahm sie auf seine Arme und war mit ein paar Schritten bei der verängstigten Studentin, die ihm mit zitternden Händen Monas Jacke hinhielt. „Bring sie schnell weg, die sind wie wilde Tiere. Sie sind besoffen und haben auch noch etwas anderes eingeschmissen. Wahrscheinlich hast du sie vor noch viel schlimmeren Dingen bewahrt."

John nickte zustimmend und bedeckte Mona notdürftig mit ihrer Jacke. Zum Glück hatte sie ihre Jeans noch an, doch er konnte auf die Schnelle ihre Bluse nicht entdecken.

Gemeinsam verließen sie auf dem kürzesten Weg die Mensa. Man hörte erste unmutige Schreie, weil sich die Partygesellschaft ihrer Unterhaltung beraubt sah. Als John draußen an seinem Auto anhielt, wäre die junge Frau fast in ihn hineingelaufen, sie schaute die ganze Zeit ängstlich nach hinten, ob sie verfolgt wurden.

„Hoppla, fall nicht! Ich möchte dir für deine Hilfe danken, bist du eine Freundin von Mona? Ich glaube, ich kenne dich nicht."

„Nein, eigentlich bin ich ganz neu hier, ich kenne noch niemanden, aber ich konnte sie doch nicht mit diesen Bestien allein lassen. Obwohl ich ihr nicht helfen konnte ... Mein Name ist übrigens Pamela." „Es gibt also doch noch Mädel mit Zivilcourage, das war sehr tapfer von dir."

John stellte Mona vorsichtig auf ihre wackeligen Beine, um ihr die Jacke richtig anzuziehen, es war zwar nicht kalt, doch irgendwie musste er sie bedecken. Langsam kam sie wieder zu sich, aber ein Blick in ihre Augen verriet, dass die Wirkung der Droge noch anhielt. Pamela musste unwillkürlich lachen, als Mona sich eng an John kuschelte. Sie zog ihn am Nacken zu sich herunter und fuhr sanft mit ihren Fingern durch sein Haar, dann legten sich ihre Lippen leidenschaftlich auf die seinen.

Johns Gesicht spiegelte den inneren Kampf wider, der gerade in ihm tobte. Pamela konnte sehen, dass er der Versuchung gerne nachgegeben hätte, den Kuss zu erwidern, es aber offensichtlich nicht für angebracht hielt, die Situation auszunutzen.

Als Monas Hände auf seinem Körper auf Wanderschaft gingen und dabei intimen Regionen recht nah kamen, verabschiedete er sich lieber. „Es ist besser, wenn ich sie schnell nach Hause bringe. Sie gehört sofort ins Bett." Grinsend fügte er hinzu, „Allein!", und verfrachtete Mona vorsichtig ins Auto.

Pamela schaute ihm seufzend hinterher. „Hoffentlich kommt ihr heil an, ohne, dass sie dir Gewalt antut."

John versuchte angestrengt, auf den Straßenverkehr zu achten.

Was hatten sie ihr nur gegeben? Gerade streichelte sie langsam seinen Oberschenkel hinauf und kicherte dabei albern. Das zügellose Verhalten stand ihr einfach nicht, das war nicht seine Mona. Das Zeug nahm ihr alle Hemmungen und ihre Persönlichkeit.

Er stöhnte leise. „Mein Gott, Mona, ich bin doch auch nur ein Mann. Hör endlich auf, sonst vergesse ich mich!"

Als Antwort kam nur ein weiteres entrücktes Kichern, das kurz darauf in ein zartes Schlafgeräusch überging. John schickte ein kleines Dankgebet gen Himmel und atmete tief durch, um sich wieder zu beruhigen.

Zu Hause angekommen, setzte er sie in der Küche an den Esstisch und klemmte sie mit dem Stuhl so ein, dass sie nicht herunterfallen konnte. „Shit!" John knurrte den Fluch durch die Zähne, als er feststellen musste, dass niemand daheim war. Er hatte gehofft, dass er seine „süße Last" mit jemandem teilen konnte, damit er nicht in Versuchung geriet.

John zuckte mit den Schultern und ging dann in Monas Zimmer, um alles vorzubereiten. Mit ihrem Nachthemd in der Hand und mit entschlossenem Blick ging er wieder in die Küche. Er würde sie auf dem schnellsten Weg in ihr Schlafgewand packen und sie dann ins Bett stecken. Keine unkeuschen Gedanken, er konnte sie sowieso nicht anrühren. Ein Gentleman ...

In der Küchentür blieb er wie vom Donner gerührt stehen, seine Gedanken wurden jäh unterbrochen. „Verdammtes Weibsstück, wie bist du so schnell auf den Tisch gekommen?"

Er traute seinen Augen nicht, vor ein paar Minuten konnte Mona noch nicht einmal allein auf den Beinen bleiben. Jetzt tanzte sie auf dem Küchentisch zu einer Musik, die nur sie allein hören konnte - splitterfasernackt! Sie versuchte gerade noch, ihren Fuß aus dem Hosenbein zu befreien. Ein gequältes Stöhnen kam aus Johns Brust, es blieb ihm auch wirklich nichts erspart.

Er hatte sie bisher noch nie vollständig entkleidet gesehen, sein Blick klebte magisch an ihren ausgeprägten weiblichen Kurven. Für John war sie einfach wunderschön. Bereits zum x-ten Male an diesem Abend schoss ihm das Blut vom Kopf in die tieferen Regionen, dabei hätte sein Hirn es gerade gut brauchen können.

„Hallo, Johnny, komm zu mir ..." Mit einem verzückten Lächeln streckte sie die Arme nach ihm aus. Er lächelte grimmig zurück und überlegte weiter, was er tun sollte.

Da sie gefährlich schwankte, entschied er sich, sie schnell mit ihrem Nachthemd zu bedecken und sie dann möglichst wenig an nackten Stellen zu berühren. Die Aktion gelang, und er trug sie zappelnd in ihr Zimmer. Doch nachdem er Mona auf ihr Bett gelegt hatte, begann sie sich hin- und her zu winden. Mit schwerer Zunge erklärte sie, „Ich muss keine Kleider tragen, ich bin die Göttin der Liebe, und ich werde dich sehr glücklich machen, John."

„Nun halt doch endlich still! Du kommst mir vor wie eine verdammte Gummipuppe." John saß neben ihr auf dem Bett und versuchte fassungslos, zumindest schon einmal ihre Arme in das Nachthemd zu bekommen, doch sie entwischte ihm immer wieder.

Als er sich gerade über Mona beugte, zog sie ihn ungestüm zu sich herunter. Er verlor die Balance und fiel unsanft auf sie - weil er kein Leichtgewicht war, keuchte Mona bei seiner Landung. Aber dann stöhnte sie lustvoll auf und umschlang ihn mit ihren Armen, als sie seine Erregung durch die Jeans an ihrem nackten Körper fühlte.

John biss sich gequält auf die Lippen, um nicht ebenfalls laut aufzustöhnen. Weil er sie nicht zerquetschen wollte, rollte er sich von ihr herunter, doch er bereute seine Ritterlichkeit sofort. Ihr Aktionsradius war nun wesentlich größer.

„Heavens!" John versuchte verzweifelt, sich aus ihrer Umarmung zu befreien. „Das halte ich nicht aus, lass deine Finger da weg, fass ihn bitte nicht an! Oh Gott, Mona, du bringst mich um den Verstand!" Sein Atem ging stoßweise, und er zitterte vor Verlangen.

„Ich will dich haben." Mit flinken Fingern begann sie ihn zu entkleiden, sie wollte seine Haut spüren, koste es was es wolle! Mona riss das Hemd mit einem Ruck über seine Schultern herunter. Nur die oberen Knöpfe waren geöffnet, so dass der Stoff seine Arme eng an seinen Körper presste. So vorübergehend in seiner Bewegungsfreiheit eingeschränkt, war John ihren suchenden Lippen hilflos ausgeliefert. Als die Knöpfe dem Druck nachgaben, war es auch mit seiner Selbstbeherrschung vorbei.

Mona griff sich an den schmerzenden Schädel, Leon hatte ihr in dem ganzen Durcheinander noch gefehlt. Er hatte sie aus dem Bett geklingelt und wollte zu Tommy.

Nur langsam hatte sich die Information aus dem zähen, klebrigen Sumpf in ihrem Kopf befreit; ihr Bruder hatte irgendetwas von einem Fotografen erzählt. Es grenzte schon an ein Wunder, dass sie Leon in die richtige Richtung geschickt hatte.

Adonis saß auf dem Küchenboden und maunzte kläglich. Dabei sah er sie im Wechsel auffordernd an und fixierte dann wieder den Schrank, in dem das Futter aufbewahrt wurde.

„Nein, mein kleiner Vielfraß, du wartest noch ein bisschen. Du kannst mich mit deinem Blick hypnotisieren, wie du willst, du bewegst mich nicht dazu, dich jetzt zu füttern." Mona massierte langsam ihre Schläfen. Der Kater starrte sie noch eine Weile unbewegt an, dann drehte er ihr demonstrativ die Kehrseite zu und verließ den Raum mit hoch erhobenem Schwanz.

Sie nahm einen Schluck heißen Kaffee. Bestimmt war er absolut ungenießbar, doch sie hatte schon festgestellt, dass alles, was sie aß oder trank, sowieso seltsam nach Chemie schmeckte.

„Was ist hier los, verdammt?" Monas Erinnerung ließ zu wünschen übrig. Irritiert hatte sie zur Kenntnis genommen, dass sie neben John aufgewacht war. Und über die Flüssigkeit, die beim Aufstehen an ihren Beinen heruntergelaufen war, wollte sie nicht näher nachdenken. Wund und zerschlagen, wie sie sich fühlte, taumelte sie zurück in ihr Zimmer. Sie lehnte sich an den Türrahmen und betrachtete John, der lang ausgestreckt auf ihrem Bett lag. Er war nackt. Wut stieg in ihr hoch, wie konnte er es wagen, mit ihr zu schlafen, wenn sie nicht Herrin ihrer Sinne war? Unsanft schüttelte sie ihn wach.

„Oh, hi, Mona." John rieb sich verschlafen die Augen. "Wie geht es dir, Honey?"

„War ich wenigstens gut? Du verdammter Mistkerl!" Sie gab ihm unvermittelt eine schallende Ohrfeige, die Erschütterung schickte kleine Schmerzwellen durch ihren Kopf, und sie verzog das Gesicht.

John setzte sich abrupt auf und hielt ihre Handgelenke fest, da sie offenbar noch einmal ausholen wollte. Seine Wange schmerzte, er war augenblicklich hellwach.

„Süße, warte, lass mich erklären -" Er sah sie besorgt an, Mona war kalkweiß und konnte sich nicht sicher auf den Beinen halten. Der Schlag in sein Gesicht hatte allerdings gesessen.

„Du brauchst mir gar nichts erklären, ich weiß nur, dass wir offensichtlich Sex hatten, und ich war nicht *dabei*!" Sie schrie ihm das Wort zornig entgegen, John zog unwillkürlich den Kopf ein.

Das schlechte Gewissen plagte ihn, sie hatte schließlich nicht ganz Unrecht. Wie sollte er sich rechtfertigen? Dass sie die Göttin der Liebe gewesen war, erschien ihm kein gutes Argument. Mona hatte ihn verführt, doch *er* hatte alle Sinne bei sich gehabt. Und er hatte es genossen, nachdem er eingesehen hatte, dass Wehren zwecklos war - doch das behielt er lieber für sich.

„Bitte verzeih mir. Ich wollte stark sein, doch ich konnte nicht widerstehen." John streichelte ihre Wange; sie wollte sich ihm entziehen, doch dann hielt sie widerstrebend still.

„Mona, ich werde dich zum Krankenhaus fahren, du bist ganz blass. Glaube mir, Baby, du siehst nicht gut aus. Keine Ahnung, was dir diese Arschlöcher gegeben haben."

„Haben sie mich unter Drogen gesetzt?" Sie sah John ungläubig an, dann runzelte sie die Stirn. „Nun, ich meine, das würde eine ganze Menge erklären."

Auf dem Rückweg vom Krankenhaus fühlte Mona sich schon wesentlich besser. Ihre Gedanken waren die ganze Zeit damit beschäftigt, Licht in das Dunkel zu bringen. Die letzte bewusste Erinnerung an den Vorabend war, dass sie ein Typ animiert hatte, ihr Bier auf ex auszutrinken. Es war ihr absolut schleierhaft, warum sie darauf eingegangen war.

Nachdenklich biss sie sich auf die Unterlippe, sie wusste noch, wer es gewesen war, doch damit konnte sie leider gar nichts beweisen.

Sie hatte John die ganze Zeit ausgefragt; wieder und wieder hatte er ihr die Geschichte erzählen müssen, was genau passiert war. Dabei hatte er das Geschehen, *bevor* sie nach Hause gekommen waren, wesentlich genauer geschildert.

Mona schaute ihn von der Seite an, er bog gerade in die Hauptverkehrsstrasse ein, die in ihr Viertel führte. Plötzlich hatte sie eine Eingebung, eine Frage, die ihr unter den Nägeln brannte. „Wie oft hast du mit mir geschlafen?"

John sah sie erschrocken an, sie hatte ihn aus seinen eigenen Gedanken gerissen. Er war froh gewesen, dass sie diesen Teil des Abends bisher nicht zu genau hinterfragt hatte. Zuerst räusperte er sich, dann hustete er. „Öfter."

„Dann habe ich dich doch sicher immer wieder verführt, oder? Hast du dafür eine Erklärung?" Mona versuchte mühsam, die Beherrschung zu behalten, es kochte in ihr.

„Wir waren wie besessen."

„So, dann musst du ja wohl auch unter Drogen gestanden haben?"

„Mona, bitte, es tut mir unendlich leid. Ich habe dich schon um Verzeihung gebeten, es war nicht richtig von mir. Du weißt, dass ich dich begehre, ich habe mich hinreißen lassen."

„Immer und immer wieder? Oder kam es dann nicht mehr darauf an? Wenn du schon einmal mit mir geschlafen hattest, konntest du es auch ruhig ein weiteres Mal tun? Waren das deine Überlegungen?" Mona wurde immer fuchtiger, sie funkelte ihn zornig an. „Halt sofort an! Ich brauche frische Luft!"

„Mona bitte. Du bist noch immer wackelig auf den Beinen."

„Ich laufe, denn wenn ich mich nicht sofort anders abreagiere, springe ich dir an die Gurgel." Sie stieg aus dem Auto, sobald er am Straßenrand anhalten konnte. Kerzengerade lief sie los, aufrechtgehalten von der brodelnden Wut in ihrem Bauch. ♥

Leon fuhr langsam um die Kurve, hier musste es irgendwo sein. Die Häuser in der Gegend waren ziemlich verfallen, das passte zu der Adresse, die Mona ihm gegeben hatte. Dann sah er Tommys alten Kombi am Straßenrand geparkt, er war also richtig. Er stellte sein Auto an der nächstmöglichen Stelle ab und sah sich um.

Wo war jetzt dieser seltsame Verein? Ein verblichenes, verdrecktes Schild an einem Haus zeigte ihm den Weg: „Kreativ-Atelier Krause". Das musste es sein. Langsam öffnete er die Tür.

„Komm rein oder lass es. Mach endlich die Luke dicht, is kalt draußen!" Die verlebt klingende Stimme einer Frau in den mittleren Jahren nahm ihn in Empfang.

Als Leon den kleinen Raum betreten hatte, wusste er, was sie meinte. Das Kondenswasser, das an den beschlagenen Fenstern herunterlief, und die brüllende Hitze zeugten davon, dass Lüften nicht gerade ihre Hauptbeschäftigung war. Draußen herrschten milde Temperaturen, doch die Heizung schien auf Hochtouren zu laufen.

Sie hätte ein wenig frische Luft brauchen können, es war offensichtlich, dass die gute Frau angetrunken war. Ein halbvolles Glas stand neben ihr. Optisch hätte sie auch gut als Empfangsdame in einem heruntergekommenen Bordell arbeiten können, sie hatte wohl schon bessere Tage gesehen. Sie schaute ihn abschätzend an. „Okay, zieh dich aus und stell dich in die Reihe."

Leon ignorierte ihre Aufforderung und schaute sie fragend an. „Ich möchte zu Tommy Ullbrandsson, er müsste hier sein."

„Dein Tommy Irgendwas kann hier sein oder auch nicht. Keine Ahnung. Wenn du beim Casting mitmachen willst, runter mit den Klamotten! Ansonsten such dir den Freier doch selbst." Missmutig pulte sie etwas, das verdächtig nach einem Popel aussah, von einem Papier. Seine Nackenhaare stellten sich langsam auf, hier lag eine Menge Ärger in der Luft. Das Gebäude war widerlich dreckig und verfallen, Schimmelflecken zierten die Wände.

Vorsichtig sah Leon sich um; es drückten sich einige junge Männer auf dem Gang herum, der in den hinteren Bereich des „Ateliers" führte. Sie waren entweder komplett nackt oder drückten sich ein Bündel Kleider an die Körpermitte. Er fühlte sich unangenehm an seine Musterung beim Militär erinnert. Die Geräuschkulisse, die aus einem abgeteilten Raum zu kommen schien, verriet, dass hier nebenbei auch Pornofilme gedreht wurden. Leons Beschützerinstinkt war endgültig geweckt. Wo war Tommy, was tat er nur hier?

Bei den Männern auf dem Gang herrschte betretenes Schweigen. Sie schauten ihn neugierig an, als er an ihnen vorbeiging.

Der Grieche kam zu einem Raum, in dem gerade ein Photo-Shooting stattfand. Um alles überblicken zu können, streckte er den Kopf zur Tür herein. Zuerst war er von den Scheinwerfern geblendet, doch als seine Augen sich an die Helligkeit gewöhnt hatten, erkannte er Tommy.

Nur mit seiner Jeans bekleidet, lag er lang gestreckt auf einem Motorrad. Ein Bein war angewinkelt, und er hatte seine Hand in der geöffneten Hose. Seine „Hundemarke" baumelte machohaft auf seiner nackten Brust; ein Kontrast zu seinem sinnlichen Gesichtsausdruck.

Außer den Kommandos des Fotografen, eines schmächtigen Mannes, der aufgeregt um ihn herumturnte, schien er nichts wahrzunehmen.

Leon konnte den Blick nicht von Tommy lassen. Sein Herz schlug zum Zerspringen. Er war gleichermaßen entrüstet, wie Tommy sich für solche Fotos hergeben konnte, wie auch gebannt von der knisternden Erotik, die den jungen Schweden umgab.

Doch er gab sich einen Ruck und ging einige Schritte auf die Szene zu. „Tommy, was in aller Welt tust du hier? Zieh dich sofort wieder an!" Leon fasste ihn am Arm und zog ihn in seine Richtung. Tommy blinzelte in die Scheinwerfer und schien ein wenig verwirrt, ihn zu sehen. Der Fotograf wollte ihn zurückhalten, doch ein intensiver Blick aus Leons Augen überzeugte ihn, dass das nicht sehr klug gewesen wäre.

„Leon?" Tommy schaute ihn ungläubig an. „Was machst du denn hier? Woher weißt du, dass ich hier bin?" Verlegen schloss er seine Jeans und angelte nach seinem Hemd, das auf einem Stuhl lag.

Der Grieche schüttelte ihn zornig. „Wenn mir deine Schwester nicht gesagt hätte, wo ich dich finde, hätte dir in diesem Drecksladen sonst etwas zustoßen können. Weißt du eigentlich, was hier geschieht?"

„Lass mich!" Tommy versuchte, sich aus dem eisernen Griff zu befreien, doch Leon ließ ihn nicht los. „Ich brauche Geld für einen neuen Verstärker und ein neues Mischpult. Mit diesem Job habe ich zumindest schon einmal die Knete für den Verstärker zusammen."

„Bist du denn wahnsinnig, in so einem Schuppen allein aufzutauchen? Oder wolltest du dir noch in dem Hinterraum den Rest verdienen?" Lautes Stöhnen hallte durch den Flur und untermalte den Sinn seiner Worte.

Tommy hatte sich mittlerweile angezogen, ungehalten schubste ihn Leon auf die Tür zu. Der Schwede hielt sich am Türrahmen fest und streckte dem Fotograf die offene Hand entgegen, zähneknirschend drückte ihm der Mann ein kleines Bündel Scheine in die Hand.

Erst als sie wieder auf der Straße standen, ließ Leon von ihm ab. Er hatte ihn die ganze Zeit hinter sich hergeschleift, um ihn so schnell wie möglich aus dem abscheulichen Umfeld herauszuholen.

„Junges Glück", rief ihnen die Frau aus dem Vorraum hinterher, gefolgt von gackerndem Gelächter.

Tommy sah ihn wütend und trotzig an. „Ich bin schon mehr als dreimal sieben Jahre alt, was denkst du dir nur, mich wie einen kleinen Jungen zu behandeln? Nur weil du ein prüder Grieche bist, muss ich nicht auch so verklemmt sein!"

Er wusste er nicht, ob er Tommy erleichtert in den Arm nehmen oder ihm eine reinhauen sollte. Doch seine Wut musste heraus, ehe Tommy sich versah, lag er lang ausgestreckt auf dem Pflaster. Leon setzte sich an den Bordstein und vergrub sein Gesicht in den Händen.

Langsam und stöhnend rappelte Tommy sich auf. Auf den Knien blieb er erst einmal hocken und schüttelte sich. „Jävla!* Du hättest Boxer werden sollen, du hast einen ordentlichen Bums." Vorsichtig tastete er seinen Kiefer entlang und rieb sich den Hinterkopf, das würde eine Beule werden.

„Entschuldige, ich wollte dir nicht wehtun. Ich wundere mich nur, dass wir da unbehelligt herausgekommen sind." Leon schaute ihn zerknirscht an.

Tommy grinste und zuckte dabei zusammen, es schmerzte. „Da standen schon ein paar Kanten bereit, um uns aufzuhalten. Du warst ihnen wohl zu gefährlich, sie haben uns lieber in Ruhe gelassen". Bewundernd sah er ihn an. „Der Göttervater Zeus, der Blitze aus den Augen schleudern konnte, hat bestimmt nicht beeindruckender ausgesehen." Tommy schmunzelte, er hatte schon vorher gemeint, dass Leon aussah wie ein griechischer Gott. Nur hatte er dabei nicht an einen bärtigen alten Mann gedacht.

Dankbar nahm er die angebotene Hand, Leon zog ihn hoch. „Ich schenke dir ein schönes Foto für dein Armaturenbrett."

Als sie vor seinem Auto standen, legte Tommy die Handflächen an seine Brust und spürte die warme Haut unter dem Stoff. Mit geschlossenen Augen näherte er sich Leon. Er hätte sich gern an ihn geschmiegt, doch der Grieche wich erschrocken vor ihm zurück. Schnell drückte er ihm trotzdem ein kleines Küsschen in den Mundwinkel. „Danke." Dann stieg er in den Wagen, ohne ihn noch einmal anzusehen.

Leon stand da wie betäubt, als er Tommy hinterhersah. Er ging zu seinem Auto und blieb zunächst sitzen, um die Sache noch einmal Revue passieren zu lassen.

Er war erregt, die Stelle an seiner Lippe, wo ihn Tommys Kuss berührt hatte, pulsierte. Sein ganzer Körper war in Aufruhr. Als er die Augen schloss, sah er Tommys Bild, wie er auf dem Motorrad lag. Leon schluckte und bemerkte voller Bestürzung, dass er eine kräftige Erektion hatte.

„Gott im Himmel, hilf mir", stöhnte er gequält ♥

„Cinderella geht auf den Ball und bezaubert alle mit ihrer umwerfenden Schönheit." Bea schaute missmutig den flachen Karton an. Alex hatte ihr ein Kleid geschickt. Offenbar ging er davon aus, dass sie keine passende Garderobe hatte, um mit ihm auszugehen.

Es war ein hautenges, kurzes Samtkleid. Diskretes Schwarz.

----

* Verdammt!

117

„Kein Arsch und kein Tittchen - sieht aus wie Schneewittchen. Falsches Märchen!" Sollte sie etwas nachhelfen und Polster in den BH legen? Und wenn die Stunde der Wahrheit kam, und sie sich auszog? „Bea, nun reiß dich mal zusammen. Du wirst gut aussehen, du wirst ihn um den Finger wickeln. Und dann lässt du dich durchficken, weil du das mal brauchen könntest. Das sagt schließlich der Fachmann, wahrscheinlich hast du schon einen bitteren Zug um die Mundwinkel."

Ob es dem Aschenbrödel genauso gegangen war? Das Märchen war nicht sehr aussagekräftig an dieser Stelle. Bea grinste. „Sie tanzten die ganze Nacht, gingen in sein Luxusappartement und schoben eine flotte Nummer. Danach schickte er sie zurück zu ihrer Stiefmutter. Die Glaspantoffeln durfte sie behalten."

Bea straffte die Schultern und sah kritisch in den Spiegel. Die Beine waren mit den hochhackigen Schuhen ganz in Ordnung, obwohl sie noch immer ein Pimpf war. Wenn sie einen Bolero drüber zog, lenkte es vielleicht von der kaum vorhandenen Oberweite ab.

Als sie fertig war, warf sie einen letzten Blick auf ihr Spiegelbild. „Du siehst nicht aus wie die Bea Jensen, die ich kenne. Aber das ist auch gut so, sie würde so etwas Unanständiges nicht tun. Du siehst genau aus wie die Schlampe, die du heute sein willst. Mal dich noch ein wenig nuttig an, dann passt du zu den anderen Partygirls."

Alex war ausnahmsweise pünktlich, weil er sie möglichst nicht noch weiter verärgern wollte. Es hatte ihn sowieso erstaunt, dass sie bereit-willig zugesagt hatte, mit ihm auszugehen.

Er hob anerkennend die Augenbrauen, als sie in ihrer neuen Ausstattung an dem vereinbarten Treffpunkt erschien. Nicht übel die Kleine. „Wow, da platzt mir doch gleich die Hose, wenn ich dich so anschaue!"

Beas Wangen glühten. Sie hatte schon öfter festgestellt, dass er eine sehr unverblümte Ausdrucksweise hatte, was ihr normalerweise missfiel. Aber sie wollte sich heute in die Höhle des Löwen wagen. Mit Indiskretionen musste sie irgendwie umgehen lernen, wenn sie den Abend überleben wollte. „Vielen Dank. Mit dir kann man sich auch sehen lassen." „Ich weiß." Alex grinste und reichte ihr seinen Arm.

Als sie den Tanztempel betraten, hatte Bea das Gefühl, dass sie alle anderen Gäste anstarrten. Sie meinte im Vorbeigehen einige Leute zu sehen, die sie aus dem Fernsehen kannte. Das war gut möglich, schließlich handelte es sich um einen sündhaft teuren Privatclub.

Der Türsteher hatte Alex begrüßt wie einen guten Bekannten. Bea hatte bis zum letzten Moment erwartet, dass er *sie* nicht hereinlassen würde.

„Alex!" Gleich eine ganze Gruppe aufgetakelter Mädchen flog ihm an den

118

Hals. Sie hatten bei Lulu gestanden, die sich diskret zurückhielt. Feindselig musterte sie Bea, die neben Alex stand wie eine Statistin. Sie lächelte Lulu zaghaft an und schaute verstohlen, ob die Begrüßung ihres Begleiters mit dem ganzen Küsschen-Küsschen-Getue langsam abgeschlossen war.

„Ich hoffe, es stört dich nicht, wenn ich von den wilden Weibern abgeküsst werde. Das ist völlig normal." Alex wandte sich schnell wieder Bea zu und forderte sie galant zum Tanzen auf.

Ihr Herz schlug einen Trommelwirbel, als sie zur Tanzfläche geführt wurde. Es dauerte einige Songs, bis sie eng umschlungen zurück zu den anderen gingen. Bea glühte innerlich und trank begeistert die Drinks, die ihr ständig in die Hand gedrückt wurden.

Alex lächelte. Heute würde sie ihm nicht wieder weglaufen, es war alles geplant. Diesmal würde sie in seinen Armen landen. Er zwinkerte einem seiner Freunde zu und dieser nickte. Sofort ging er auf Bea zu und forderte sie freundlich zu einem Tänzchen auf.

„Und dass du deine schmierigen Finger von meinem Püppchen lässt! Sonst gibt es heiße Ohren!" Alex nahm vergnügt einen Schluck von seinem Cocktail. Für Beas Unterhaltung war gesorgt.

Erhitzt und angeheitert kam Bea in den Waschraum. Im ersten Moment staunte sie über die luxuriöse Ausstattung. Es sah mehr nach einer noblen Theatergarderobe als nach einem Vorraum zu den Toiletten aus. In einem Sessel in einer gemütlichen Ecke saß Lulu und rauchte eine Zigarette. Ohne Bea zu beachten, inhalierte sie einen tiefen Zug.

„Hast du unseren Schönling schon gesehen? Oder haben dich seine Freunde erfolgreich abgelenkt?" Gelangweilt schaute sie Bea an.

„Wieso? Was ist mit Alex?"

Lulus Mundwinkel hoben sich zu einem bitteren Lächeln. „Es ist nichts Besonderes, das ist immer das Gleiche. Er hat den Kahn voll und schläft in einer Ecke. Viel Spaß noch, Süße!" Sie erhob sich und rauschte an Bea vorbei zurück in das Partygeschehen.

Als Bea wieder zu ihrem Platz kam, konnte sie sich davon überzeugen, dass Lulu leider nicht übertrieben hatte. Alex saß in sich zusammengesunken auf einem Polsterstuhl, seine Krawatte hatte er als Stirnband umgebunden. Das geräuschvolle Schnarchen beschrieb seinen weiteren Zustand hinreichend.

„Alex, wach auf. Komm schon, das kannst du mir doch nicht antun. Bitte! Wach auf!" Bea schüttelte ihn unsanft, doch er öffnete nur kurz die Augen, um sie sofort wieder zu schließen.

„Oh ja, das ist auch ein tolles Ende für eine rauschende Ballnacht. Der Prinz stinkt wie ein ganzer Schnapsladen und ist eingeschlafen." Bea knuffte Alex wütend in die Seite, als sie im Taxi saßen.

Der Fahrer sah sie mitleidig an. Er schien ihr seine Dienste als Ersatz anbieten zu wollen, überlegte es sich aber, nachdem er einen giftigen Blick aufgefangen hatte. Als sie bei Alex' Wohnung angekommen waren, war Bea froh, dass der Mann ihr half, ihren „schlafenden Prinzen" die Treppe hinaufzubugsieren.

Sie saß neben Alex und betrachtete ihn. Er lag angezogen und mit dem Gesicht in den Kissen auf seinem Bett. „Das erinnert mich an die langen Stunden, die ich neben dir verbracht habe, als ich auf dein Aufwachen gewartet habe. Aber ich habe damals auf einen anderen Mann gewartet. Auf einen, der mich nicht ständig enttäuscht." Bea gab ihm einen Stoß und schrie ihn an. „Verdammt, Alex!"

Als Antwort kam nur ein Schnarchen. ♥


Leon packte die letzten Sachen in seinen Koffer, sein Flug ging in zwei Stunden. Wenn es nicht hektisch werden sollte, wurde es langsam Zeit, sich auf den Weg zum Flughafen zu machen.

Griechenland war sein Ziel, er würde den Rest des Frühlings und den Sommer in seinem wirklichen Zuhause verbringen. Heimat! Familie! Diese Worte hatten für einen Griechen einen höheren Stellenwert, als für viele andere Menschen.

Er hatte sich vor vielen Jahren mit seinem Vater überworfen, weil der Patriarch bestimmt hatte, dass Leon heiraten sollte. Seine Ausbildung war gerade beendet gewesen, und Leon hatte sein erstes vernünftiges Geld verdient. Damit war er in den Augen seines Vaters zum Mann geworden.

Leon war aber absolut nicht bereit gewesen, sich diesem Willen zu beugen. Er hatte seine Freiheit genießen und sein Leben unabhängig gestalten wollen. Das Militär war ihm damals als gute Lösung erschienen. Doch auch nach seiner Rückkehr am Ende seiner Dienstzeit hatte sich die Meinung des Oberhauptes seiner Großfamilie nicht geändert.

So war ihm nur die Flucht nach vorn geblieben und er war ausgewandert. Leon hatte sich wie ein halber Mensch gefühlt, als er sich von seiner Familie entfernt hatte. Erst geistig, dann körperlich.

Obwohl er noch nie weniger bereit gewesen war, dem Wunsch seines Vaters nachzukommen, wollte er sich jetzt mit seinen Verwandten versöhnen. Wenn sie ihn denn ließen.

Seine Mutter hatte am Telefon geweint, als er sie gefragt hatte, ob er daheim willkommen sei. Obwohl es wie ein Zentnergewicht auf seinem Herzen lag, dass er sich von Tommy nicht verabschieden konnte, freute er sich darauf, nach Hause zu kommen.

Es hatte Leon einige Überwindung gekostet, um Urlaub zu bitten, zum ersten Mal seit fünf Jahren. Doch jetzt benötigte er dringend eine Auszeit, er musste mit sich selbst ins Reine kommen.

Der Chef de Restaurant war sehr verständnisvoll gewesen, er wollte Leon beurlauben und so lange eine Aushilfe einstellen. Sein Job würde also bei seiner Rückkehr auf ihn warten. Leon hatte sich sehr schwer getan, seinen Freund anzulügen, aber er musste Probleme in der Familie vorschieben, um einen plausiblen Grund nennen zu können.

Als er die Wohnung verließ, stolperte er fast über einen großen braunen Umschlag, der auf der Fußmatte lag. Er war von Tommy. Mit zitternden Händen las er, was in Tommys großer, schwungvoller Handschrift außen auf dem Papier geschrieben stand: „Hej Leon, hier sind die versprochenen Fotos. Ich möchte dich gerne sehen, bitte gehe doch wenigstens ans Telefon. Dein Tommy"

Das Wort „bitte" hatte er dick unterstrichen. Leon schluckte, er vermisste den Chaoten. Er steckte sich den Umschlag in seine Jackentasche und setzte seinen Weg fort.

Nachdem er im Flugzeug seinen Platz eingenommen hatte, legte sich eine seltsame Ruhe über Leons vibrierende Nerven. Er hatte den rettenden Schritt gewagt, es herrschte nicht mehr die Gefahr, Tommy unvorbereitet über den Weg zu laufen. Es gab so viel, was er durchdenken musste, bevor er ihm wieder in die Augen sehen konnte.

Der braune Umschlag knisterte, als er ihn in die Hand nahm, er glättete ihn vorsichtig und hoffte, dass sein Inhalt nicht verknickt war. Zärtlich berührte er die Buchstaben von Tommys Nachricht, die er immer wieder lesen musste. Er würde ihm eine Karte schicken, um ihm zumindest mitzuteilen, dass er fort war.

Leon drehte sich so zum Fenster, dass niemand sehen konnte, was er in der Hand hielt. Nachdem er tief durchgeatmet hatte, öffnete er energisch die Hülle und zog die Bilder heraus.

Ihm blieb fast das Herz stehen, denn auf dem ersten Foto schaute ihm Tommy direkt in die Augen. Er war ein Naturtalent, in seinem Blick mischte sich ein Ausdruck rührender Unschuld mit heißem Verlangen. Er war wieder nur mit seiner geöffneten Jeans bekleidet, die aussah, als würde sie jeden Moment herunterrutschen, seine Hände umfassten sein Geschlecht und verbargen es vor dem Betrachter. Leon schluckte hart, er sah sich das nächste Foto an und stockte - es war das Bild, das ihn seit Tagen in seinen Träumen verfolgte. Die Motorrad-Aufnahme. Sein Körper reagierte sofort, und er fühlte ein sehnsüchtiges Ziehen in seinen Lenden.

Vorsichtshalber verstaute er die Fotos wieder in dem braunen Umschlag und steckte sie in seine Tasche. Es war wohl besser, sie in einem ruhigen Moment anzuschauen.

Er schloss die Augen und machte es sich so gemütlich, wie es in einem engen Flugzeug ging. Nach einigen Versuchen hatte er seine langen Beine halbwegs bequem platziert und versuchte, für den Rest des Fluges zu schlafen. ♥

„Aber nur, wenn die Dame in meinen Armen sonst niemand anfassen darf." Das hatte Brian in der Silvesternacht zu Doro gesagt.

„Der Herr teilt nicht gerne. Wollen wir doch mal sehen, ob sich das nicht wunderbar eignet, um ihn ein wenig auf die Palme zu bringen." Doro ließ ihren Blick mit einem süffisanten Lächeln über ihr Bett gleiten. Brian lag lang ausgestreckt darauf. Heute war sie ganz Domina gewesen.

Sie hatte ihn mit sanfter Gewalt überredet, dass er sich von ihr an das Bettgestell fesseln ließ. Mit Genuss hatte sie registriert, dass es ihm nicht behagte, ihr komplett ausgeliefert zu sein. Als sie ihm die Augen verbunden hatte, wollte er aufbegehren, doch Doro hatte ihm den Mund mit einem zärtlichen Kuss verschlossen. Jetzt wartete er gespannt, was sie als Nächstes vorhatte.

Sie weidete sich an der Vorfreude: Brian würde nicht mehr lange den Ruhigen, Überlegenen spielen. Es gab ihr einen zusätzlichen Kitzel, nicht zu wissen, was danach geschehen würde. Wahrscheinlich würde sie Brian verlieren, doch das war es ihr wert.

Doro lachte leise. Er hob leicht den Kopf. „Jetzt kannst du mich lebendig rösten, Babe. Das hast du dir doch schon immer gewünscht. Ich wäre dir nur dankbar, wenn ich nicht so unsäglich lange darauf warten müsste." Er bewegte probehalber die Handgelenke, doch sie hatte ihn professionell fixiert.

„Es erregt dich, hm?" Ihr kehliges Lachen erklang direkt neben seinem Ohr, und ein Schauer rieselte über seinen Rücken.

„Ich denke, leugnen ist zwecklos. Der Stimmungsanzeiger verrät mich sowieso." Brian grinste breit und ließ sein Becken kleine Kreise vollführen.

Er versuchte gute Miene zu dem Spiel zu machen, doch es war ihm eine Spur zu heftig. Die Zügel hin und wieder aus der Hand zu geben, machte ihm mittlerweile nicht mehr so viel aus, doch er mochte es gar nicht, derart hilflos zu sein.

„Du machst ungezogene Bewegungen, Sklave." Doro lachte und ließ das Wort noch einmal langsam und genüsslich über die Lippen kommen. „Sklave!"

„Nein, Babe, da irrst du dich. Soweit wirst du mich nicht bringen. Ich lasse mich von niemandem beherrschen. Auch nicht von einer Frau, und sei sie noch so schön." Er zog an den Fesseln, doch er konnte sie nach wie vor nicht lockern.

„Beruhige dich, jetzt werde ich dich erst einmal so richtig schön verwöhnen. Es muss nicht unbedingt unangenehm sein, von mir *beherrscht* zu werden." Doro lächelte spitzbübisch und setzte sich zu ihm aufs Bett.

Brian biss gequält die Zähne zusammen, sie zog alle Register. Nachdem Doro ihn mit ihren sanften Lippen am ganzen Körper liebkost hatte, fühlte er die prickelnden Schwingungen eines kleinen Vibrators an seinen erogensten Zonen.

„Na komm schon, lass dich endlich fallen. Ich will hören, was du fühlst!" Sie reizte ihn, bis er es einfach nicht mehr aushielt. Brian legte den Kopf in den Nacken und atmete stoßweise. Plötzlich schwang Doro sich über ihn und startete einen stürmischen Tanz auf seinem besten Stück. Mit einem herrischen Ruck warf sie ihre dunkle Lockenmähne nach hinten.

Er bäumte sich stöhnend auf. Die Erregung stieg auch in ihr hoch, als sie Brians Härte fühlte. Jetzt war der richtige Zeitpunkt für ihre Rache. Durch ein verabredetes Zeichen rief sie einen zweiten Gespielen herbei. Chris kam geräuschlos - und mit einem verächtlichen Blick auf Brian - zum Bett und gesellte sich zu dem leidenschaftlichen Spiel.

Seine Hände streichelten über Doros Brüste, und sie wand sich heftig. Brian brauchte eine Weile, bis er registrierte, dass Doro von einem weiteren Mann penetriert wurde. Deutlich spürte er seine Bewegungen und hörte seine Geräusche. Sein Körper wurde starr wie ein Brett.

„Doro, damn! Was soll das? Wenn der Kerl nicht augenblicklich verschwindet, breche ich ihm alle Gräten!"

Sie lachte hämisch. „Wie denn? Kann es sein, dass du gefesselt bist?" In Brian stieg der Ärger wie eine heiße Welle hoch. Obwohl sie mit dem „Liebesspiel" nicht aufgehört hatten, verschwanden alle erotischen Gefühle in ihm. Er versuchte, sich zumindest emotional aus dem Geschehen zurückzuziehen. Nach einiger Zeit kam er durch die mechanischen Reize zum Orgasmus, doch er gab sich alle Mühe, ihn nicht zu genießen.

Brian wollte ihnen nicht die Genugtuung geben, dass er eine große Szene machte. Für Doro empfand er in diesen Momenten nichts als Verachtung. Als seine Fesseln und die Augenbinde endlich entfernt wurden, stand er wortlos auf und suchte seine Kleidung zusammen.

Die beiden kuschelten sich nackt ins Bett und schauten ihm grinsend dabei zu. Er würdigte sie keines Blickes, bis er angezogen vor ihnen stand.

„Hat es dir gefallen, ein wenig Unterstützung zu bekommen?" Doro lächelte und schlug leicht nach Chris' Hand, die ihren Busen umfasst hatte. Er schaute beleidigt.

„Doro, du bist heute so abgrundtief in meinem Ansehen gesunken, dass ich keine Beschreibung dafür finde. Überlege dir eine einzige Sekunde lang, was

du über mich denken würdest, wenn ich das mit deiner Tochter gemacht hätte
...“ Brian senkte kurz den Blick und sah sie dann mit unbewegtem Gesicht an.
„Mir tut nur dieser arme Irre leid, der denkt, dass er gerade der Gewinner ist.
Typen von seiner Sorte frisst du zum Frühstück. Mach es gut, und ein schönes
Leben noch!“ Er griff nach seiner Jacke und marschierte hinaus. Als er das
Haus verließ, warf er die Tür mit Wucht ins Schloss.

Doro sah ihm enttäuscht hinterher. Es war nicht so toll gewesen, wie sie es
sich vorher ausgemalt hatte. Brian hatte sich nicht aus der Fassung bringen lassen, zumindest hatte er sie nicht an seinen Gefühlen teilhaben lassen. Sie
wusste, dass er tief verletzt war, und sie fühlte sich deshalb ein wenig schäbig.
Chris wollte sie an sich ziehen, doch Doro war nicht in der Stimmung.

Sie trat unvermutet nach ihm, und er verlor das Gleichgewicht. Verdutzt saß
er auf dem Boden vor dem Bett und rieb sich eine schmerzende Stelle. Er
stand missmutig auf und zog sich ebenfalls an. „Schönen Abend. Ich glaube,
du hast ernsthafte Probleme.“ Er wandte sich ebenfalls zum Gehen.

Doro drehte ihm den Rücken zu, zog sich die Decke bis ans Kinn und löschte
das Licht. „Vielleicht hat er sogar Recht.“ Sie starrte in die Dunkelheit. ♥

# 6

## Mutterseelenschmerz

Bea wachte auf, sie schaute benommen um sich und überlegte, was sie wohl geweckt hatte. Als sie im Halbschlaf die dunkle Gestalt an ihrem Bett sitzen sah, erschrak sie im ersten Moment. Doch das triefende, schluchzende Bündel entpuppte sich sehr schnell als Mona.

„Was ist denn passiert? Komm, lass dich erst Mal in den Arm nehmen." Bea drückte ihre Freundin an sich und wiegte sie intuitiv langsam hin und her. Sie rückte ein wenig von ihr ab, um die kleine Nachttischlampe anzuschalten. Mona hatte rotgeränderte Augen, sie deckte eine Hand über ihr Gesicht, als sie der Lichtschein plötzlich blendete. Auch Bea blinzelte wie eine Eule, dann streichelte sie Mona das Haar aus der Stirn. „Wie kann ich dir helfen?"

Aber Mona wurde noch immer von gelegentlichen Schluchzern geschüttelt, sie konnte nicht reden. Verzweifelt streckte sie ihr die Hand entgegen, ein stiftähnlicher Gegenstand lag auf der Handfläche.

„Oh!" Bea wusste nur zu genau, worum es sich handelte. Sie hatte bereits Dutzende von diesen Schwangerschaftstests durchgeführt und sie dann frustriert weggeworfen. Wenn sie Monas Zustand betrachtete, brauchte sie nicht lange raten, wie wohl hier das Resultat ausgefallen war. Bea schwieg betreten, es lag ihr eine Frage auf der Zunge, die man unmöglich taktvoll stellen konnte.

Mona sah sie tränenverhangen an. „Es ist von John."

„Weiß er es schon?" Doch Bea schüttelte sogleich selbst als Antwort den Kopf. Wie sollte er? Wenn er es wüsste, wäre Mona nicht mitten in der Nacht bei ihr aufgetaucht.

„Ich kann es ihm unmöglich sagen. Nicht, bevor ich meine eigene Meinung zu dem Thema habe. Bea, ich habe solche Angst!" Monas Stimme klang belegt, ihre Schultern zuckten wieder, und dicke Tränen rollten erneut über ihre Wangen.

„Süße, du bist auf jeden Fall nicht allein. Was auch immer geschehen mag, wir sind bei dir." Bea legte den Arm um sie und lächelte zuversichtlich. Mona erwiderte das Lächeln kläglich.

„Meinst du nicht, dass John sich vielleicht sogar sehr freut? Er liebt dich, das ist völlig offensichtlich."

„Na toll, dann hat er mich endlich da, wo er mich schon die ganze Zeit haben will! An seiner Seite, an ihn gefesselt!" Die Worte brachen zornig aus Mona heraus.

Bea runzelte die Stirn. „Du solltest bei allem Jammer fair gegen ihn bleiben. Mona, er will dich nicht an sich fesseln. John liebt dich aufrichtig, er will einfach nur eine Beziehung mit dir. Das ist doch kein Verbrechen."

„Entschuldige bitte, ich habe vergessen, dass du seine Seelenklempnerin bist. Tut mir leid, dass ich dich geweckt habe." Aufgebracht sprang Mona auf und lief zur Tür.

„Warte doch, bitte. Mona!" Bea stand auf, doch sie war schon draußen. Kopfschüttelnd setzte sie sich wieder. „Das kann ja heiter werden."

Verstohlen öffnete sich die Tür zu Tommys Zimmer. Mona schlüpfte hinein und tastete sich vorsichtig zum Bett vor. Wie üblich hatte ihr Bruder seine Klamotten malerisch auf dem Boden verteilt.

Sie setzte sich auf die Bettkante und fühlte seine tröstende Wärme. Plötzlich fuhr sie erschreckt zusammen, zwei glühende Augen schwebten in der Luft. Aber sie beruhigte sich sogleich wieder, weil sie bemerkte, dass es nur Adonis war, der in Tommys Halsbeuge geschlafen hatte.

Mona scheuchte ihn auf den Fußboden, wobei er ein widerwilliges Fauchen von sich gab. „Sei leise, sonst wecken wir ihn auf", flüsterte sie. Dann hörte sie, wie der Kater frustriert den Teppich mit seinen Krallen bearbeitete. Ab und zu leuchteten seine Augen wieder im Mondlicht auf, während er sich beleidigt einen anderen Schlafplatz suchte.

Mona schlüpfte schnell unter die Decke. Anfangs störte es sie ein wenig, überall nackte Haut zu spüren, doch dann kuschelte sie sich an Tommys breiten Rücken. Er drehte sich und nahm sie im Schlaf kurzerhand in den Arm. Lächelnd schmiegte sich Mona in seine Schulterbeuge und war nach ein paar Minuten erschöpft eingeschlafen.

Am nächsten Morgen erwachte Tommy zuerst, er spürte den warmen Körper neben sich und rieb seine Nase genießerisch an dem zarten Gewebe des Nachthemds. Etwas irritierte ihn, er probierte es noch einmal. Unter dem Stoff fühlte es sich weich und fest zugleich an. Einigermaßen überrascht öffnete er langsam die Augen und stellte fest, dass sein Kopf sanft auf Monas Busen ruhte. Mit einem Satz war er aus dem Bett.

Mona schaute ihn verschlafen an. „Hallo, guten Morgen." Sie grinste. „Du brauchst dich nicht zu schämen, wenn du vom Duschen kommst, zeigst du mindestens genauso viel. Außerdem habe ich dich als Kind gewickelt, ich habe dich schon oft nackt gesehen."

„Ha, ha, du bist gerade zwei Jahre älter als ich, also tu mal nicht so tantenhaft." Er schlüpfte schnell in seine Jeans. „Guten Morgen. Was hast du in meinem Bett gemacht? Welchem Umstand verdanke ich dieses doch etwas befremdliche Erwachen?"

Sie setzte sich auf und verzog das Gesicht. „Umstand ist gut. Ich habe etwas Trost gesucht, weil - ..." Mona schluckte, sie spürte, wie wieder Tränen in ihr aufstiegen. „Tommy, ich bin schwanger!"

Er setzte sich neben sie auf die Bettkante. „Oje, weiß John es schon?" „Verdammt, warum will jeder wissen, ob es John schon weiß? Was ist mit mir? Das ist erst einmal nur mein Problem. Ich muss es nämlich kriegen, das Baby.", brauste seine Schwester auf. „Und warum gehst du davon aus, dass es von ihm ist?"

Tommy lächelte amüsiert. „Weil ich nicht blind bin, und weil er keinen Kerl näher als fünfzig Meter an dich heranlässt."

„Das ist unfair, ich fühle mich ihm so ausgeliefert. Jeder erwartet jetzt von mir, dass ich freudestrahlend in seine Arme falle, *weil er mich ja so liebt*. Keiner wird auch nur einen Gedanken daran verschwenden, ob ich mich denn überhaupt binden will. Mit Kind oder ohne." Sie umschlang verzweifelt die Bettdecke und ließ sich wieder nach hinten fallen. Dann rollte Mona sich zusammen wie ein Embryo und drehte das Gesicht zur Wand. „Ich werde dieses Zimmer nicht mehr verlassen."

„Jetzt hör mal, min Sötnos*, wir schaffen das schon zusammen. Du weißt, dass John mein Freund ist, ich kenne seine Gefühle für dich. Er würde aber auch nicht wollen, dass du dich aus so *praktischen* Gründen für ihn entscheidest. Das würde ihn tief kränken, glaube mir." Tommy tätschelte ihr aufmunternd die Schulter. „Außerdem brauchst du dich nicht darum kümmern, was die anderen denken, oder? Es *muss* sich gar nichts ändern. Sieh es doch einfach mal so: Du bekommst Johns Kind, wir leben alle zusammen wie bisher, und ihr müsst das Besuchsrecht nicht kompliziert regeln."

Langsam drehte sie sich zu ihm um und fiel Tommy plötzlich schluchzend um den Hals. „Tommy, du bist ein Goldschatz!" Mona lächelte ihn mit feuchten Augen an. „Das ist die Lösung, wir ändern *gar nichts*, außer, dass das Kind unser Leben komplett auf den Kopf stellen wird. Jetzt müssen nur noch alle einverstanden sein."

Es wurde eine eilige Krisensitzung einberufen, die während des Frühstücks stattfinden sollte. Mona war guter Dinge. Seit sie mit Tommy gesprochen hatte, erlebte sie richtige Hochgefühle.

Bea sah sie stirnrunzelnd an, sie wusste nicht, was seit letzter Nacht geschehen

---

· Meine Süße

war, doch sie erkannte sie förmlich nicht wieder. Gespannt wartete sie auf die Eröffnung der Neuigkeiten in der Runde.

Tommy nahm Mona sanft beiseite. „Sag mal, kann es sein, dass du etwas Wichtiges vergessen hast?" Seine Schwester schaute ihn verständnislos an. „John weiß noch immer nicht, dass er Vater wird, hab ich Recht? Willst du es ihm etwa im Beisein der anderen sagen?"

Mona sah ihn mit einem Flackern im Blick an, das höchste Unruhe ahnen ließ. „Ich habe zumindest nicht vor, es ihm *allein* zu erzählen. Das kann ich nicht. Tommy, er wird ausflippen, wenn er es hört. Und - und - und dann muss ich ihm den Dolch ins Herz stoßen."

„Meinst du nicht, dass es für ihn viel schlimmer ist, wenn er es vor versammelter Mannschaft erfährt? Nein, Mona, so läuft das nicht. Bringe ihm wenigstens so viel Respekt entgegen, dass du es ihm vorher sagst, damit er sich mit dem Gedanken anfreunden kann."

John kam gerade in die Küche, er wirkte noch etwas verknittert, da Brian ihn unsanft geweckt hatte. Er verschlief das gemeinsame Frühstück schon mal ganz gern.

Mit hochgezogenen Augenbrauen sah John nun erstaunt herüber, weil Tommy ihn zu sich gewunken hatte. „Hi, guten Morgen." Er strich sich über die Haare, um sie ein wenig zu glätten. Sein fragender Blick wanderte von Tommy zu Mona und wieder zurück.

„Mona möchte dir etwas sagen." Tommy gab ihr einen kleinen Schubs, und sie zuckte zusammen. Als ihr Bruder gehen wollte, klammerte sie sich fest an seinen Arm. Dann umarmte sie urplötzlich John und drückte ihm ein Küsschen auf die Lippen. „Herzlichen Glückwunsch, du wirst Vater." Sie lächelte kurz und verschwand ganz schnell in Richtung Badezimmer.

John stand da wie vom Donner gerührt. Mit offenem Mund schaute er ihr nach und stützte sich schwer auf Tommys Schulter. Seine Lippen begannen zu beben, und er sah ihn ungläubig an. „Ich werde ... was? Mona, sie ...?"

Tommy schmunzelte. „Ja, du weißt doch, das mit den Blümchen und den Bienchen. Ich würde sagen, du hast schwer zugestochen." Er führte John wie einen gebrechlichen alten Mann zum Tisch und drückte ihn fürsorglich auf einen Stuhl.

Beim Frühstück und während des restlichen Vormittags wurde das Thema besprochen. Sie diskutierten viele Einzelheiten, und es entstand nach und nach ein Schlachtplan. Das Kind sollte als zusätzlicher Mitbewohner aufgenommen werden. Um Mona zu entlasten, wurden einige Punkte besprochen, bei denen die anderen WG-Mitglieder Aufgaben übernehmen konnten.

*Es hat große Ähnlichkeit mit dem ‚Katzenklo-Dienst, den wir für Adonis geregelt haben,* dachte John zynisch. Ansonsten konnte er die ganze Zeit keinen klaren Gedanken fassen. Die Nachricht hatte ihn völlig aus den Schuhen gehauen.

Er saß benommen auf seinem Stuhl und wunderte sich, dass er von niemandem als besonders Beteiligter behandelt wurde. Es kam ihnen gar nicht in den Sinn, dass er vielleicht der *Vater* des Kindes sein wollte, und nicht nur ein Mitglied der Gemeinschaft, das seine Pflichten zu übernehmen hatte.

Speziell Mona schien ihn nur als eine Art Samenspender in dieser Angelegenheit zu betrachten. Zu Johns Verwirrung gesellte sich tiefer Schmerz. Sie wollte ihn noch nicht einmal, wenn sie sein Kind unter ihrem Herzen trug.

Langsam und leicht schwankend stand John auf. „Ich glaube, ihr könnt auf meine Gesellschaft verzichten. Bitte teilt mich ruhig zum Windelnwechseln ein, das geht klar." Auf dem Weg zur Tür murmelte er leise. „Ich muss ein bisschen nachdenken ..."

Mona biss sich schuldbewusst auf die Unterlippe und sah ihm wehmütig hinterher. ♥


Leon hatte sich auf einen Felsen direkt am Meer gesetzt, die Gischt sprühte ihm ins Gesicht und kühlte seine Stirn. Nur durch den Wind waren die Temperaturen der griechischen Mittagshitze zu ertragen.

Seine Familie verbrachte die Zeit, in der die glühende Sonne erbarmungslos auf die Erde brannte, im Haus. Aber Leon brauchte frische Luft, er hielt es im Moment nie lange in geschlossenen Räumen aus.

Er war nun schon seit einigen Wochen wieder in seiner Heimat, die Wogen innerhalb seiner Familie hatten sich geglättet. Leon hatte den Streit mit seinem Vater beigelegt, indem er eine ganze durchzechte Nacht allein mit ihm geredet hatte.

Er hatte gewusst, dass er seinem Vater das Gefühl geben musste, als Sieger aus der Sache herauszugehen, sonst hätte er nicht nachgegeben. Vorsichtig hatte er eingewilligt, dass er ein für eine Heirat in Frage kommendes Mädchen zumindest kennenlernen wollte.

Doch sein alter Herr hatte sich am nächsten Morgen nicht mehr an die Zugeständnisse, die ihm sein Sohn gemacht hatte, erinnern können. Und sein Stolz hatte ihm verboten, Leon danach zu fragen. Alles, was er noch wusste war, dass sie sich unter vielen Umarmungen versöhnt hatten.

Diese Art von Diplomatie hatte seine Mutter Leon gelehrt, die die Kunst beherrschte, alle Dinge nach ihrer Nase einzurichten. Dabei gab sie ihrem Mann stets das Gefühl, dass er die Entscheidungen getroffen hatte - mit großem Lob für seinen Weitblick und Scharfsinn. Eine glückliche Ehe.

Leon fuhr sich mit der Hand über das Gesicht und seufzte abgrundtief. Seine

Familie war zurzeit sein geringstes Problem. In der Geschichte mit Tommy war er noch keinen Schritt weitergekommen.

Wieder einmal hatte er sich einfach davongestohlen, wahrscheinlich wollte der Schwede ihn gar nicht mehr sehen. Es zerriss Leon förmlich, dass er nicht mit Tommy reden konnte; er vermisste ihn so.

Leon hatte äußerlich immer mit den Regeln der Gesellschaft im Einklang gelebt. Nur als er sich seinem Vater offen widersetzt hatte, hatte er ein Tabu gebrochen. Dafür hatte er bitter mit dem Verlust seiner Heimat bezahlen müssen.

Er hatte eine gottesfürchtige Erziehung genossen, und die griechisch-orthodoxe Kirche war nicht unbedingt aufgeschlossen gegenüber Homosexualität. Noch ein Tabu. Offiziell gab es diese „Abart der Natur" nicht.

Deshalb fiel es Leon unendlich schwer, sich seine Empfindungen für Tommy einzugestehen. Seine moralischen Werte gerieten heftig ins Wanken, doch er konnte seine Augen vor den Tatsachen nicht länger verschließen. Sein Körper hatte ihm machtvoll gezeigt, was sein Herz nicht hatte sehen wollen.

„Tommy!" Sein verzweifelter Schrei wurde vom Wind zerrissen und auf das offene Meer getragen. „Was bist du? Bist du ein Engel, der gekommen ist, mich zu retten? Oder schickt dich der Herr der Unterwelt, um mich in den Abgrund zu stürzen?" Er schrie die Worte gequält in die sprühende Gischt, die über ihm zusammenschlug, um ihn kurzzeitig zu verschlingen.

„Gott! Steh mir bei! Warum ist es so verwerflich, wenn die Schönheit Deiner Schöpfung mein Blut in Wallung bringt? Warum macht es mich zu einem Sünder?" Ein großer Brecher zerschellte an dem Felsen, auf dem Leon stand, und er war augenblicklich nass bis auf die Haut.

„Was für eine Antwort sollte das sein? Zumindest war sie nicht geeignet, mein Blut abzukühlen." Er lachte sarkastisch.

Leon setzte sich wieder, er schloss die Augen und beruhigte seinen trommelnden Puls, indem er tief atmete. Er beschwor Tommys Gesicht in seiner Vorstellung herauf. Das Grübchen am Kinn, das nur auftauchte, wenn er lachte. Der Glanz der Sonnenstrahlen auf seinen Bartstoppeln, der sie kupfern aufleuchten ließ. Seine strubbeligen Ponyfransen, seine tiefblauen Augen, in denen immer der Schalk glänzte. Tommy hatte ihn in seinen Bann gezogen. Er war seiner jungenhaften Unbeschwertheit hoffnungslos verfallen.

Aber was war mit der fleischlichen Lust? Leon konnte sich nicht vorstellen, an solchen Praktiken Spaß zu haben. Konnte er denn überhaupt schwul sein, wenn ihn der Gedanke an homosexuellen Sex abstieß? Obwohl - wenn er dabei an Tommy dachte ...

Seine Fotos hatten Leon nicht nur einmal in einsamen Stunden dazu verleitet, sich Erleichterung zu verschaffen. Tommys Haut sah so zart aus, dass Leon ihn berühren und streicheln wollte.

Wenn er ganz ehrlich zu sich selbst war, hätte er einen Annäherungsversuch des jungen Schweden wahrscheinlich nicht abgewiesen, als er bei ihm übernachtet hatte. Reizte es ihn nicht sogar insgeheim, Grenzen zu überschreiten, Verbotenes mit Tommy zu tun? Vielleicht war es doch nicht so abwegig, auch die körperlichen Genüsse in Erwägung zu ziehen?

„Leon!" Er drehte sich um und sah Elena, seine Kusine, die auf ihn zugelaufen kam. Er lächelte bei dem Gedanken an die körperlichen Genüsse, die *sie* ihm näher gebracht hatte.

Elena war zwei Jahre älter als er und hatte sich rührend darum bemüht, Leon das Küssen beizubringen. Dabei war sie nicht zimperlich gewesen, wenn er nicht so gespurt hatte, wie sie es wollte. Als sie mit dem Ergebnis zufrieden gewesen war, hätte sie die Unterweisung gern noch fortgeführt, doch da hatte er abreisen müssen.

Leons Vater war Fischer, sein älterer Bruder Dimitri war zu seinem Nachfolger bestimmt worden. Weil es nichts weiter zu erben gab, hatte Leon einen anderen Beruf erlernen müssen.

In Kalamata hatte er bei seiner geliebten Großmutter gewohnt, weil er eine Lehre in dem örtlichen Restaurant angefangen hatte. Es handelte sich um eine gastronomische Einrichtung der gehobenen Klasse, und seine Oma hatte alle ihre Beziehungen spielen lassen, um ihn dort unterzubringen. Dafür war er ihr noch heute dankbar, denn so bekam er eine solide Grundlage für seinen jetzigen Job.

Sein Lehrmeister hatte ihn väterlich unter seine Fittiche genommen. Er hatte ihn auch für viele andere Dinge interessiert, so dass Leon eine Allgemeinbildung erhalten hatte, die über das Schulische weit hinausging.

In Sachen Liebe hatten sich die beiden Töchter seines Chefs weiter um den hübschen Burschen gekümmert und sein Wissen in diesem Themenbereich vertieft.

Das wäre beinahe schief gegangen. Um ein Haar hätte man ihn mit dem älteren der beiden Mädchen erwischt. Leon war furchtbar froh, dass er auch auf diesem Weg nicht gezwungen worden war, zu heiraten.

Elena kam atemlos bei ihm an, sie war zügig gelaufen, weil er ziemlich weit draußen war.

Leon schob seine Sonnenbrille hoch und lächelte sie an. „Hallo, du hast es aber eilig. Ist irgendetwas Hochwichtiges passiert?"

Sie lächelte ihn ebenfalls an. „Nein, eigentlich nicht. Ich hatte dich gesucht."

Elenas Blicke strichen über Leons Körper; seine Kleidung klebte an ihm, weil er durchnässt war. Begehren stand in ihren Augen. Sie war noch immer unverheiratet, und vom ersten Moment ihres Wiedersehens hatte sie sich ihm gegenüber überaus interessiert gezeigt. Bei Leon hatten alle Alarmglocken geläutet, es war eindeutig, dass sie einen Ehemann suchte.

Aber jetzt sagte ihm der Ausdruck in ihren Augen auch, dass er von den Früchten naschen durfte, ohne sie endgültig zu behalten. Plötzlich fühlte er ihre Lippen auf den seinen; ihre Hände glitten über seinen Rücken und legten sich besitzergreifend auf sein Hinterteil.

Doch Leon war kein unerfahrener Jüngling mehr, alles in ihm wehrte sich gegen diesen Angriff. Er drückte Elena sanft von sich und schüttelte langsam den Kopf. „Entschuldige bitte, doch meine Gefühle sind nicht frei für dich. Ich habe mich verliebt, und wenn ich mein Herz verschenke, bin ich auch treu." Leon streichelte ihr eine Haarsträhne aus dem Gesicht und lächelte entschuldigend.

Sie setzte sich schweigend neben ihn auf den Felsen und schaute über das Meer. Nach einer ganzen Weile sah sie ihn schmunzelnd an. „Damals warst du wie Wachs in meinen Händen. Hätte ich gewusst, dass ich später keine Gelegenheit mehr dazu bekommen würde, hätte ich dich zum Vater meiner Kinder gemacht."

Leon grinste breit. „Wieso habe ich so oft das Gefühl, dass *eigentlich* die Frauen diese Welt regieren?" ♥


Tommy trommelte ungeduldig mit den Fingern am Türrahmen. Ihr Besucher hatte es offenbar nicht eilig, er kam in aller Seelenruhe die Treppe hinauf. „Geht das auch etwas schneller?" Er knurrte mürrisch, doch als er Alex sah, zog er überrascht eine Augenbraue hoch.

An der Tür angekommen, standen sie sich kurz wortlos gegenüber. „Hat dich jemand geschickt, um mich aufzuheitern?"

Alex musterte ihn interessiert. „Sehe ich aus wie ein Hofnarr? Dürfte ich fragen, wer du bist? Ich möchte zu Bea."

„Ich wohne hier, wenn es dir nichts ausmacht. Tommy. Und du kannst nur die Schnarchnase sein, komm rein."

Mit einem sehr skeptischen Blick trottete Alex hinter ihm her und fand sich plötzlich mit einer Kaffeetasse in der Hand am großen Küchentisch wieder. Mona saß bereits dort und war in die Lektüre ihres Buches vertieft. Sie hob nur kurz zur Begrüßung die Augen. „Hej!" Dann schaute sie Alex noch einmal etwas intensiver an und lächelte.

Tommy grinste. „Netter Bursche, hm? Hast du eine Ahnung, ob Bea da ist?" Mona schüttelte den Kopf und versank wieder in ihrem Buch. Er seufzte. „Na gut, ich gehe nachsehen, fühle dich solange wie zu Hause."

Alex schmunzelte und schaute sich um. Nicht ganz sein Stil, aber gemütlich.

Neugierig hob er kurz Monas Buch an, um den Titel zu lesen: „Beim ersten Kind gibt's tausend Fragen". Schnell ließ er es wieder sinken.

„Keine Sorge, ist nicht ansteckend", murmelte Mona in ihre Kaffeetasse.

„Von ihm?" Alex deutete auf die Tür. Sie lächelte und schüttelte den Kopf.

„Inzest ist strafbar." Er grinste breit. Als Tommy wieder in die Küche kam, fiel ihm auch die entfernte Ähnlichkeit zwischen den beiden Geschwistern auf. Der Schwede spitzte die Lippen. „Würdest du sagen, Bea und du, ihr seid irgendwie eng miteinander?" Alex sah ihn verdutzt an. „Bitte was?" „Na ja, Bea schläft. Soll ich jetzt sagen, dass du später wiederkommen sollst, oder soll ich dich auffordern, in ihrem Zimmer zu warten?" „Glaub mir, wir sind wirklich überaus *eng* miteinander."

Alex stand auf und ging feixend in die Richtung, die Tommy ihm zeigte. Mona sah ihren Bruder stirnrunzelnd an. „Glaub niemals einem Mann, der den Satz mit ‚glaub mir' anfängt."

„Ist doch auch egal, sie trägt ein Nachthemd."

Leise öffnete Alex die Tür; er war überrascht, Bea nicht mehr schlafend anzutreffen. Sie zog sich gerade das Nachthemd über den Kopf, darunter trug sie nur einen knappen Slip. Da sie ihm zugewandt stand, hatte er freien Ausblick.

„So an der einen oder anderen Stelle könnten ein paar kleine Pölsterchen nicht schaden. Aber ansonsten ganz brauchbar."

Bea zuckte zusammen, ihr Herz blieb fast stehen. Sie drückte das Nachthemd schützend gegen ihren Körper. „Alex!"

„Ein höflicherer Mann, als ich es bin, hätte sich bemerkbar gemacht, oder wäre diskret wieder herausgegangen. Aber du weißt ja, dass ich eher frech bin, damit kommt man weiter." „Du bist unverschämt!" Bea zog sich schnell den Bademantel über.

Alex grinste. „Soll ich mitkommen, wenn du duschen gehst? Man lernt sich dabei sehr gut kennen." „Du wartest hier. Und dann unterhalten wir uns erst einmal." „Schade, ich dachte, wir gehen sofort zum netten Teil über, wenn du dich so anbietest."

Bea ging mit hochrotem Kopf aus dem Zimmer. Am liebsten wäre sie vor Scham im Erdboden versunken.

„Was in aller Welt tust du hier?" Bea kam wieder in den Raum, den Bademantel fest um sich gewickelt. Wieso hatte sie nur vergessen, ihre Kleider mitzunehmen? Jetzt musste sie sich vor Alex' Augen anziehen.

„Da unser letztes Treffen nicht ganz so erfolgreich war, dachte ich mir, dass du wahrscheinlich keine weitere Einladung von mir annehmen würdest. Ich wurde von deinem Mitbewohner übrigens als Schnarchnase tituliert. Ein interessanter Typ. Hast du allen erzählt, dass ich eingeschlafen bin, statt den wilden Verführer zu spielen?"

„So, dann bist du also zu mir gekommen, weil ich ganz sicher nicht wieder zu dir gekommen wäre? Kann schon sein. Ich habe allerdings niemandem etwas erzählt. ‚Schnarchnase' hört sich nach Tommy an, und es bezieht sich sicher noch auf deine Zeit im Koma. Er fand dich bestimmt auch sehr interessant, hast du etwas bemerkt?"

„Er meinte, ich sei ein netter Bursche." „Oh, dann hatte er heute einen sehr zurückhaltenden Tag." Bea versuchte unauffällig, ihre Wäsche zusammenzusuchen, aber Alex' Augen folgten ihr aufmerksam.

„Wohnst du noch mit irgendwelchen anderen gut aussehenden Kerlen zusammen?" „Insgesamt mit dreien." Sie musterte ihn kurz und freute sich, einen Anflug von Eifersucht auf seinem Gesicht zu sehen.

„Was ist das hier? Eine Kommune? Mit freier Liebe und so? Und mir spielst du die Unberührbare vor." „Alex, sei dir sicher, dass hier keine Orgien stattfinden."

Er stand auf und legte ihr die Hände auf die Schulter. „Bis jetzt vielleicht nicht, aber vielleicht kann man das ändern? Lass uns beide doch mal einfach einen Anfang machen." Bea wollte etwas entgegnen, aber er verschloss ihr mit einem sanften Kuss die Lippen. Er zog sie in seine Arme und öffnete den Bademantel. Seine Finger liebkosten die weiche Haut, und ein heißes Prickeln rieselte durch Beas Körper. „Und jetzt zeige ich dir, dass ich besser bin, als alle deine Mitbewohner zusammen." ♥


„Damn, it's so fuckin' hot!" Brian warf wütend den Wohnungsschlüssel in die Schale, die sie als Ablage benutzten. Da er das Ganze mit Schwung getan hatte, flog der Bund auf der anderen Seite wieder heraus und landete klirrend auf dem Boden vor dem kleinen Tischchen. „Fuck it!"

Mona schaute aus der Küchentür und runzelte die Stirn. „Hallo, hatten wir uns nicht darauf geeinigt, dass wir das ‚F-Wort' aus dem Sprachgebrauch in dieser Wohnung streichen?"

Brians Gesichtsausdruck wechselte einige Male. Mona wäre jetzt der willkommene Blitzableiter, um seine üble Laune abzureagieren. Er schluckte und atmete tief durch. Dann brach es aus ihm heraus, wobei er versuchte, Mona zumindest nicht persönlich zu seiner Zielscheibe zu machen. „Wer hat verdammt noch mal den Auftrag, einen vernünftigen Schlüsselhaken zu besorgen? Hatten wir nicht beschlossen, dass das schon lange geschehen sein sollte? Diese dämliche Schüssel bekommt sofort einen Sprung, wenn man den Schlüsselbund reinwirft. Und sie ist *fuckin'* hässlich!" Brian hatte sich richtig in

Rage geredet und schleuderte ihr das „F-Wort" trotzig entgegen.

Mona schmunzelte bei seinem Ausbruch. Sie konnte sich noch dunkel daran erinnern, dass er *Beas* Vorschlag, ein Schlüsselbrett an die Wand zu hängen, „very german" gefunden hatte. Die beiden waren selten einer Meinung.

Aber sie wusste, dass es nicht der blöde Schlüsselbund war, der ihn so geärgert hatte. Dass er sich derart darüber aufregte, war ebenso albern wie sein Stöhnen über die angebliche Hitze. Brian kam schließlich aus Australien und er konnte über die Temperaturen in Deutschland nur müde lächeln.

Als er sie provozierend anschaute, grinste Mona ihn nachsichtig an.

Brian biss die Zähne zusammen und bedauerte zutiefst, dass sie sich nicht auf eine hitzige Diskussion einlassen wollte. Mit einem Knurren drehte er sich um und ging in sein Zimmer. Dabei gab er dem Schlüssel einen Tritt, so dass er in die Ecke unter den kleinen Tisch flog.

„Was ist dir denn für eine Laus über die Leber gelaufen?" Mona schüttelte den Kopf und bückte sich, um den Schlüsselbund wieder aufzuheben und in die Schale zu legen.

Als Brian seine Zimmertür schließen wollte, kam Adonis durch den Spalt hereingeschossen. Der betagte Kater hatte sich für seine Verhältnisse regelrecht beeilt, um die Gelegenheit wahrzunehmen. Es hatte ihn wieder jemand aus Tommys Zimmer ausgesperrt, und im Wohnzimmer hielt er sich nicht gerne auf.

„Hi, old boy. I'm pissed off*, vielleicht solltest du dich lieber von mir fernhalten." Brian ließ sich seufzend auf sein Bett fallen.

Adonis strich maunzend um seine Beine. Es war ihm ziemlich egal, wie seine Menschen sich gerade fühlten, wenn sie seine Bedürfnisse dabei nicht vergaßen. Und jetzt wollte er gekrault werden, unmissverständlich rieb er seinen Kopf an Brians Knie.

„C'mon, mate, eigentlich könnte *ich* ein wenig Streicheleinheiten brauchen. Schau dir dieses Kätzchen an ..." Er griff nach Doros Bild, das er eingerahmt auf dem Nachttisch stehen hatte. Es zeigte sie bei einem gemeinsamen Ausflug „ins Grüne", eine der wenigen Gelegenheiten, bei denen sie sich außerhalb des Bettes getroffen hatten.

„Sieht sie nicht aus wie ein Engel? Aber glaub mir, my friend, diese Kitty hat Haare auf den Zähnen. Sie würde dir das Fell über die Ohren ziehen und dich dann auf den Grill werfen. Vorher würde sie allerdings ausgiebig mit dir kuscheln, damit du dich auch wohl fühlst in deinen letzten Momenten."

Brian schaute in die unbewegten grünen Augen, als würde er nach einer Ant-

---

· stinksauer

wort suchen. Dann führte er seinen Monolog fort. „Ja, ich glaube, du hast Recht. Sie hat mir das Herz herausgerissen. Damn, warum bin ich nicht bei meinen Gewohnheiten geblieben?" Er schlug mit der Faust auf den Tisch und das Foto fiel herunter.

Adonis sprang erschreckt auf und machte einen Buckel. Als Brian ihn beruhigend streicheln wollte, fauchte er. Der Australier bedachte das am Boden liegende Bild mit einem vernichtenden Blick.

„Believe me, cat - wenn dir jemand eine Gabel an die Eier hält, dann suche das Weite. Was erwartest du von so einem Weib? Sie ist vollkommen irre!" Er hielt inne und atmete tief durch. „Ich werde auch langsam verrückt. Sorry, ich muss etwas überdenken, ich habe gerade keine Zeit für dich, buddy."

Brian hielt die Tür auf und Adonis stolzierte in den Flur. Wenn man ihn derart behandelte, konnte er auf die Gastfreundschaft verzichten. „Crazy, I'm talking to a cat! Doro, verdammt, du treibst mich noch in den Wahnsinn! Ich muss über andere Sachen nachdenken, also verschwinde endlich aus meinem Kopf." Entnervt streckte er sich auf seinem Bett aus. Als er ein wenig zur Ruhe gekommen war, musste er zunächst seine Gedanken sortieren.

Ausgerechnet heute hatte sein Chef mit ihm sprechen wollen. Zum Jahresende lief sein Volontariat aus, das „Danach" war noch im Unklaren. Was der Maitre de Cuisine ihm mitgeteilt hatte, hätte ihn noch vor einiger Zeit sehr gefreut. Er hatte ihm eröffnet, dass er sehr mit seiner Leistung zufrieden war. Darum hatte er ihm angeboten, eine ordentliche Anstellung zu bekommen. Natürlich erst einmal mit niedrigem Gehalt, versteht sich. Aber immerhin eine Festanstellung.

„Shit!" Eigentlich wäre es kein schlechter Zeitpunkt gewesen, um dieses „Doroland" hinter sich zu lassen. Vielleicht konnte ihn eine Luftveränderung auf andere Gedanken bringen?

Nur - dafür müsste er die Energie aufbringen, sich in einem anderen Land einen Job zu suchen. Bewerbungsmappen verschicken und für Vorstellungsgespräche um den Erdball jetten. Dazu war er im Moment nicht in Stimmung. Seine Mitbewohner würden ihm auch fehlen. Besonders Tommy. Bei diesem Gedanken fühlte er ein erregtes Ziehen im Unterleib.

„Oh, boy! Fuck!" Brian schmunzelte und wiederholte: „Fuck!"

Wenn Tommy sich nicht gerade nach Leon verzehren würde, hätte er nicht wenig Lust, sich in ein leidenschaftliches Abenteuer mit ihm zu stürzen. „Vögel mir jeden Gedanken an dieses Luder aus dem Leib, Tommyboy." Brian schluckte, und ein anderer Bereich seines Körpers übernahm die Führung.

Danach schlief er etwas gelöster ein, ohne von Doro zu träumen. ♥

Mona schlich in die Küche, sie hatte sich gerade übergeben und fühlte sich noch immer hundeelend.

Sie nahm sich eine Tasse Kaffee, denn sie hatte festgestellt, dass das Getränk ihren leeren Magen in kürzester Zeit beruhigte. Schmunzelnd ging sie zum Tisch; wenn ihr jemand diesen Tipp gegeben hätte, hätte sie ihn für verrückt erklärt. Löcher in den Magenwänden hätte sie als wahrscheinlicher angesehen. Sie genoss das Gefühl, als ihre Übelkeit merklich nachließ.

John stand in der Küchentür, dann nahm er sich auch eine Tasse und setzte sich zu Mona. Sie grinste ihn breit an. In der letzten Zeit war er ihr ausgewichen, sie konnte ihn gut verstehen. Wenn sie aufeinander trafen, war es offensichtlich, dass er sich quälte. Doch er sagte kein Wort, um ihr die Sache nicht unnötig schwer zu machen.

Mona wusste, dass er ihre Entscheidung nicht akzeptierte, doch er fügte sich in das Schicksal, das sie für ihn ausgesucht hatte: Der verschmähte Liebhaber und unbeteiligte Vater in spe.

Johns Finger legten sich angespannt um den Kaffeebecher, doch er schaute sie lächelnd an. „Ich wünschte, ich könnte dir diese Übelkeit abnehmen. Es tut mir leid, dass ich dich in solche Schwierigkeiten gebracht habe."

„Weißt du, ich habe diese ätzende Zeit bald hinter mir, angeblich verschwinden die morgendlichen Anfälle nach den ersten drei Monaten. Außerdem habe ich mich daran gewöhnt. Ich werde das Gefühl vermissen, wenn es erst weg ist" Mona streichelte seine Hände, die sich bei der Berührung etwas entspannten. „Du hast eiskalte Finger." Sie schaute ihn erstaunt an.

John lächelte schief. „Ich bin etwas nervös, wir haben heute Abend einen Auftritt. In einer Stunde werde ich abgeholt. Warum wir quer durch Deutschland fahren müssen, weiß ich auch nicht."

Mona grinste. Wie ihr Bruder spielte John in einer Band, doch er war nicht so ein begnadetes Showtalent wie Tommy. Er litt unter heftigem Lampenfieber. Wenn er bei seinem Karatesport einen Wettkampf zu bestreiten hatte, war er die Ruhe selbst. Er versenkte sich vor einem Kampf in tiefe Meditation, das Publikum nahm er gar nicht wahr.

Auf der Bühne dagegen war er ein totales Nervenbündel. Das war der Grund, warum er nicht zum Sänger geeignet war. Seine Stimme würde bei den ersten Liedern schlicht versagen. So beschränkte er sich auf virtuoses Gitarrenspiel und ein wenig Backgroundgesang. Sein Saxophon kam bei der rockigen Folkmusik leider nicht zum Einsatz.

Schmunzelnd betrachtete Mona seine Aufmachung. John trug ein naturfarbenes Leinenhemd, das in Schnitt und Verarbeitung dem Mittelalter nachempfunden war. Sie stand auf und ging zu ihm herüber. „Lass dich mal ansehen."

Sie strich langsam über die Schnürungen auf der Oberseite seiner Ärmel. Es stand ihm ausgezeichnet, sie biss sich auf die Unterlippe. Das weite Hemd mit der engen Hose brachte seine Figur gut zur Geltung. Spielerisch zog sie an den Bändern, die am Hals das Kleidungsstück verschlossen. „Zeig uns deine Brust, schöner Fremder."

Leichte Eifersucht stieg in ihr hoch. Sicher würden die weiblichen Konzertbesucher gut auf ihre Kosten kommen. Leider hatte sie keinen plausiblen Grund, warum er sie mitnehmen sollte. Schließlich war sie nicht seine Freundin. Mona seufzte leise.

John lachte. „Eigentlich ist es viel zu warm, ich werde es bestimmt nicht lange anbehalten." Dann lächelte er sie spitzbübisch an und beugte sich zu ihr herunter. „Wenn du möchtest, werde ich es für dich tragen", flüsterte in ihr Ohr. Mit einer galanten Verbeugung fügte er hinzu. „Mylady, Ihr bestimmt die Zeit und den Ort." ♥


Brian schloss missmutig die Wohnungstür auf, die Hitze nervte ihn noch immer. Grundsätzlich machte sie ihm nichts aus, doch dabei noch am heißen Herd zu stehen, war auch für ihn nicht angenehm. Glücklicherweise hatten sie gerade sehr wenig zu tun, deshalb hatte der Chef de Cuisine seinen Volontär schon am frühen Nachmittag heimgeschickt.

Als er in den Flur trat, kam Mona gut gelaunt um die Ecke und drückte ihm im Vorbeigehen ein Küsschen auf den Mund. Sie sang, „Wannsee, wir fahren an den Wannsee! Brian ist auch da!"

John hielt sich oben am Türrahmen fest und streckte den Kopf aus der Küchentür, er grinste über Brians verdutztes Gesicht. „Das sind die Hormone, weißt du. Zusammen mit der Hitze machen sie den Keks weich."

Der Australier schmunzelte. „Wieso, hat sich dich auch geküsst?"

John schaute ihn entrüstet an. „Sie hat dich *geküsst?*"

„Wahrscheinlich tut sie das nur bei echten Männern. Braucht ihr jemanden, der euch Hähnchenschenkel brät, oder so etwas?" Brian drückte sich an ihm vorbei in die Küche.

John warf ihm einen finsteren Blick über die Schulter zu. „Das wäre sehr liebenswürdig."

Mona huschte ebenfalls geschmeidig an John vorbei, der langsam seinen Platz im Türrahmen aufgab, wobei er sich vorher noch einmal genüsslich streckte. Ausgelassen sprang sie herum. „Brian, du musst unbedingt mitkommen. Dann sind wir alle zusammen. Bea kommt auch gleich vom Dienst, wir überraschen sie."

Er grinste, nach einer langen Schicht im Krankenhaus hatte sie wahrscheinlich nicht unbedingt einen Besuch im überfüllten Strandbad im Sinn. Doch auch die Wohnung war durch die anhaltend hohen Temperaturen aufgeheizt; die Flucht an den Wannsee war vielleicht gar keine schlechte Idee.

Brian runzelte die Stirn. „Was ist mit Tommy? Kommt er mit?"
Er machte sich langsam Sorgen um den jungen Schweden. Durch Leons plötzliche Abreise nach Griechenland hatte er ein heftiges seelisches Tief. Man erkannte ihn förmlich nicht wieder, Tommy arbeitete wie ein Besessener in seinem Tonstudio und war ansonsten kaum ansprechbar.
Mona schmunzelte belustigt. „Och jo, schon. Ich weiß nur nicht, ob er mit Adonis ins Strandbad darf, er besteht darauf, ihn mitzunehmen. Hunde dürfen jedenfalls nicht rein, wie es mit Katzen ist - keine Ahnung."
„Zwischen den beiden ist das im Moment eine richtige Affenliebe, wenn der bekloppte Kater Tommy nicht auf Schritt und Tritt folgt, dann sucht er ihn selbst, um mit ihm zu kuscheln." John ließ seinen Zeigefinger neben seinem Ohr kreisen und deutete so an, was er von der Geschichte hielt.

Sie marschierten am Sandstrand entlang, um einen geeigneten Platz für ihr kleines Lager zu finden. Es hatte etwas gedauert, doch Brian hatte sie zum Schluss alle unter einen Hut gebracht, so dass sie abmarschbereit waren.
Schon zu Beginn ihres Zusammenlebens hatte sich herauskristallisiert, dass er Organisationstalent besaß, das den anderen eindeutig fehlte. Deshalb musste er immer das Regiment übernehmen, wenn Koordination gefragt war.
Mit Decken und Proviantkörben bewaffnet, schlurften sie durch den Sand. Seltsamerweise kam aus einer Tasche immer wieder ein Laut, der entfernt an das Miauen einer Katze erinnerte. Tommy grinste leise vor sich hin.
Es war unglaublich voll, doch nach einigem Suchen fanden sie noch eine Stelle, die ihnen zusagte. Mit verschiedenen Picknickdecken schlugen sie ihr gemütliches Lager auf.
Bea hatte sich unterdessen schon bis auf ihre Badesachen ausgezogen und sah mit einem zufriedenen Lächeln den Herren der Schöpfung beim Entblättern zu. Sie hatte sich im Schneidersitz hingehockt, Mona war ebenfalls fertig und ließ sich neben sie fallen. Neugierig folgte sie Beas Blicken und grinste breit. „Ja, ich finde auch, dass man sich mit den Jungs sehen lassen kann. Wir sind nicht die Einzigen, die ihnen beim Ausziehen zuschauen." Lachend versteckte sie sich hinter Bea, als sie von Tommy und John gleichzeitig einen grimmigen Blick zugeworfen bekam.
Ihr Bruder hatte sich in seiner Jeans verfangen und balancierte elegant auf einem Bein. Brian stand in Badehose neben ihm und nahm stützend seinen Ellbogen. Als Tommy fertig war, sah er ihm fragend in die Augen. „Wie geht es dir, Kleiner?" Schweigend schüttelte der junge Mann den Kopf und machte sich daran, Adonis aus seinem Gefängnis zu befreien.
Als sie alles vorbereitet hatten, gönnten sie sich eine gemeinsame Abkühlung. Unter geräuschvollem Herumgespritze genossen sie das herrliche Wasser.

Selbst Tommy schien für einen Moment seine Probleme zu vergessen.

Nachdem sie zu den Decken zurückgekehrt waren, aalte Mona sich in der Sonne. Bisher war die Wölbung über ihrem Bikinihöschen nur dezent angedeutet. Sie konnte so gerade noch auf dem Bauch liegen, es drückte zwar ein wenig, aber es war bequem. Mona fasste ihre nasse Lockenmähne zusammen und band sie zu einem Pferdeschwanz hoch. „Tommy, kannst du mir bitte den Rücken eincremen?"

John gab ihm grinsend ein Zeichen, dass er zur Seite rutschen sollte. Ihrem Bruder war es ganz recht, er musste sich um den aufgebrachten Adonis kümmern, der ihr Weggehen ganz und gar nicht gebilligt hatte. Alarmiert miauend hatte er kerzengerade auf Tommys T-Shirt gesessen und ihr Lager bewacht. Genüsslich räkelte sich Mona unter den großen, sanften Händen. Als John ihr Bikinioberteil aufhakte und mit einer langsamen Massage begann, runzelte sie die Stirn. Sie hob den Blick und sah Tommy neben sich liegen, er schien eingeschlafen zu sein. Trotz der Hitze hatte sich sein Kater in seiner Schulterbeuge eingerollt und schnurrte leise.

Ein Lächeln glitt über ihr Gesicht, sie hatte sich gleich gedacht, dass es nicht Tommys Hände waren, die sie zärtlich verwöhnten. Mona schloss wieder die Augen und gebot der Hand erst Einhalt, als sich die ersten Finger vorwitzig unter den Rand ihres Höschens stahlen.

John erwartete ein überraschtes Gesicht, doch den Gefallen tat Mona ihm nicht, sie lächelte spöttisch. „Vielen Dank, ich schätze deine Dienste sehr, Baby." Sie sah ihn verführerisch an und gab ihm einen Klaps auf den Po. Schmollend angelte sich John eine Dose Bier aus der Kühltasche.

„Erdbeeren schmecken irgendwie sündig." Tommy lag auf dem Rücken und naschte von den süßen Früchten. Seine Stimmung hatte sich nach dem erfrischenden Bad ein wenig aufgehellt.

Brian lag neben ihm, er rollte sich auf die Seite und stützte sich auf. Nachdenklich drehte er eine Frucht an ihrem Stängel hin und her. „Ja, der Geschmack erinnert daran, wenn du mit deiner Zunge ..." Tommy hielt ihm schnell den Mund zu. „Keine Sauereien!" Brian lachte. „Schmeckt ein Mann genauso?" Der junge Schwede feixte. „Woher soll ich das wissen? Ich habe keine Ahnung, wie eine Frau schmeckt." Er verschränkte seine Arme hinter dem Kopf und streckte sich.

Der Australier fuhr mit einer Erdbeere spielerisch über Tommys Lippen. Sein Herzschlag beschleunigte sich, als er zusah, wie er mit seiner Zungenspitze langsam um die Frucht kreiste. Dann nahm er sie zwischen seine Lippen und ließ sie genüsslich in seinen Mund gleiten. Ein kleiner Tropfen Saft lief in Richtung seines Kinns.

Brian wäre fast dem Impuls gefolgt, ihn abzulecken, doch er nahm lieber eine Serviette und putzte ihn weg.

„Danke, Mama." Tommy lächelte, doch dann sah er ihn fragend an, er fühlte die prickelnde Spannung zwischen ihnen. "Wie geht es eigentlich dieser Frau, die dich so schön wahnsinnig macht?"

Brian seufzte. „Keine Ahnung." Er hatte keine Lust, sich durch die Gedanken an Doro die gemütliche Trägheit in der sommerlichen Wärme verderben zu lassen.

Es war schon ziemlich spät, als sie beschlossen zu gehen, am Strand war es leer geworden. Bea schaute sich suchend um. „Wo ist Tommy?" Brian deutete auf die zusammengepackten Sachen.

„Wenn ihr es schafft, den Krempel allein zum Auto zu bringen, gehe ich nach ihm sehen. Er ist schon vor einer ganzen Weile verschwunden. Wahrscheinlich wollte er allein sein."

John nickte. „Alles klar, das schaffen wir schon."

Mona sah besorgt aus, sie hakte sich bei John ein und runzelte die Stirn. „Ich möchte ihn nur ungern zurücklassen." Lächelnd klopfte Brian ihr auf die Schulter. „Mach dir keine Sorgen, Schwesterchen, ich kümmere mich um ihn."

Nachdem die anderen mit dem Gepäck Richtung Ausgang unterwegs waren, begann Brian nach Tommy zu suchen. Es dauerte nicht lange, bis er ihn gefunden hatte und sich neben ihn setzte. Der junge Schwede hatte sich an einen Baum gelehnt und schaute über den Strand und das Wasser.

Lange schwiegen sie gemeinsam, dann sah Tommy plötzlich zu Brian. „Ob Leon jetzt auch gerade diesen Mond betrachtet? Auf seiner Seite der Welt?" Eine Träne rollte langsam über seine Wange.

„So weit ist Griechenland gar nicht weg." Brian schmunzelte und fuhr mit einer Fingerspitze der Tränenspur nach.

„Das ist doch völlig egal. Griechenland, Timbuktu - er wollte weg von mir! Ich habe ihn vertrieben, weil ich so ein Idiot war. Ich habe ihn geküsst. Und das, obwohl ich wusste, dass er es nicht wollte. Wenn er überhaupt zurückkommt, dann nicht zu *mir*."

Brian legte sanft den Arm um seine Schulter. Als Tommy den Kopf in seine Halsbeuge legte, begann er rau zu schluchzen. Der Australier streichelte seinen Nacken, der Körper des jungen Mannes bebte. Zärtlich trafen sich ihre Lippen zu einem langen, innigen Kuss.

„Brian, wenn du mich willst, dann nimm mich." Er nahm seine Hand und legte sie auf seinen Oberschenkel, dann schloss er die Augen.

„Komm, wir sollten sehen, dass wir nach Hause kommen. Dein Angebot ehrt mich, und ich will nicht behaupten, dass ich nicht in Versuchung wäre, es anzunehmen. Doch ich will deine Verzweiflung nicht ausnutzen." Brian stand auf und hielt ihm auffordernd die ausgestreckte Hand hin.

„Einen Moment." Tommy griff neben sich, und Brian sah im Halbdunkel, wie er sich etwas Schwarzes um den Hals legte. Sein Kragen begann entrüstet zu miauen.

Schweigend machten sie sich auf den Weg zum Auto. ♥

Bea stieg gut gelaunt aus dem Bus. Es lag nun einen Monat zurück, dass Alex sie verführt hatte, und sie waren noch immer ein Paar. Da schien Brian glücklicherweise Unrecht gehabt zu haben. Alex war noch immer an ihr interessiert, obwohl sie schon öfter miteinander geschlafen hatten. In dem anderen Punkt *hatte* er allerdings Recht gehabt. Es tat ihr sehr gut, begehrt zu werden.

Sie glühte vor Vorfreude, als sie die Treppen hinaufstieg. Doch dann wunderte sich Bea, weil Claude, ein guter Freund von Alex, in seiner Wohnungstür stand. „Hi, Claude, bist du auch da?" Eigentlich hatten sie vereinbart, dass Alex sie mit solchen Überraschungen verschonen wollte.

„Eigentlich bin sogar *nur* ich da." Claude grinste, als er sah, dass Beas Lächeln begann bröckelig zu werden. „Wo ist Alex?"

„In Italien. Aber jetzt komm doch erst mal herein. Ich erkläre dir alles." Sie ging zögernd in die Wohnung und sah sich um. Es schien wirklich niemand da zu sein. „Was tut er in Italien? Und warum sagt er es mir nicht selbst?"

Aber Claude hantierte an der großen Cappuccino-Maschine in Alex' Küche und schien vorerst nicht antworten zu wollen. Bea setzte sich an den Tisch und schaute ihm erwartungsvoll zu.

„Formel 1, Monza. Sagt dir das etwas?" Er stellte zwei Tassen auf den Tisch und setzte sich zu ihr. „Weißt du, was das für ein Glück ist, dafür noch kurzfristig Karten zu bekommen? Alex hatte dieses Glück. Dafür hat er mich als seine Vertretung hergeschickt, ist doch völlig in Ordnung, oder?" Er lächelte charmant.

Bea sah ihn säuerlich an. „In welchen Dingen sollst du den Herrn denn vertreten? Außerdem hätte er mich wenigstens anrufen können."

Claude streichelte beiläufig ihre Hand. „Warum hätte er sich durch das Gezeter die Laune verderben lassen sollen? Ansonsten soll ich tun, was immer notwendig ist, um dich zufrieden zu stellen." Er grinste. „Was soll das denn heißen? Hat Alex dich etwa angewiesen, mit mir zu schlafen, damit mir nicht so auffällt, dass er nicht da ist?" Hektische Flecken machten sich auf ihren Wangen breit.

Er schmunzelte. „Weißt du, Bea-Baby, ich wäre auch einfach nur mit dir ins Kino gegangen. Aber wenn du unbedingt willst, werde ich auch das tun."

Claude stand auf und ging um den Tisch herum, Bea sprang alarmiert auf. Mit festem Griff umfasste er ihre Oberarme und zog sie an sich. Als er sie küssen wollte, biss sie ihm kräftig in die Lippe.

„Du verdammtes Miststück!" Er wischte sich das Blut mit einem Taschentuch weg und versperrte mit seinem Körper die Küchentür.

„Lass mich sofort raus! Ich bin nicht so ein Flittchen! Ich bin Alex treu, und er wäre sicher entsetzt zu erfahren, was für ein Freund du bist."

Ein süffisantes Grinsen lag auf seinem Gesicht. „Treu bist du ihm also? Aber nur solange, wie ich dich nicht in die Finger bekomme, Süße. Du brauchst dir auch keine Sorgen zu machen, er weiß doch Bescheid. Und er ist ja schließlich nicht allein in Monza." Bea war wie vor den Kopf gestoßen. Blicklos starrten ihre Augen Claude an. „Mit wem?", flüsterte sie.

„Was meinst du wohl, mit wem? Mit Lulu natürlich."

Das war der Auslöser, um Bea zum Explodieren zu bringen. Sie trat ihm mit Schwung in die Weichteile und sprang sofort über den sich am Boden windenden Körper. Dann rannte sie aus der Wohnung, ohne sich noch einmal umzublicken. ♥


Brian schaute die Notiz mit finsterem Blick an. Brief konnte man den Dreizeiler wohl nicht nennen, den Doro ihm auf seinen Arbeitsplatz gelegt hatte: „Muss dich unbedingt sehen. Ich habe dir etwas mitzuteilen. Komm heute Abend in mein Büro. Doro"

Was wollte sie von ihm? Er hatte sich in den letzten drei Monaten bemüht, alles, was ihn an sie erinnerte, aus seinem Leben zu verbannen. Sie hatten sich weder gehört noch gesehen, auch zum Training hatte Brian sich in einem anderen Studio angemeldet.

Und jetzt zitierte sie ihn einfach in ihr Büro. „Bitte" hatte sie nicht nötig.

Brian dachte heftig darüber nach, ob es ihn interessierte, was sie ihm mitzuteilen hatte. Immerhin hatte er begonnen, Bekanntschaften aufzufrischen und ging gerade wieder zu seinen alten Gewohnheiten über. Das Thema Tommy hatte er vollständig abgehakt, nachdem sein Seelenleben wieder so ziemlich im Gleichgewicht war.

Vielleicht wollte sie sich entschuldigen? Brian grinste grimmig, darauf konnte er gut verzichten. Es würde auch nicht zu Doro passen, *das* war es bestimmt nicht. Er seufzte, es war ihm egal. Es war eine günstige Gelegenheit, um einen endgültigen Schlussstrich unter die - Sache - zu ziehen. Was auch immer es gewesen war. Dazu musste er ihr in die Augen sehen.

„Privat." Brian stand unschlüssig vor der Tür, seine Hand lag locker auf der Klinke. Mit zusammengepressten Lippen trat er ein ohne zu klopfen, schließlich erwartete sie ihn.

„Hallo, was willst du?" Er begann das Gespräch bewusst sehr unversöhnlich, als Doro sich überrascht umdrehte. Sie lächelte ihn liebenswürdig an. „Brian! Schön, dass du gekommen bist. Setz dich." „Nein danke." Er stand mit verschränkten Armen vor ihr, nicht bereit, sie näher an sich heranzulassen.

Sie zog erbost die Augenbrauen zusammen. „Verdammt, jetzt setz dich endlich. Was ich dir zu sagen habe, geht schlecht im Stehen." Doro ging um den Schreibtisch und deutete auf den Stuhl, der davor stand.

„Okay, Babe, mach es kurz." Er ließ sich mit einem gelangweilten Schulterzucken nieder.

Sie lächelte, obwohl er sie mit seinem Gleichmut ärgerte. Wenn er es so wollte, würde sie die Bombe eben schonungslos platzen lassen.

„Ich bin schwanger!"

Die Worte trafen Brian wie eine Gewehrsalve. Als er sie alarmiert ansah, lächelte sie. „Mach dir keine Sorgen, ich werde das regeln. Und komm mir jetzt nicht mit der blöden Frage, ob es auch wirklich von dir ist. Ja - ist es."

Brian atmete tief durch. „Was meinst du damit, dass du es regeln wirst?"

„Ich rede von Abtreibung. Das ist der Weg, wie *große* Mädchen mit so einem Problem umgehen. Ich habe nicht vor, wieder stinkende Windeln zu wechseln und mir mein Leben kaputtzumachen. Du wirst mir jetzt hoffentlich nicht gefühlsduselig."

„Es ist auch mein Kind. Da du mich mit der Nachricht etwas überrascht hast, brauche ich Zeit zum Nachdenken." Brian sah sie abschätzend an. Hatte diese Frau überhaupt Gefühle? Wieso hatte er gedacht, dass er ihr Herz für sich gewinnen könnte? Erst jetzt wurde ihm klar, dass sie ihn wirklich nur eiskalt benutzt hatte. Sein Magen zog sich schmerzhaft zusammen.

Doro stand auf und ging zur Tür. „Ich dachte, ich wäre es dir schuldig, dass ich es dir wenigstens mitteile. So bald wie möglich werde ich die Schwangerschaft abbrechen lassen. Zerbreche dir also nicht zu sehr den Kopf, ob du mit deinem Kind Drachen steigen lassen wirst. Die Antwort lautet ‚Nein'!"

Brian sah sie beschwörend an. „Doro, bitte! Unternehme vorerst nichts, vielleicht fällt uns noch eine andere Lösung ein."

Sie lachte bitter und öffnete die Tür. „Was denn? Willst du mich etwa heiraten und auf Familie machen? Mach's gut. Vielleicht sehen wir uns ja mal wieder."

Er sah ihr starr in die Augen. Dann gab er sich einen Ruck und ging auf den Flur hinaus. Es wunderte ihn nicht, dass sie sofort die Tür hinter ihm schloss.

„Vor dieser Nachricht habe ich immer Angst gehabt. Ich habe mir die größte Mühe gegeben, damit mir das nicht passiert. Und jetzt? Damn, Doro, ich werde Vater und du willst unser Kind ermorden!" Mit hängenden Schultern ging er die Treppe hinunter. Seine Hände ballten sich zu Fäusten. ♥

Leon zwang sich dazu, zu duschen und sich zu rasieren. Ohne den dunklen Dreitagebart sah er zumindest nicht mehr aus wie ein Strauchdieb, doch sein Gesicht war schmaler geworden. Er war in der Versenkung verschwunden und hatte kaum etwas gegessen.

Nachdem er sich aufgerafft hatte, holte er Brötchen und kochte sich einen Kaffee. Bei einem kräftigen Frühstück konnte er erstmals wieder klare Gedanken fassen. Vorsichtig versuchte er, ein Puzzleteil nach dem anderen zusammenzufügen.

Schon seit zwei Wochen war Leon wieder in Berlin. Sich so gehen zu lassen, wie er es in den letzten Tagen getan hatte, war nicht üblich bei ihm, und es verbesserte nicht gerade seine Selbstachtung.

Die gewünschte Klarheit hatte sich eingestellt, Leon wusste nun, dass er zumindest bisexuell veranlagt war. Und zurzeit konnte er mit Frauen nichts anfangen, seine Leidenschaft galt ausschließlich Tommy. Er war in ihn verliebt, er begehrte ihn.

Dass er wieder in Tommys Reichweite war, hatte ihn zurück auf den Boden der Tatsachen geholt. Was aus der Ferne in Griechenland so klar und plausibel gewesen war, scheiterte jetzt an der realen Umsetzung. Wie sollte er sich verhalten, wenn er ihn wiedersah? Er wusste es einfach nicht. Diese Erkenntnis hatte ihn in den emotionalen Abgrund gestürzt. „Ich werde ewig in der Hölle schmoren! Tommy!" Es war ein Aufschrei, ein Hilferuf, der ungehört verhallte.

Ungeduldig stopfte Leon seinen Frühstückskram in den Kühlschrank. Er musste raus! Die Decke fiel ihm auf den Kopf; Leon hatte seine Wohnung seit Tagen nicht für längere Zeit verlassen. Er rannte förmlich die Treppen hinunter und blieb erst an der nächsten Straßenecke stehen.

Die Sonne schien noch recht angenehm, obwohl sie die Kraft des Sommers schon längst verloren hatte. Es war ein schöner Herbsttag.

Kurz entschlossen ging er hinunter in den U-Bahnschacht und stieg in den nächsten Zug Richtung Ku'Damm. Er würde in einem Straßencafé einen Kaffee trinken und sich die Leute anschauen. Vielleicht konnte ihn das für eine Weile von seinen Problemen ablenken.

Leon hatte sich, einer Eingebung folgend, einen Berliner Pfannkuchen zu seinem Espresso bestellt, doch das Gebäck lag unberührt auf seinem Teller. Stattdessen zündete er sich eine Zigarette an und inhalierte genießerisch.

Er vermisste das Meer, den Wind und das Geschrei der Seevögel. Doch sich die Berliner Luft um die Nase wehen zu lassen, war noch immer besser, als in der Wohnung vor sich hin zu leiden.

Leon ließ seinen Blick ziellos über die Passanten schweifen, die ebenfalls den vielleicht letzten angenehmen Sonnenschein ausnutzten, um sich im Freien aufzuhalten. Plötzlich blieben seine Augen an einem jungen Mann haften. Er kam die Fußgängerzone heruntergelaufen und trug einen großen Instrumentenkoffer unter dem Arm. Leon stockte der Atem, doch er konnte nichts weiter tun, als sich unauffällig zu benehmen und zu hoffen, dass Tommy ihn nicht bemerkte. Aber Leon war kein Mann, den man einfach übersah.

Tommy blieb wie angewurzelt stehen. Ein Typ wäre fast in ihn hineingerannt und pöbelte ihn entrüstet an. Der Schwede zeigte ihm den Mittelfinger. Er setzte seinen Kontrabass ab und stützte sich auf das Instrument. Dann erhellte ein breites Grinsen sein Gesicht, er kam auf ihn zu.

Tommy schüttelte amüsiert den Kopf. „Hej Tiger, mein Weltenbummler ist wieder da. Ich fasse es nicht!" Ohne auf eine Aufforderung zu warten, setzte er sich neben Leon. Mit einem „Isst du das noch?" griff Tommy nach dem Gebäck auf dem noch unberührten Teller und biss genüsslich hinein. Kräftig kauend grinste er ihn an.

Leon atmete tief ein, er beobachtete fasziniert Tommys Gesichtszüge. Er hatte ihn seit Ewigkeiten nicht gesehen und saugte seinen Anblick begierig in sich auf. „Hallo Tommy, wie geht es dir?"

„Noch förmlicher bekommst du die Begrüßung wohl nicht hin, hm? Du hast mich doch erwartet." Tommy deutete feixend auf den leeren Teller und schob sich das letzte Stück in den Mund. Doch dann verdunkelte sich sein Blick, er dachte daran zurück, wie er vor Schmerz nicht mehr gewusst hatte, wie er den nächsten Tag überleben sollte. „Du bist ein skitstövel, ein echter Mistkerl! Warum bist du so einfach abgehauen?"

Leon stützte die Ellbogen auf den Tisch und rieb sein Gesicht mit den Händen. Dann sah er Tommy lange in die Augen. Dem jungen Schweden wurde ganz anders, es fiel ihm schwer, seinem Blick standzuhalten. Leon schluckte hart. „Ich musste einfach weg. Im Moment kann ich dir noch nicht sagen, warum. Bitte frag nicht danach."

Tommy nickte traurig, er hatte das Gefühl, nicht willkommen zu sein. Leon hatte sich nicht freiwillig bei ihm gemeldet, obwohl er schon länger wieder da zu sein schien. „Du musst mir nichts erklären. Das ist ein freies Land, du kannst gehen, wohin du willst." Tommy schien um Fassung zu ringen. „Danke für den Kuchen." Er wandte sich um und wollte gehen.

Leon sprang auf. „Tommy!" Er drehte sich wieder um und sah ihn mit einem verschleierten Blick an. Sein Versuch zu lächeln ging leicht daneben.

„Bitte, es tut mir so leid, dass ich dich geschlagen habe. Ich bitte dich um Verzeihung." Leon ging einen Schritt auf ihn zu.

Tommy hatte den Atem angehalten und ließ nun die Luft mit einem Seufzer heraus. Hatte er keine anderen Probleme? Er hätte ihn einfach in den Arm nehmen sollen.

„Ist schon okay." Tommy machte wieder kehrt, nahm Lu unter den Arm und war mit einem „Mach es gut" endgültig weitergegangen. ♥

## 7

## Von Hormonschüben und Enttäuschungen

„Hi, Brian, wie war dein Treffen mit der Drachenlady? Wollte sie dich zurück-haben?" John sah ihm gespannt entgegen.

„You're really funny, mate!" Brian zog eine Grimasse und setzte sich knurrig an den Küchentisch.

„Willst du reden?" John blieb im Türrahmen stehen und schaute ihn beiläufig an. „Soll ich eine Flasche Whisky besorgen?"

Angenervt verdrehte Brian die Augen, dann seufzte er. „Why not? Aber leider ändert es gar nichts."

„Okay, bei mir oder bei dir? Es ist noch etwas zu früh, um hier in der Küche Ruhe zu haben."

„Komm zu mir, wenn du wieder da bist. In meinem Zimmer kann man we-nigstens vernünftig sitzen. Ich habe nicht vor, mich mit dir auf das Bett zu hocken." Brian stand auf und verzog sich ohne weitere Worte.

John prostete Brian zu. „Auf die Frauen!"

Der Australier zog eine Augenbraue hoch. „Du hast einen wirklich kranken Sinn für Humor." Sie tranken schweigend.

John hatte sich bereits auf eine lange Wartezeit eingerichtet. Er hatte lieber die weniger teure Marke, dafür aber zwei Flaschen gekauft.

Er wusste, dass es Brian nicht leicht fallen würde, mit ihm über sein Problem zu sprechen. Bisher hatte er ihn als sehr verschlossen erlebt, wenn es um Pri-vates ging.

„Wie wirst du damit fertig, dass du Vater wirst?" Brian schaute ihn interessiert an, nachdem sie eine gute halbe Flasche geleert hatten.

John war schon leicht angetrunken, da er vorher nichts Nennenswertes geges-sen hatte. Er grinste breit. „Das macht mir keine Schwierigkeiten, nur die Mut-ter macht ständig Ärger. Manchmal habe ich das Gefühl, dass sie mich sehr mag, aber dann lässt sie mich wieder am langen Arm verhungern."

Brian runzelte die Stirn und sah ihn ernst an. „Hast du dich schon einmal *rich-tig* mit dem Thema auseinander gesetzt? Ich meine, die Sache hat dich irgend-wie überrumpelt, aber würdest du dir auch *wünschen*, Vater zu werden?"

„Warte mal, jetzt verwirrst du mich ein wenig. Reden wir hier von meinen

Problemen oder von deinen?" John nahm sein Glas und schaute ihn über den Rand durchdringend an.

„Damn, kannst du mir mal eine Antwort geben?!" Ungehalten schüttete Brian den restlichen Inhalt seines Glases herunter und fixierte sein Gegenüber.

„Moment!" John schloss kurz die Augen und horchte in sich hinein. „Nein", sagte er dann, „Es macht mir überhaupt nichts aus, Vater zu werden. Ich liebe Kinder. Und ich könnte mir nichts Schöneres vorstellen, als mit Mona eine richtig große Familie zu gründen." Er lächelte resigniert. „Wo wir dann wieder bei meinem Problem wären: Mona hat regelrecht Panik, sich zu binden."

„Kommt mir bekannt vor."

Dann begann Brian nach einer ganzen Weile nachdenklich zu reden. „Warum wollen sie uns nicht an sich heranlassen? Sagt man nicht uns Männern nach, dass wir distanziert und unnahbar wären? Es ist wie eine verkehrte Welt. Doro hat mich mit Sex auf Abstand gehalten, mit ihrem dominanten Getue. Mona hält dich aus Prinzip auf Distanz und setzt dabei ihre Zickigkeit ein. Aber warum? Was ist aus Vertrauen und Liebe geworden? Wieso kann man nicht einfach miteinander glücklich sein, ohne dieses komplizierte Emanzipationsgehabe? Seit die Frauen meinen, sie hätten endlich ihre Freiheit zurückgewonnen, verhalten sie sich wie verdammte Männer."

John schaute ihn verwundert an. „Da hat es dich aber tief getroffen. Ich hätte niemals damit gerechnet, solche Worte ausgerechnet aus deinem Mund zu hören. Was hast du mit Brian gemacht? Du musst der geheime Zwilling sein."

In kameradschaftlichem Schweigen tranken sie vor sich hin, bis jeder in seiner eigenen Gedankenwelt versank. ♥


„Hallo, Süße!"

Bea sah von ihrer Arbeit auf und blickte über die Empfangstheke direkt in Alex' Gesicht. Wortlos schaute sie wieder auf die Listen und begann, sie weiter abzugleichen.

„Was ist? Bin ich Luft für dich? Ich musste hierher kommen, du warst ja sonst nicht für mich zu sprechen."

Beas Mundwinkel zuckten. „Das hat sich nicht geändert."

„Hör mal, Claude hat mir eine wilde Story erzählt. Da muss einiges schief gegangen sein. Bitte rede mit mir! Jeder Angeklagte hat doch das Recht, zumindest angehört zu werden. Und ich weiß noch nicht einmal, was mir zur Last gelegt wird."

„Alex, wenn du nicht annähernd weißt, was du falsch gemacht hast, kann ich dich nur bitten, zu gehen. Und mach dir nicht die Mühe, zurückzukommen."

„Bitte, geh einen Kaffee mit mir trinken. Bitte." Etwas in seiner Stimme bewegte Bea, ihn forschend anzusehen. Sie seufzte. „Na gut."

In der Cafeteria suchten sie sich eine ungestörte Ecke. Als sie am Tisch Platz genommen hatten, nahm Alex ihre Hände. „So, meine Zaubermaus, schieß los. Ich will jetzt die ganze dämliche Geschichte aus deiner Sicht hören. Tu dir keinen Zwang an."

Bea entzog ihm ihre Hände und betrachtete sie nachdenklich. „Hattet ihr Spaß miteinander, Lulu und du?"

„Ach, daher weht der Wind! Du bist eifersüchtig. Verdammt, dieses Rindvieh sollte dir gar nicht sagen, dass ich mit Lulu in Monza war." „Vielen Dank. Ich sollte es also nicht erfahren? Du vergnügst dich mit deiner angeblichen Ex-Freundin in Italien und beauftragst deinen widerlichen Freund, mit mir ins Bett zu springen. Das ist doch wohl die Höhe!"

Alex schaute sie verdutzt an. „Ich soll ihn beauftragt haben, mit dir zu schlafen? Bist du irre?"

„Jedenfalls hat der schleimige Mistkerl gesagt, er sollte alles tun, um mich zufrieden zu stellen. Er hat das so interpretiert, dass er mir an die Wäsche wollte. Ich hoffe, dass ich seine Eier in Brei verwandelt habe!"

Er schmunzelte. „Das hoffe ich auch. Wir praktizieren diese Vertretungsgeschichte eigentlich schon länger, wir nennen es ‚Warmhalten'. Und bisher hat es keine größeren Klagen gegeben. Zu den Spielregeln gehört es, dass hinterher nicht gefragt wird, was passiert ist."

Ungläubig schaute Bea in sein Gesicht, als versuchte sie dort eine Regung zu finden, die ihr das Gehörte erträglicher machte. „Du hättest es also in Ordnung gefunden, wenn wir miteinander ins Bett gegangen wären?"

„Es wäre ja normalerweise nur passiert, wenn du es auch gewollt hättest. Und ich hätte nicht nachgefragt."

Bea atmete tief durch und schloss kurz die Augen. „Was ist mit Lulu? Seid ihr wieder zusammen?"

„Bisher dachte ich eigentlich, *wir* beide wären zusammen. Lulu hat die Karten besorgt, da konnte ich doch schlecht sagen, dass sie nicht mitdarf, oder?"

„Ist zwischen euch etwas passiert?"

Alex lächelte schelmisch. „Hast du die Spielregeln nicht verstanden? Nicht fragen, das ist ein ungeschriebenes Gesetz." Er griff in seine Hosentasche und legte etwas auf den Tisch. „Ich habe dir etwas Kleines aus Italien mitgebracht."

Sie schaute den Gegenstand befremdet an. „Einen Autoschlüssel?" Er grinste breit. „Einen kleinen Fiat. Ich dachte, die fahrende Handtasche passt zu dir. Du bist nicht so groß, deine Ansprüche auch nicht, und du brauchst nicht mehr Bus zu fahren ... Das ist der Beginn einer wunderbaren Freundschaft."

„Aber, aber, du kannst mir doch kein Auto schenken. So große Geschenke

sind doch völlig unnötig."
„He, Süße, ist alles wieder gut? Hast du mich wieder lieb?" Alex schaute sie treuherzig an. Bea zuckte hilflos mit den Schultern.
„Na dann ist ja alles in Butter! Wir sehen uns heute Abend."
Im Hinausgehen grinste er bei dem Gedanken an den Ferrari, mit dem er sich noch vor einiger Zeit Lulus Gunst gesichert hatte. „Es muss nicht immer Kaviar sein." ♥

John trug sein „Piratenhemd", wie Mona es nannte. Seine Haare hatte er seit geraumer Zeit wachsen lassen. Es schien ihr zu gefallen, wie er an ihren anerkennenden Blicken gesehen hatte. Heute waren sie ordentlich mit einem Lederband zurückgebunden.
Seine tastenden Finger fuhren schon zum tausendsten Mal an seine Hemdtasche, seit er das kleine Kästchen hatte hineingleiten lassen. Es war noch da – wo sollte es sonst sein?
Mit zitternden Händen griff John nach seiner Gitarre. Sein Adamsapfel tanzte aufgeregt. Hinter den Saiten am Gitarrenhals klemmte eine tiefrote Rose. Sie war für Mona. Noch einmal atmete er tief ein und schnaubte beim Ausatmen.
„So, nachdem ich tief in die Romantikkiste gegriffen habe, wirst du mir hoffentlich nicht direkt die Rübe abreißen. Auch wenn die Hormone dir diktieren, mich sofort standesrechtlich zu erschießen."
Zögernd klopfte er an Monas Zimmertür. Statt eines „Herein", wie er erwartet hatte, schwang die Tür direkt auf. Mona stand vor ihm und sah ihn erwartungsvoll an. „Mein Gott, sie sieht toll aus!", schoss es John durch den Kopf. Die Schwangerschaft bekam ihr ganz wunderbar. Nachdem sie die Phase mit der morgendlichen Übelkeit hinter sich gelassen hatte, war sie förmlich aufgeblüht. Eine ordentliche Rundung zeigte sich unter ihrem T-Shirt, und sie trug den Bauch stolz vor sich her.
Nachdem sie ihn ausgiebig gemustert hatte, lächelte Mona sanft. „Wer bist du? Ein Troubadour der Liebe? Oder der wilde Piratenkapitän, der gekommen ist, meinen nicht mehr ganz jungfräulichen Körper zu nehmen?"
John brachte kaum einen Ton heraus. „Mona, ich möchte ... - ich ..."
Sie zog ihn in ihr Zimmer und schloss die Tür hinter sich. Als sie sich wieder umdrehte, kniete er mitten im Raum. Er nahm noch einmal Anlauf. „Mona, ich nehme am besten die Kurzfassung. Willst du - ?" Panisch hielt sie ihm den Mund zu. „John, bist du wahnsinnig? Bitte stell mir keine Frage, die ich mit einem entschiedenen „Nein" beantworten muss. Erspar uns das, bitte."
Mona sank zu ihm auf den Boden und nahm ihre Hand weg. Sie schaute in seine traurigen Augen; er war verstummt und schluckte krampfhaft. Mit einem

tiefen Seufzer legte John die Gitarre weg, die Rose hielt er unschlüssig in der Hand. Doch dann führte er sie an seine Lippen und küsste sie. Zögernd reichte er sie Mona, sie nahm sie lächelnd entgegen.

Langsam robbte sie auf den Knien näher an ihn heran und schlang ihre Arme um seinen Hals. Ihr vorstehender Bauch war ein natürlicher Abstandhalter, wie sie schmunzelnd bemerkte. Verträumt begann Mona Johns Nacken zu kraulen, und er ließ seinen Kopf auf ihre Schulter sinken. Ihre Gedanken wurden zu einem verwirrenden Knäuel, als sie seine Nähe bewusst wahrnahm. John tat ihr so unendlich leid. Sie wusste, dass es ihn viel Mut gekostet hatte, den Vorstoß zu wagen. Gleichzeitig mit diesem Bedauern empfand sie unbändige Lust. Ihr Körper drängte sich begehrlich gegen John. Sie befand sich schon seit Tagen in diesem andauernden Zustand der leichten Erregung. Die Hormone ließen ihre Libido fließen und heizten sie an. Schon die Reibung ihrer Kleidung brachte ihre Brustwarzen dazu, sich vorwitzig aufzustellen. Und sie wollte John schon so lange.

Zärtlich fanden Monas Lippen die seinen und er erwiderte den Kuss. Seine Fingerspitzen wanderten langsam ihren Rücken herauf und herunter; die sanften Berührungen wurden von ihrem Körper mit einem schauerartigen Beben beantwortet.

Als Monas Hände zielstrebig an John hinunterglitten, hielt er sie fest. „Bitte warte." Atemlos schaute er sie an. „Mona, wo soll das hinführen? Wenn du meinst, mich so trösten zu müssen ..."

Sie lächelte und zog sich gemächlich das T-Shirt über den Kopf. John betrachtete sie fasziniert, Mona hatte sich verändert, seit er sie das letzte Mal nackt gesehen hatte. Und er hatte nichts vergessen. Ihr Geruch, ihr Geschmack, jede kleine Wölbung und Vertiefung hatte sich tief in seine Erinnerung gebrannt.

Die exponierten Brustwarzen waren größer und dunkler. John konnte nicht widerstehen, er musste sie einfach mit seiner Zunge erkunden. Er beugte sich herunter und spürte die kleinen harten Erhebungen, die den Vorhof umgaben. Sachte begann er an den riesigen Knospen zu saugen. Monas Körper bewegte sich dabei in kleinen, sanften Kreisen, als würde er tiefere Regionen liebkosen. Ein wollüstiges Stöhnen kam aus ihrer Brust.

John ließ von ihr ab und schaute sie voller Ehrfurcht an. Es war, als wäre sie erst jetzt richtig zur Frau geworden. Mona strahlte etwas ungeheuer Weibliches, Erdiges aus, wie sie sich - völlig eins mit ihrem Körper - wiegte. „Wenn ich mit dir schlafe, kann ich dann unser Kind verletzen?"

Sie schüttelte entrückt lächelnd den Kopf. Dann nahm sie seine großen Hände und legte sie auf ihren Bauch: „Fühl es!"

John konzentrierte sich ganz auf die Empfindungen seiner tastenden Finger. Er war zunächst erstaunt, wie prall und fest sich Monas Bauch anfühlte. Dann spürte er plötzlich ein leichtes Flattern, eine Vibration aus ihrem Innersten. Sprachlos sah er Mona an und schluckte gerührt. „Darf ich dir unser Baby vorstellen?" Sie küsste ihn zärtlich und flüsterte in sein Ohr. „Und jetzt komm endlich zu uns." ♥

Tommy lehnte sich auf den Stehtisch und ließ seine Blicke durch die Gegend schweifen. Genüsslich zog er an seiner Zigarette und blies ein paar Rauchkringel in die Luft. Er war in sehr guter Stimmung, Leon war mit ihm hier in dem Nachtclub, um ein paar Bierchen zu trinken. „Jetzt müsste mein Tiger nur noch leidenschaftlich über mich herfallen, dann wäre der Abend perfekt."

Sie hatten es Brian zu verdanken, dass sie nach dem missglückten Treffen auf dem Ku'Damm den Kontakt wiedergefunden hatten. Er hatte Leon eingeladen, gemeinsam mit allen WG-Bewohnern auszugehen. Der Grieche hatte versucht, Tommy nicht zu sehr zu beachten, und so waren sie unverfänglich ins Gespräch gekommen. Seitdem waren sie schon öfter zusammen losgezogen und sich dabei freundschaftlich näher gekommen.

Leon war gerade unterwegs zu den Toiletten, danach wollte er noch Getränke besorgen. Es würde wohl noch etwas dauern, bis er zurückkam.

Der Schwede hoffte, dass er nicht wieder so viele Bekannte treffen würde. Schwule unter sich waren ein indiskreter Haufen. Jeder wusste von jedem, wer mit wem geschlafen hatte. Leon war zwar eingeweiht, was seine Neigung anging, doch Tommy war das Benehmen der anderen Homosexuellen oft überaus peinlich.

Er hatte seine Gründe gehabt, warum er sich von seiner alten Clique getrennt hatte. Speziell in Leons Begleitung wünschte er jeden aus dieser Zeit zur Hölle, der es wagte, sich ihnen zu nähern. Leider waren die Herren ziemlich unempfindlich gegen seine Verwünschungen.

Tommy verdrehte die Augen. „Skit, wenn man vom Teufel spricht ... Warum ausgerechnet du? Du hast mir damals sehr wehgetan, du stinkender Schafssack!"

Jeremy, ein ehemaliger Liebhaber, steuerte zielstrebig auf seinen Tisch zu, er grinste über das ganze Gesicht. Tommy legte eine Hand über seine Augen, vielleicht ging er ja weiter.

Leon bahnte sich den Weg mit den beiden Gläsern in seinen Händen durch die Menschenmenge. Vorsichtig drückte er sich durch die Lücken, wobei ihn die anderen bereitwillig durchließen. Er überragte die meisten um mindestens eine halbe Haupteslänge.

Seine Augen suchten Tommy, er musste eigentlich an der nächsten Ecke auf

ihn warten, zumindest hatten sie sich dort getrennt, als er aufbrach. Die Licht-
verhältnisse in der Szenedisko waren nicht besonders gut, wenn man jemanden finden wollte, doch er hatte ihn bald entdeckt. Tommy war nicht allein.
Ein hoch gewachsener Typ mit blondem Haar und einem neckischen Spitz-
bärtchen stand bei ihm. Er versuchte Tommy zu umarmen, doch er wehrte
ihn ab. Als er ihn erneut bedrängte, stieß der Schwede ihn zurück und sah ihn
sauer an.
Leon runzelte die Stirn, er fühlte, wie Ärger in ihm hochstieg. Dieses nagende
Gefühl in seinem Magen konnte eigentlich nur Eifersucht sein. Er hatte nach
wie vor Probleme, sich Tommy zu offenbaren, eine ungewöhnliche Schüch-
ternheit hielt ihn davon ab, sich ihm zu nähern. Leon versuchte einfach, ihn so
oft zu treffen, wie es sich einrichten ließ.
An ihrem kleinen Stehtisch angekommen, stellte er die Gläser ab. Er sah die
beiden Streithähne fragend an.
„Jeremy, was bildest du dir eigentlich ein? Du verschwindest einfach für fast
zwei Jahre, und dann bist du wieder da und willst dort weitermachen, wo wir
aufgehört haben. Du spinnst wohl!" Tommys Augen sprühten vor Wut. „Fass'
mich nicht an", fügte er hinzu, als der andere wieder versuchte, seinen Arm zu
nehmen.
„Ach, jetzt hab dich doch nicht so! Du weißt schon ‚Tom und Jerry', wir waren legendär. Seit wann bist du denn so prüde?" Er wollte gerade wieder den
Arm um Tommy legen, da wurde er von Leons eiserner Faust festgehalten.
„Hast du nicht gehört, was Tommy gesagt hat? Er will nicht von dir angefasst
werden!" Leon versuchte, Haltung zu bewahren und sah ihn ruhig an.
„Wer ist das denn? Kannst du bitte mal deinen Hofhund zurückpfeifen?" Ver-
geblich versuchte Jeremy, sich aus dem Griff zu winden.
Tommy schmunzelte, es gefiel ihm, sich von Leon beschützen zu lassen. Er
hätte ihn nicht gebraucht, um den Konflikt zu schlichten, er konnte gut auf
sich selbst aufpassen, doch ein warmes Gefühl von Geborgenheit stieg in ihm
hoch.
Gerade wollte Tommy zu einer Antwort ansetzen, da setzte Leon alles auf eine
Karte. Er ließ den zappelnden Jeremy plötzlich los, legte seine Hände um
Tommys Mitte und zog ihn sanft an sich.
Überrascht schaute ihn der junge Schwede an. Ihre Körper berührten sich,
dann näherte sich Leon mit geschlossenen Augen und küsste ihn zärtlich. Die
Lippen des Griechen waren weich, und Tommy zerfloss förmlich, als er seine
Zunge zart in seinem Mund fühlte.
Jeremy schaute die beiden verblüfft an. Er wollte etwas sagen, doch dann
drehte er sich wutschnaubend um und verschwand in einer Menschentraube
am Rand der Tanzfläche. Es kam Tommy wie eine Ewigkeit vor, bis sie sich

wieder voneinander trennten.

„Siehst du, es hat geklappt, der Typ ist abgerauscht. Ich hätte ihm sonst etwas auf die Nase geben müssen, und das wollte ich nicht. Hoffentlich bin ich dir nicht zu nahe getreten?" Leon sah ihn besorgt an. Er konnte gut überspielen, dass ihm sein Herz ebenfalls bis zum Hals schlug.

„Schon okay, Hauptsache Jeremy ist weg." Doch er war nicht gewillt, seinen Geliebten so einfach wieder auf Abstand gehen zu lassen. Sie standen sich Auge in Auge gegenüber, der Grieche überragte ihn nur um ein paar Zentimeter. Tommy wollte ihn offensichtlich noch einmal küssen, doch Leon hielt ihn behutsam fest. „Langsam, Tommy, langsam! Nichts überstürzen." Er hauchte ihm noch ein Küsschen auf die Lippen und schob ihn entschieden wieder an den Tisch. Dabei lächelte er über den Heißsporn.

Tommy schluckte hart, sein Blut schoss kochend durch seine Adern. Aber Leon war anscheinend schon wieder zur Tagesordnung übergegangen und reichte ihm sein Glas. Mühsam versuchte Tommy herunterzukommen.

Der weitere Abend verlief so, als wäre nichts gewesen. Sie trafen sich noch wie verabredet mit Bea und Mona und genossen die ausgelassene Stimmung. Tommy und Leon gingen sehr vorsichtig miteinander um, es war ein gegenseitiges Abtasten, wo gerade die verschiebbaren Grenzen lagen.

Trotzdem waren sie guter Dinge, als Leon sie an der WG absetzte. Er war ausgestiegen, um den beiden Mädels die Türen zu öffnen. Munter und gut gelaunt verabschiedeten sie sich. Bea und Mona waren bereits im Hauseingang verschwunden, als Tommy vor Leon stehen blieb und ihn einfach nur ansah. Sein Blick traf Leon mitten ins Herz. Es waren so viele Fragen darin, dass er seine Augen abwenden musste - noch fehlten ihm die Antworten.

Leon zog ihn vorsichtig an sich und gab ihm einen zärtlichen Kuss auf die Stirn. „I kardia mou panta tha sou aniki. Kalinichtà*", flüsterte er und ließ Tommy erzitternd zurück. ♥


Doro lächelte triumphierend, als sie Brian mit seiner Begleiterin in das Nachtcafé kommen sah. „So schließt sich der Kreis wieder!" Der Gedanke weckte leichte Wehmut in ihr. Hier hatte sie ihn zum ersten Mal gesehen. Den vermeintlichen „Auserwählten" ihrer Tochter.

Seitdem war so viel geschehen. Wenn sie ehrlich zu sich selbst war, vermisste sie Brian sehr. Mit ihm hatte sie eine wundervolle Zeit verlebt. Und er hatte sie tiefer berührt, als es ihr lieb war, deshalb hatte sie ihn von sich stoßen müssen. Es schmerzte sie, ihn mit der hübschen jungen Frau zu beobachten, die er

---

· Mein Herz gehört für immer dir. Gute Nacht.

charmant anlächelte. Wahrscheinlich machte er gerade eine spöttische Bemerkung, Doro hatte Brians Humor immer sehr geschätzt. Nicht selten hatte er sie mit geistreichen Anzüglichkeiten unterhalten und dabei die Vorfreude auf die späteren Genüsse geweckt. Er hatte die Gabe, einer Frau das Gefühl zu geben, dass sie das begehrenswerteste Geschöpf auf Erden war. Zumindest für den Moment. Und das war es, was letztendlich zählte.

Sie seufzte und trank einen Schluck Wein.

„Kennst du den Mann? Ich finde es nicht besonders toll, wenn meine Geliebte einen anderen anschmachtet, wenn sie mit mir zusammen ist."

Doro sah ihrem Gegenüber mit einem höhnischen Lächeln in die Augen. „Dann beweise mir, dass es sich lohnt, wenn ich mich auf dich konzentriere. Bisher war deine Vorstellung eher schwach."

Michael, einer der Neuzugänge im Fitnessstudio, hatte gedacht, dass er das ganz große Los gezogen hätte, als Doro mit ihm ausgehen wollte. Aber langsam fühlte er sich wie die Katze auf der heißen Herdplatte. Und es wurde verdammt heiß unter seinen Füßen. Die Frauen, mit denen er sonst zu tun hatte, konnte er mit seinem durchtrainierten Body und machohaften Getue leicht beeindrucken. Aber Doro schien überaus anspruchsvoll zu sein.

„Was soll ich machen? Soll ich den Typen verprügeln? Oder wäre es dir lieber, wenn ich einen Handstand auf dem Tisch mache?"

Doro runzelte die Stirn. „Deine körperlichen Qualitäten kannst du mir später nahe bringen. Vielleicht zeigst du mir für den Anfang einfach, dass du kein Hohlkopf bist und machst ein wenig Konversation."

„Sorry, aber ich hatte den Eindruck, dass dich mein Gesülze eher langweilt. Also halte ich lieber meinen Mund."

Doros Mundwinkel zuckten resigniert. Sie vermerkte sich gedanklich, dass sie in Zukunft nur noch mit ihren Freundinnen ausgehen würde. Ihre Gespielen waren leider nur für das Bett geeignet. Mit einem Mundknebel. Sie grinste grimmig.

„Hi, Babe! Wie geht es dir?" Der Klang von Brians Stimme ließ sie zusammenzucken. Doro schaute ihn erstaunt an. „Brian! Danke gut." „Ich hatte gehofft von dir zu hören. Du weißt schon, ob du vielleicht doch noch einmal über die Sache nachgedacht hast. Ist die Entscheidung schon getroffen?"

Sie blitzte ihn wütend an, sie wurde nur ungern an den Eingriff erinnert. Er war sehr unangenehm gewesen, und es hatten sie, trotz der nach außen zur Schau getragenen Coolness, Gewissensbisse geplagt. „Brian, ich erwarte von einem Mann keine fundierten medizinischen Kenntnisse, aber die Geschichte liegt schon Monate zurück. Ja, natürlich. Ich habe schon längst abgetrieben. Das wolltest du doch wissen?"

Er schaute sie lange mit einem unergründlichen Blick an. Was war nur so besonders an diesem Weib? Brians Herz zog sich schmerzhaft zusammen. Alles würde er dafür geben, sie wieder in seinen Armen halten zu dürfen.

„He, was gaffst du denn meine Freundin so an? Ich werde mit dir den Boden aufwischen, wenn du nicht sofort verschwindest!" Michael hatte die Unterhaltung der beiden ungeduldig verfolgt. Er konnte sich keinen richtigen Reim darauf machen, aber er begriff, dass zwischen Doro und Brian etwas ablief, was ihm gar nicht gefiel.

Der Australier wurde plötzlich quer durch den Raum geschleudert. Unsanft prallte er mit dem Hinterkopf auf eine Tischkante. Als er benommen den Kopf schüttelte, wurde er auch schon wieder hochgerissen. Ein Fausthieb explodierte an seinem Kiefer, wieder landete er auf dem Parkett. Er konnte undeutlich das Geschrei der Umstehenden hören, er meinte die Stimmen von Doro und seiner Begleiterin zu hören. Dann wurde es dunkel.

Brian öffnete vorsichtig die Augen und war erstaunt, in Doros Gesicht zu blicken. Sein Kopf lag in ihrem Schoß, und sie schaute besorgt auf ihn herab. „Er kommt zu sich! Brian, ist alles okay? Sag etwas, kannst du etwas sehen?" „Natürlich kann ich sehen. Und ich sehe die falsche Frau an meiner Seite. Wo ist das Mädel, mit dem ich hier war?" Er griff sich stöhnend an den Kopf, in dem die Schmerzwellen langsam abklangen, wenn er sich möglichst behutsam bewegte.

Doro grinste. „Dein Schnuckelchen ist gegangen, nachdem ich es kurz streng angesehen habe. Du scheinst ihr nicht besonders wichtig zu sein." Brians Augen verengten sich, er konnte sich gut vorstellen, wie die junge Frau vor Doros Dominanz geflohen war. „Das ist auch keine schlechte Idee gewesen. Vielleicht solltest du dich auch verabschieden und deinen gehirnamputierten Gorilla mitnehmen. Oder nein, ich weiß etwas Besseres - ich werde gehen!" Er stand langsam auf und wurde von den Schaulustigen gestützt. „Okay, geht schon." Dann stand er vor Michael, der ein betretenes Gesicht machte. „Vielen Dank, Kumpel!" Ansatzlos versenkte er seine Faust in seiner Magengrube. Der junge Mann krümmte sich und ging zu Boden. Brian schaute im Gehen Doro kurz an. „Leb wohl. Ich hoffe, wir sehen uns nie wieder." ♥

Das fadenscheinige Stück Stoff wog mindestens zehn Zentner in seinen Händen. John hielt seine Lieblingsjeans in Richtung Fenster, durch die Fasern des dünnen Gewebes konnte er den Lichtschein sehen.

Schmutzwäsche oder Abfall? Er wand sich bei der Entscheidung. Irgendwie verkörperte die Hose, die ihn durch einen beträchtlichen Abschnitt seines Lebens begleitet hatte, einen Teil seiner Jugend. Sie auszumustern bedeutete, sich davon zu verabschieden.

Einerseits fand er es langsam an der Zeit, zumindest annähernd erwachsen zu werden. Auf der anderen Seite weigerte er sich doch, seine Unbeschwertheit zu verlieren, nur weil er bald Vater wurde. Es würde ihm eine gewisse Reife abverlangen, sich der Verantwortung für ein Kind zu stellen, doch wenn es nach Mona ging, änderte sich schließlich gar nichts.

Er hatte gehofft, sie würde es sich anders überlegen.

Sie hatten eine wundervolle Nacht miteinander verbracht. Die Begegnung war ungeheuer intensiv gewesen; er hatte sich eingebildet, auch in Mona tiefe Emotionen gespürt zu haben.

Mit überwältigender Wucht hatte ihn ihre Weiblichkeit getroffen.

John seufzte, es musste ein wahnsinniges Gefühl sein, einen kleinen Menschen dabei zu beobachten, wie er im eigenen Körper heranreift. Seine Entwicklung zu spüren und zugleich die Veränderungen, die er verursachte. Er beneidete Mona um diese Erfahrungen. Die fortschreitende Schwangerschaft führte dazu, dass sie innerlich wuchs. Er hatte ihre Stärke gespürt.

Allerdings schien sie ihn weniger denn je zu brauchen. Die Rolle, die sie für ihn vorgesehen hatte, hatte sich offenbar nicht geändert. Der Gedanke drehte das Messer in seinem Herzen langsam herum.

War es nicht seltsam, dass die bloße körperliche Beteiligung an der Zeugung eines Kindes einen Mann noch lange nicht zu seinem *Vater* machte? Die Mutter war es, die durch seine Anerkennung signalisierte, dass er die Stellung einnehmen durfte. Und er sich entsprechend fühlen konnte.

Die Jeans fiel achtlos in den Mülleimer. Er hatte sich entschieden. Eine Welle von übermächtigen Gefühlen überrollte ihn. John spürte einen Keim in seinem Herzen wachsen, der das Messer verdrängte. Er wollte Mona behüten und das Kind beschützen. Er wollte für das hilflose Wesen sorgen. Als er seine Bewegungen zart unter seinen Fingerspitzen gefühlt hatte, war ein Band zwischen ihnen entstanden. Verbundenheit über das Blut hinaus.

Johns Fäuste ballten sich - gut, Mona wollte seine Anteilnahme nicht. Aber das konnte ihn nicht davon abhalten, sie zu lieben.

Alle beide. ♥


Es war der Silvesterabend. Eine besondere Atmosphäre lag in der Luft, ein erwartungsvolles Kribbeln, als wäre sie spannungsgeladen. In einer solchen Nacht konnte alles passieren.

Langsam wurde es ihm zur Gewohnheit, auf Tommy zu warten. Leon lehnte sich in dem gemütlichen Ledersessel zurück und schmunzelte; der junge Mann war ein Chaot, der es einfach nicht auf die Reihe bekam, pünktlich fertig zu werden.

Deshalb hatte sich der Grieche schon ausgezeichnet mit dem guten Adonis angefreundet, der es immer vorzog, sich in Tommys Zimmer aufzuhalten. Meist lag er zusammengerollt auf seinem Kopfkissen.

Der alte Kater war heute zum Spielen aufgelegt, was bei ihm eher selten vorkam. Er krabbelte unter das Bett und rumorte dort mit irgendeinem Gegenstand. Leon wollte gerade nachsehen, was Adonis dort trieb, da kam eine große Flasche unter dem Bett hervorgerollt.

Mit einem wilden Fauchen sprang der Kater auf sein Spielzeug, um es dann augenblicklich links liegen zu lassen. Die Anwandlung war vorbei. Gemessenen Schrittes verzog sich das Tier wieder auf seinen angestammten Platz.

Leon hob die Plastikflasche vom Boden auf und hätte sie im ersten Moment fast wieder fallen lassen, als er die Aufschrift las. Es handelte sich um eine *Liter*-Flasche Gleitgel, die bis auf das letzte Viertel geleert war.

Der Grieche schluckte, er war sich darüber im Klaren, dass Tommy seine Neigung auch körperlich ausgelebt hatte. Doch den Beweis für eine recht *aktive* sexuelle Betätigung in den Händen zu halten, war ziemlich starker Tobak.

Eifersucht brannte heiß in Leons Magen, er dachte an die vielen gut aussehenden Männer, die sie bei ihren gemeinsamen Ausgehabenden getroffen hatten. Sie schienen sehr vertraut mit dem jungen Schweden zu sein. Hatten sie ihn alle besessen?

Kopfschüttelnd stellte Leon die Flasche wieder unter das Bett. Ob Tommy zurzeit auch mit anderen Männern schlief? Er konnte nichts von Leons Gefühlen ahnen, er hatte sich große Mühe gegeben, sie vor ihm zu verbergen.

„Hej Tiger, sorry, ich bin mal wieder etwas spät dran." Tommy kam mit freiem Oberkörper, einer Bundfaltenhose und einer perfekt gestylten Tolle ins Zimmer. Er musste tonnenweise Haarspray verwendet haben. Sie waren auf dem Weg zu dem Silvesterkonzert der Band; es war sozusagen sein Bühnenoutfit. Er warf schnell sein Hemd über und zog direkt das lange Sakko an.

„Hallo, sei gegrüßt." Leon stand schmunzelnd vor ihm. „Darf ich dir helfen?" Er ordnete seinen total verdrehten Kragen und half ihm beim Zuknöpfen des Hemdes. Tommy war etwas nervös, also nahm er ihm entschlossen die schmale Krawatte aus der Hand und band sie ihm gekonnt um.

Der Schwede grinste ihn aufatmend an. „Ich werde dich in meine Gebete einschließen. Danke, so komme ich vielleicht doch noch pünktlich zu meinem Konzert."

Leon betrachtete ihn prüfend, die elegante Aufmachung stand ihm gut. "Du siehst toll aus, Apollon." Er war sich nicht bewusst gewesen, das er die Worte zärtlich geflüstert hatte, doch Tommys Lächeln wärmte sein Herz.

Leon lehnte seitlich der Bühne mit verschränkten Armen an der Wand. Eigentlich hatte er ein Leinenhemd getragen, doch er hatte es bereits ausgezogen. In seinem T-Shirt kamen die muskulösen Oberarme gut zur Geltung. Er sah aus wie ein Rausschmeißer, aber in der bulligen Hitze der Lichtanlage war weitere Kleidung wirklich überflüssig.

Das Konzert war in vollem Gang. Tommy hatte sich ebenfalls von seinem Jackett und der Krawatte getrennt, das Hemd hing ihm halb aus der Hose. Seine Frisur hatte sich wieder in Wohlgefallen aufgelöst, und er sah stilgerecht aus wie ein junger Wilder.

Mark, der Gitarrist der Band, stand neben Tommy wie ein hübscher Statist, er war viel zu cool, um richtig aus sich herauszugehen. Trotz der Hitze und seinem Spiel sah er noch immer aus, wie aus dem Ei gepellt. So bot er Tommys Bühnenshow einen vollkommenen Rahmen.

Der Grieche konnte sich ein Grinsen nicht verkneifen, er musste an die kleine Demonstration denken, die Tommy ihm bezüglich des „Instruments Publikum" geboten hatte. Der junge Schwede beherrschte die Griffe perfekt.

Die „A-Tomcats" traten als Vorgruppe für eine bekannte Rockabillyband auf, und das Haus war dementsprechend ausverkauft. Die Mädchen schrieen und kreischten sich die Seele aus dem Leib, und die Menge brodelte wie ein Hexenkessel.

Es war jetzt schon absehbar, dass sie einen großen Erfolg zu feiern hatten. Das Konzert wurde mit Begeisterung aufgenommen, und die Band ebenfalls. Leon freute sich für Tommy, weil er wusste, wie wichtig ihm seine Musik war. Neben ihm standen die anderen WG-Bewohner, die sich diesen Auftritt auch nicht entgehen lassen wollten. Sie hatten beschlossen, anlässlich dieses Ereignisses gemeinsam Silvester zu feiern.

Brian und John hatten die Party vorverlegt und bereits einige Bierchen intus. Seit sie gemeinsam ihren Kummer ertränkt hatten, waren sie ein Herz und eine Seele.

Besonders Brian versuchte, durch den sanften Nebel in seinem Hirn die Sache mit Doro zu vergessen, dabei schien er Erfolg zu haben. Die Stimmung war auf die beiden übergesprungen und äußerte sich durch begeisterte Pfiffe und Zurufe.

Auch Bea genoss es, den Jahreswechsel mit ihren Freunden zu verbringen. Sie hatte im Moment genug von Alex und seinen Eskapaden. Sie war gut gelaunt und sehr angetan von Tommys Darbietung, ihre Wangen leuchteten vor Aufregung. Hemmungslos beteiligte sie sich an dem Jubelgeschrei, wenn Tommy schelmisch lächelnd eine obszöne Geste andeutete. Brian stieß John in die Seite und deutete grinsend auf ihre Mitbewohnerin, die völlig außer Rand und Band geriet.

160

„Der Bursche ist nicht schlecht, oder?" Mona reichte Leon ein Glas Bier und lächelte ihn an. Es war ihr deutlich anzusehen, dass sie sehr stolz auf ihren Bruder war. Ihre Finger trommelten auf ihrem Bauch den Rhythmus mit.
„Nein, das ist er absolut nicht. Er ist für diese Bretter geschaffen." In Leons Stimme schwang Bewunderung.
Mona sah ihn prüfend an. „Du magst ihn sehr, das ist ziemlich offensichtlich. Kann es sein, dass da mehr hinter steckt?"
Betreten schaute er sie an, wie sollte er jetzt reagieren? Diese verfluchte weibliche Intuition!
Sie legte eine Hand in seinen Nacken und zog Leon zu sich herunter. John schickte ihr einen vernichtenden Blick, doch sie ignorierte ihn.
„Weißt du, ich mag Tommy auch sehr. Und ich sehe, wie er leidet. Wenn du den Schritt nicht gehen kannst oder willst, dann ermutige ihn doch dazu, dass *er* ihn geht."
Leon sah sie verständnislos an, wie meinte sie das?
Mona grinste; so ein großer Kerl und bei diesen Dingen hilflos wie ein Baby. Raffiniert waren die meisten Männer nun wirklich überhaupt nicht. „Leon, er ist nicht aus Holz. Und du bist ein gut aussehender Mann. Reize ihn. Reize ihn, bis er nicht mehr weiß, ob er Männchen oder Weibchen ist. Das kann doch nicht so schwer sein!"
„Du meinst - " Leon stockte und verstummte dann.
„Ja, das meine ich. *Zeige* ihm, was er so begehrt." ♥


„Nein, bitte hör nicht auf." Beas Atem war beschleunigt und ihre Wangen gerötet.
Alex tauchte grinsend unter der Bettdecke auf. „Ich heiße nicht ohne Grund in manchen Kreisen ‚der schnelle Alex'. Mein Ruf ist legendär." „Rede nicht so viel und mach' einfach weiter." Bea drückte ihn wieder herunter.
Später lag er mit dem Kopf auf ihrem Bauch und genoss die Aussicht auf die flache Hügellandschaft. „Hast du einen Lippenstift greifbar?" „Was willst du damit?" Bea schaute ihn fragend an.
Alex lächelte gönnerhaft. „Du hast doch sicher schon einmal gesehen, wie ein Schönheitschirurg arbeitet. Er malt Linien auf den Körper, da wo etwas weg oder hin soll. Das würde ich gerne machen. Schließlich hast du bald Geburtstag. Könnte schon sein, dass der liebe Alex die eine oder andere OP springen lässt. Das wäre doch toll, oder?"
Bea drehte sich tief gekränkt um, er hatte ihren wundesten Punkt getroffen. Sie wusste selbst, dass ihr Körper nicht perfekt war. Tränen schossen ihr in die Augen.

„Was ist los? Du hast manchmal eine etwas seltsame Art, deine Freude auszudrücken. Das ist immerhin eine gute Gelegenheit für dich, zu einer ordentlichen Oberweite zu kommen. Dann noch ein paar Korrekturen hier und da, neue Klamotten, und du bist eine echte Sahneschnitte. Ich will dir doch nur helfen, kein Grund gleich wieder beleidigt zu sein."

Sie hielt sich die Hand vor den Mund gepresst, um nicht laut aufzuschluchzen. Mit einem Satz war Bea aus dem Bett und griff sich ihre Sachen. Verzweifelt schloss sie sich im Badezimmer ein, um ihren Gefühlen freien Lauf lassen zu können.

Es klopfte. „Bitte mach auf, sei doch nicht albern. Ich hasse es, wenn Frauen das tun." „Verschwinde!" Es klopfte wieder, etwas energischer. „Wenn du nicht sofort die Tür öffnest, trete ich sie ein."

Bea rappelte sich mühsam vom Boden hoch und ging zum Waschbecken. Sie wusch sich kalt das Gesicht und atmete tief durch. „Moment!"

„Gut, jetzt hör mal, ich mache uns einen Cappuccino. Wenn du nicht draußen bist, bis ich fertig bin, komme ich rein!" „Ist gut."

Als sie ihren Gesichtsausdruck wieder im Griff hatte, drehte Bea langsam den Schlüssel und ging in die Küche. Alex saß bereits am Tisch und trommelte ungeduldig mit den Fingern auf der Platte herum. „Setz dich und trink einen Schluck. Dann erkläre ich dir, was Sache ist."

Gehorsam nahm sie Platz. Bea versuchte so kühl wie möglich zu erscheinen, damit er ihr flatterndes Herz nicht bemerkte.

„Meine Süße, ich habe über uns nachgedacht und festgestellt, dass wir ein ganz nettes Paar abgeben. Wenn wir zusammenbleiben sollten, wäre ich, wie schon gesagt, bereit, in unsere Beziehung zu investieren."

Sie schluckte krampfhaft und räusperte sich. „War das eine Art Liebeserklärung oder wie soll ich das verstehen?"

„Nenn' es, wie du es nennen willst. Ich habe dir schon von meinem Wahlspruch erzählt: ‚Love it, leave it or change it.' Und ich habe es nicht nötig, mich mit irgendetwas zufrieden zu geben. Man kann alles ändern. Du kannst mir doch nicht ernsthaft weismachen wollen, dass du deine Hühnerbrust unbedingt behalten willst."

„Vielleicht möchte ich einfach bleiben wie ich bin. Unperfekt. Und vielleicht hoffe ich, dass du mich *so* liebst, wie ich bin?"

„Soll ich etwa dir zuliebe behaupten, dass ich nicht auf dicke Titten stehe?"

Bea stand auf und presste ihre Lippen zusammen. „Ich werde jetzt gehen und über deinen Standpunkt nachdenken. Es wäre nett, wenn du dir mein Argument auch mal durch den Kopf gehen lassen könntest. Vielleicht bist du ja auch nicht makellos?"

„Hast du irgendeinen Grund zur Beschwerde? Bisher fanden alle Frauen, dass

ich toll aussehe. Und wenn meine Operationsnarben nicht bald weiter verblassen, werde ich auch den Doktor mit seinen Zauberhändchen zu Rate ziehen."
„Alex, es gibt Dinge, an die kommt der Chirurg mit seinem Skalpell nicht heran. An den inneren Werten kannst nur du ganz allein arbeiten." ♥

Es klingelte. Brian seufzte, er lief gerade mit einem Teller durch den Flur. Seine Laune war mächtig dürftig, er hatte sich ein Brot geschmiert, um den anderen beim Mittagessen aus dem Weg gehen zu können. Doch es gab keine ordentliche Ausrede, er war einfach am nächsten an der Tür. Mit grimmigem Gesicht drückte er den Türsummer und öffnete die Wohnungstür. „Oh, no!", murmelte er missmutig, als er im Hausflur rennende Füße und Kindergeschrei hörte. Es war weniger Höflichkeit als reine Neugier, warum er abwartete, wer die Treppen hinaufkam.
Ein Junge und ein Mädchen, beide etwa zehn Jahre alt, kamen mit roten Wangen und fröhlichem Gequietsche heraufgerannt. Als sie einfach an Brian vorbei in die Wohnung stürmen wollten, fing er sie mit der freien Hand auf. „Hey, mal langsam. Wer seid ihr? Und zu wem wollt ihr?" Sein Salamibrot schlitterte über den Teller, und er balancierte es schnell aus, bevor es sich in Richtung Fußboden bewegen konnte.
„Sie gehören zu mir." Schnaufend und mit hochrotem Kopf kam Allison die Treppe herauf.
Brian drehte die Augen gen Himmel, er hatte nichts gegen sie, doch im Moment kam ihm Allison ziemlich quer. Er hoffte inständig, dass sie zu Mona wollte.
„Die Kinder meiner Schwester. Ich muss sie an diesem Wochenende hüten. Ich brauche dringend eure Hilfe." Sie stand völlig aufgelöst vor ihm.
Er lächelte sie kurz an. „Komm herein." Dann wandte er sich an die beiden Rangen, die versuchten, sich aus seinem Griff zu befreien. „So, und ihr bleibt jetzt erst einmal ruhig stehen und sagt vernünftig euren Namen. Ich bin Brian." Er sah sie drohend an.
„Lisa." Das blonde Mädchen mit den zerzausten Haaren wischte sich die laufende Nase mit der Hand ab und reichte sie Brian feierlich.
Er schaute nur angewidert auf die verschmierte kleine Pfote und strubbelte ihr dann über den Kopf. „Freut mich. Und du?" Er sah den Jungen fragend an.
„Jan-Niklas, ich kann Karate. Und ich habe keine Angst vor dir." Feindselig blitzten ihn die blauen Augen an. Brian musste unwillkürlich schmunzeln, doch bevor er etwas erwidern konnte, flitzten die Kinder los. „Eine Katze!" Sie hatten Adonis entdeckt und sich sofort an die Verfolgung gemacht. Der alte Kater rannte panisch ins Wohnzimmer und rettete sich unter das Sofa.

163

Allison sah Brian verzweifelt an. „Sie sind wahre Monster. Und sie sind so entsetzlich – dreckig."

„Hej, Alli, wie bist du so schnell an so große Kinder gekommen? Ich brüte noch immer mein erstes aus." Mona stand feixend in der Küchentür und streichelte ihren Babybauch.

„Oh, Mona, bitte gewährt mir Asyl. Ich komme einfach nicht mit den beiden klar. Sie tun, was immer sie wollen, ganz gleich, was ich sage." Allison versuchte, ihre Frisur ein wenig zu ordnen.

„Komm, trink ein Tässchen Tee mit mir. Er hilft gegen Schwangerschaftsbeschwerden, und du hast ja schließlich ähnliche Probleme." Mona schmunzelte und ging mit Allison in die Küche. Brian nutzte die Gunst der Stunde und verzog sich in sein Zimmer.

In der Küche lehnte John an der Anrichte und verfolgte interessiert durch die Wohnzimmertür die Versuche der beiden kleinen Besucher, Adonis unter dem Sofa hervorzulocken. Der Kater hatte schlechte Karten, da Lisa gerade mit einem Schirm nach ihm stocherte.

John erwiderte knapp Allisons Gruß, er mochte sie nach wie vor nicht. Wortlos hörte er sich mit Mona an, wie sie ihnen ihr Leid klagte.

„Das ist auch kein Job für jemanden, der das Abbrechen eines Fingernagels als Weltuntergang betrachtet." John hatte nach kurzer Zeit das Interesse an ihrer Litanei verloren und ging in sein Zimmer.

„Ich weiß nicht, was du an dem Kerl findest. Er sieht gut aus, aber er hat keine Manieren." Allison sah Mona kopfschüttelnd an. „Ich kenne ja seine anderen Qualitäten nicht, aber er muss schon überragend sein, wenn du dich mit ihm abgibst."

Mona runzelte die Stirn. „Keine Sorge, Alli, er ist nicht nur im Bett klasse, falls du darauf anspielst. John ist ein toller Mann! Und es wäre gesünder für dich, wenn wir jetzt das Thema wechseln könnten."

„Oh, bitte! Bist du heute etwas empfindlich? Du brauchst ihn nicht zu verteidigen wie eine Löwin. Immerhin, du bekommst ein Kind von ihm. Du bist wohl ein wenig befangen, was ihn betrifft." Allison verdrehte theatralisch die Augen.

Mona schaute sie nur sauer an, dann stand sie auf und sah nach den beiden Kindern. Erstaunt stellte sie fest, dass im Wohnzimmer nicht länger chaotische Zustände herrschten.

John hatte seine Gitarre geholt und sich in den Sessel gesetzt. Er zupfte leise an den Saiten und hatte im Nu die Aufmerksamkeit der wilden Abenteurer auf sich gelenkt, die gerade noch brüllend um das Sofa gerannt waren. Adonis machte sich sofort aus dem Staub, und Mona ließ ihn schnell in Tommys Zimmer, bevor sie sich wieder an ihn erinnerten.

Als sie wieder ins Wohnzimmer kam, hatte John das Interesse von Lisa und Jan-Niklas vollends geweckt. Er schien sie gar nicht zu beachten und spielte ein Lied, zu dem er leise sang.

Dann fragte er plötzlich: „Habt ihr Lust, das Wiesel zu fangen?" Die beiden Rangen nickten begeistert mit den Köpfen. John schmunzelte. „Dann müsste ihr aber flink sein, es wohnt zwischen den Gitarrensaiten, und es springt blitzschnell hinaus." Er begann ein altes amerikanisches Kinderlied zu singen. Gebannt schauten ihn seine jungen Zuhörer an, sie hingen förmlich an seinen Lippen. Es schien sie nicht zu stören, dass sie den Text nicht verstanden.

Mitten in einer Strophe zupfte John mit einem „Pling" an einer Saite. „Habt ihr es gesehen? Ich sag ja, es ist schnell. Wartet, gleich kommt es wieder." Mit vor Aufregung geröteten Wangen sahen sie auf seine Finger, doch John war so geschickt, dass sie das Zupfen immer zu spät mitbekamen. Mona ertappte sich dabei, dass sie auch voller Spannung auf das nächste „Pling" wartete.

Sie lächelte, als sie ihnen weiter zusah. John schien ganz wunderbar mit Kindern umgehen zu können. Ein warmes Gefühl erfüllte ihr Herz; sie liebkoste unbewusst ihr Baby, indem sie ihre Hände mit sanftem Druck auf ihren Bauch legte.

Erst als sie Allisons Stimme neben ihrem Ohr hörte, erwachte sie aus ihren Gedanken. „Ich glaube, Schwangere haben eine ganz schöne Macke. Kannst du mir mal sagen, warum du jetzt heulst?"

Mona schaute sie überrascht an und bemerkte, dass ihre Augen kurz vor dem Überlaufen standen. ♥

Tommy kam die Treppe herauf, indem er zwei Stufen auf einmal nahm. Leon empfing ihn schmunzelnd. Er stellte sich gerade vor, dass der Schwede auf dem Weg hinunter wahrscheinlich das Treppengeländer benutzen würde.

Er wunderte sich, dass der junge Mann so voller Energie steckte. Als er ihn am Abend zuvor ins Bett bugsiert hatte, hätte er vermutet, dass Tommy heute etwas verkatert wäre. Sie hatten mal wieder ein wenig gefeiert, und das hatte ziemlich heftige Ausmaße angenommen.

„Hej Leon, - " Die weitere Begrüßung blieb Tommy im Hals stecken. Der Grieche kam gerade aus der Dusche, er hatte nur ein Handtuch um die Hüften geschlungen. Seine Haare waren nass und standen wirr in alle Richtungen. Da er noch nicht rasiert war, hatte er einen dunklen Bartschatten, der die Augen scheinbar noch stärker leuchten ließ.

Tommy versuchte die Fassung zu behalten und trat erst einmal ein. „Hallo Tommy, wie wäre es mal wieder mit einem echten griechischen Kaffee?" Leon grinste.

„Danke, gern." Verstohlen ließ Tommy seinen Blick über Leons Körper gleiten, bisher hatte er ihn nur angezogen gesehen.

Er schluckte, er hätte nicht vermutet, dass er *so* kräftig gebaut war. Seine Bauchmuskeln waren ausgeprägt, aber nicht übertrieben ausgebildet. Die Oberarme hatten einen Umfang, der zu dem breiten Rücken passte. Insgesamt wirkten seine Proportionen so harmonisch, als wären die Muskeln bei körperlicher Arbeit entstanden, nicht in einem Fitness-Studio.

Leon reichte ihm die kleine Tasse. Amüsiert nahm er Tommys Blicke wahr; Mona schien Recht zu haben, aus Holz war ihr Bruder offensichtlich nicht.

„Sorry, ich habe ein wenig verschlafen, ich muss noch mal ins Bad. Mach es dir gemütlich." Leon verschwand um die Ecke und hinterließ einen aufgewühlten Schweden.

„Skit, was denkt er sich nur dabei? Er weiß doch, dass ich schwul bin, verdammt! Muss er mir denn halbnackt die Tür öffnen? Wie soll ich denn auf so einen Auftritt reagieren? Fan också[*], das halte ich auf Dauer nicht aus!" Tommy lief unruhig auf und ab, dann ging er entschieden in Richtung Badezimmer. Die Tür war nur angelehnt, er öffnete sie langsam und blieb im Eingang stehen.

Leon hatte sich in der Zwischenzeit seine Jeans angezogen und die Haare zurückgekämmt. Sie glänzten schwarz und ließen die natürliche Eleganz ahnen, die der Grieche normalerweise ausstrahlte. Sein Gesicht war eingeschäumt, und er hatte gerade begonnen, sich zu rasieren. Tief in Gedanken versunken, bemerkte er Tommy erst, als er hinter ihm stand und seine Hände zärtlich über seinen Rücken gleiten ließ.

„O Theos![*]" Leon bekreuzigte sich andeutungsweise. Er hatte sich vor Schreck unterhalb des Wangenknochens geschnitten, ein kleines rotes Rinnsal lief durch den Rasierschaum. Seine Nackenhaare sträubten sich vor Erregung. Langsam drehte er sich um und schaute ihn fragend an. „Tommy?" Seine Stimme klang heiser.

„Lass mich das machen", flüsterte der junge Mann sinnlich und nahm ihm sanft den Rasierapparat aus der Hand. Leon schluckte und überließ sich schicksalsergeben dem Lauf der Dinge. Vorsichtig ließ Tommy die Klinge über seine Haut gleiten, er war froh, dass seine Hände nach den Eskapaden der letzten Nacht nicht zitterten.

Während er konzentriert weitermachte, schaute ihn der Grieche unverwandt an. Als er mit dem Gesicht fertig war, legte Leon bereitwillig den Kopf in den Nacken, damit er den Hals besser erreichen konnte. An einer Stelle war deut-

---

. Verdammter Mist!
[*] Oh,Gott!

lich zu erkennen, wie sein Puls unter der Haut raste.

Als er die Rasur beendet hatte, nahm Tommy mit der Zungenspitze einen Tropfen Blut auf, der noch aus dem kleinen Schnitt an Leons Wange lief. Tommy genoss den metallischen Geschmack und die Vorstellung, einen Teil von ihm in sich aufzunehmen.

Leon stöhnte auf, es war nicht leicht, ihn dazu zu bringen, dass er außer Kontrolle geriet, doch er hatte es geschafft. Es war unschwer zu erkennen, dass er sich im Zustand höchster Erregung befand, sein Atem ging schnell. Leon zog Tommy kräftig an sich und schob ihm den Pullover und das T-Shirt in einer Bewegung über den Kopf. Dieser quittierte die Aktion mit einem amüsierten Schmunzeln, verwundert über den plötzlichen Temperamentsausbruch, doch auch ihn hatte die Prozedur heftig erregt.

Gierig suchten die Lippen des Griechen seinen Mund, Tommys Zunge kam ihm auffordernd entgegen. Sie stupste neckisch gegen Leons, doch dann entzog sie sich dem ungestümen Vorstoß.

Leon legte seine Hände auf seinen Hintern und hob ihn kurzerhand hoch, um ihn auf dem Rand der Waschmaschine abzusetzen. Tommy kam nur noch mit den Fußspitzen auf den Boden. Er schlang seine Arme um Leons Hals. Dann umfasste er ihn mit seinen Oberschenkeln, wobei ihre Becken sanft gegeneinander gedrückt wurden.

Der Schwede grinste ihn atemlos an und ließ langsam seine Hüften kreisen; eine heiße Welle zog sich durch Leons Unterleib. „Aaaah, Tommy!" Er bebte, seine Hand glitt in Tommys Nacken. Er bog seinen Kopf zurück und küsste ihn voller Leidenschaft.

Leon war eindeutig ein heißblütiger Südländer. Impulsiv nahm er Tommy auf die Arme und trug ihn in das Schlafzimmer. Er warf ihn quer auf sein Bett und glitt geschmeidig über ihn. Sein Knie spreizte seine Beine, dann umfassten seine Hände Tommys Handgelenke und drückten sie über seinem Kopf auf die Laken.

Der junge Mann schloss die Augen und genoss es, Leons Gewicht auf seinem Körper zu fühlen, leise stöhnend ließ er ihn gewähren. „Komm schon, Tiger, nimm mich!" Wenn er ihn so haben wollte - auf die etwas rauere Tour - hatte Tommy nichts dagegen. Für Zärtlichkeiten hatten sie noch ausreichend Zeit. Er ergab sich der Kraft des Griechen und fühlte sich auf prickelnde Weise hilflos. Durch die leidenschaftlichen Küsse war er sowieso außer Gefecht gesetzt.

Keuchend ließ Leon von ihm ab, ohne ihn jedoch vorher loszulassen. „Bei Gott, ich werde nicht mit dir schlafen oder so etwas. Aber ich will verdammt sein, wenn ich dich nicht riechen, schmecken und fühlen will."

Tommy sah ihn an, auch sein Atem ging stoßweise. „Tu mit mir, was immer du willst."

Leon öffnete die Augen und betrachtete Tommy, der sich gemütlich in seinen Arm gekuschelt hatte und noch schlief. Gedankenverloren streichelte er Tommys Schulter. Die Haut war so zart, wie es auf den Fotos ausgesehen hatte, und wie er es bei einem Mann niemals vermutet hätte.
Ein Lächeln umspielte im Schlaf die Lippen seines Geliebten, und er schmiegte sich enger an ihn.
Gute Laune überkam Leon und ein Anflug von Lust. Vorsichtig rückte er ein Stück von Tommy ab und befreite sich von ihm. Seine Zunge fuhr spielerisch um eine seiner Brustwarzen, bis der kleine Nippel steif aufragte. Langsam glitt sein Mund tiefer, und er küsste Tommys Bauchnabel.
„Du bekommst wohl nie genug, Tiger?", murmelte er benommen. Leon antwortete mit einem zufriedenen Knurren. Tommy zuckte zusammen, er hatte ihn sanft gebissen. „Oh ja, mach das bitte noch mal. Jaaa!" Der nächste Biss war etwas fester gewesen. Der junge Schwede legte den Kopf zurück und ließ sich verwöhnen. ♥

Brian öffnete die Haustür und hielt verwundert inne. Im Treppenhaus erklangen leise, seltsame Geräusche, die ihn an ein schniefendes Schluchzen erinnerten. Er horchte, bis er sich ganz sicher war, dass er sich nicht verhört hatte. Erst dann betätigte er den Lichtschalter.
Als er vor ihrer Wohnungstür ankam, wusste er auch, zu wem die erbärmlichen Töne gehörten. Allison hockte wie das heulende Elend in der Ecke und schaute ihn blinzelnd an.
„Hi, Allison." Brian ging zu ihr hinunter in die Knie und hob ihr Kinn, damit sie ihn ansah. Mit dem Daumen wischte er sanft eine Träne weg. „ Hat es mal wieder nicht geklappt mit den Männern?"
Sie schüttelte langsam den Kopf und unterdrückte einen dicken Schluchzer. „Nein."
„Komm erst mal herein. Dann sehen wir weiter." Er ließ sie vorgehen und folgte ihr schmunzelnd.
Brian hatte den ganzen Abend nicht an Doro gedacht, das versetzte ihn in eine regelrechte Hochstimmung. Er hatte ein bezauberndes Geschöpf aufgetan, und heute war ihr erstes Rendezvous gewesen. Die junge Dame hatte ihn zwar nicht hineingebeten, als er sie artig an der Haustür abgesetzt hatte, aber die heißblütige Verabschiedung war auch nicht ohne gewesen. Brian war sich sicher, dass er beim nächsten Treffen nicht vor der Tür stehen bleiben würde.
Als er die Kaffeemaschine „laden" wollte, nahm ihm Allison zaghaft den

Messlöffel aus der Hand. „Würde es dir etwas ausmachen, wenn ich den Kaffee koche?" Brian überließ ihr grinsend das Feld, er wusste schließlich, dass sie seine „buschtaugliche" Mischung nicht direkt schätzte.

Er stellte schon einmal die Tassen auf den Tisch. „Ich glaube, dass Mona schon schläft. Die anderen scheinen alle nicht zu Hause zu sein. „Hattest du geschellt oder war die Haustür offen?"

Allison wandte sich zu ihm um. „Ich wollte nicht zu Mona. Ich wollte zu dir."

Brian zog überrascht die Augenbrauen hoch. „Zu mir?"

Sie fuhr sich mit der Zungenspitze über die Lippen. „Tja, mein Anliegen ist etwas heikel. Wie soll ich anfangen?"

„Bitte, wenn es sich um eine peinliche Sache handelt, möchte ich zuerst einen heißen Schluck Kaffee trinken. Dann bin ich wesentlich eher bereit zu antworten." Brian nahm die Kanne von der Warmhalteplatte und füllte ihre Tassen. Als sie am Tisch saßen, sah er sie erwartungsvoll an: „Schieß los!"

Allison schluckte und atmete tief ein. „Also, ich habe mich in einen wunderbaren Mann verliebt. Diesmal ist alles ganz toll; er ist der perfekte Gentleman. Gestern waren wir dann zum ersten Mal miteinander im Bett, und es war – furchtbar." Sie begann wieder zu schluchzen. „Irgendetwas geht immer schief! Und wenn ich tollen Sex mit einem Mann habe, entpuppt er sich mit Sicherheit als ein Arschloch."

Brian lächelte sie ermutigend an. „Siehst du das nicht etwas zu dramatisch? Das ist doch kein Beinbruch, manchmal braucht es etwas Zeit, bis sich das Ganze einspielt."

„Mit dir hat es keine Zeit gebraucht. Du bist ein fantasievoller, einfühlsamer Liebhaber." Allisons Augen füllten sich erneut und sie kam um den Tisch herum, um sich neben ihn auf den Stuhl zu setzen.

„Was soll das genau heißen? Willst du ihn zu mir in die Lehre schicken?" Brian schmunzelte, er stellte sich die Geschichte gerade bildlich vor. Dann zog er ein sauberes Taschentuch aus seiner Hosentasche und trocknete Allisons Tränen.

„Du bist kein Arschloch. Und du bist trotzdem sehr gut im Bett." Sie schauderte und schaute ihn mit verklebten Wimpern an. Ihre Wimperntusche war verlaufen und hatte sich um die Augen verteilt.

„Danke für die Blumen!" Er grinste und wischte vorsichtig die Kriegsbemalung von ihrem Gesicht. Es erschien ihm an der Zeit, das Gespräch in andere Bahnen zu lenken, denn er hatte fast die Befürchtung, dass sie ihm gleich eine Liebeserklärung machen würde. „Komm, erzähle mir alles über deinen Romeo. Wie habt ihr euch denn kennengelernt?"

Ein kurzes Strahlen huschte über ihr Gesicht, Allison wurde selten aufgefordert, ihre Story zu erzählen.

169

Brian lächelte sie aufmunternd an und lehnte sich innerlich zurück - das konnte eine lange Nacht werden. Sie begann, ihm alle Einzelheiten zu erzählen. Bei den romantischen Passagen sammelten sich wieder Tränen in ihren Augen. Doch langsam rutschte sie immer näher zu Brian, wie dieser amüsiert feststellte. Ihr Blick saugte sich während ihren Schilderungen an seinem Gesicht fest und ihre Stimme wurde leiser. Es war, als hätte sie den Faden verloren, dann neigten sich ihre Lippen den seinen zu und sie küsste ihn zärtlich. „Bitte lass uns in dein Zimmer gehen."

Am nächsten Morgen erwachte Brian allein in seinem Bett. Das Laken neben ihm war warm, Allison musste gerade erst gegangen sein. Er verspürte wenig Lust, ihr zu folgen.

„Oakley, du verdammtes Rindvieh! Warum konntest du nicht einmal deine Finger bei dir behalten? Musstest du sie unbedingt noch einmal vögeln? Langsam solltest du gelernt haben, dass nicht jede Gelegenheit eine gute ist."

Ihr Parfum lag noch in der Luft. Es würde sich ebenso langsam verflüchtigen wie die Vorwürfe, die er sich machte. Allison hatte etwas gemurmelt, als sie entspannt und träge in seinen Armen lag, was ihn zutiefst erschreckt hatte: „Warum soll ich mich mit dem Schüler zufrieden geben, wenn ich den Lehrer haben kann?" ♥

# 8

## Auflösungserscheinungen

Mona streckte den Kopf durch die Küchentür und grinste. „Hej, toll, dass ihr alle da seid. Wenn wir zusammen frühstücken, müssen wir nicht wieder so eine dramatische Krisensitzung abhalten." Sie machte ein geheimnisvolles Gesicht. „Ich habe euch etwas mitzuteilen."

Tommy, Bea und John hatten es sich schon am Tisch bequem gemacht. Gespannt sahen sie Mona entgegen, als sie herüberkam und sich langsam setzte. Sie musste den Stuhl weit zurückziehen, damit ihr mittlerweile beachtlicher Bauch Platz fand.

Brian stand noch am Herd und bereitete das Rührei zu. „Das klingt ja unheimlich spannend." Es fiel ihm schwer, seine Niedergeschlagenheit zu verbergen. Nicht nur, dass er noch immer Doro und ihren neuen Lover mit jedem Atemzug in die Hölle wünschte, jetzt hatte er auch noch Allison am Hals.

Er füllte das dampfende Ei in eine Schüssel und ging dann auch an den Tisch. Da Mona noch nicht angefangen hatte, schien sie auf ihn zu warten. „Was ist, hast du beschlossen, das Kind hier in der Wohnung zu bekommen? Eine Hausgeburt auf dem Küchentisch?" Brian grinste sarkastisch, während er sich setzte.

Doch Mona ließ sich nicht aus der Ruhe bringen, sie legte ihre Hand auf Johns, da er sehr skeptisch schaute. Die letzten offiziellen Neuigkeiten, die Mona in diese Runde gebracht hatte, hatten für ihn traumatische Ausmaße angenommen.

„Gut." Sie drückte ächzend den Rücken durch und nahm die für Schwangere übliche, leicht nach hinten gebeugte Sitzhaltung ein. „Vielleicht sollte ich voranschicken, wie gern ich Euch alle mag. Es kann schon sein, dass meine Entscheidung nicht jedem von Euch gleich gut gefällt." Sie drückte Johns Hand und lächelte ihm zu.

„Also, um es kurz zu machen: Ich werde ausziehen. Eine Wohnung habe ich schon, den Vertrag habe ich gestern unterschrieben."

Mona machte eine Pause, um ihnen die Möglichkeit zu geben, sie zu bestürmen. Doch vorerst herrschte betretene Stille. Nur Johns keuchendes Ausatmen war zu hören. Ungläubig sahen ihre Mitbewohner sie an.

Tommy schüttelte den Kopf. „Mona, das kann doch nicht dein Ernst sein! Du bist hochschwanger! Willst du mit dem Neugeborenen mutterseelenallein in deiner neuen Bude sitzen? Und was ist mit uns? Mit John?"

„Erstens ist es wirklich direkt um die Ecke, wir können uns also jederzeit sehen. Und zweitens habe ich es mir genau überlegt. Ich brauche Ruhe mit dem Kind und vor allem Platz. Es ist viel zu eng hier. Wir bräuchten dringend noch ein zusätzliches Zimmer." Sie schaute in der Hoffnung auf ein wenig Zustimmung in ihre Gesichter.

Aber Tommy knurrte sie nur mürrisch an. John konnte den Blick nicht von ihr abwenden, er war bleich geworden. Er versuchte, seine Gefühle nicht preiszugeben, doch sein Ausdruck sprach Bände.

Bea stupste Brian an. „Nun sag doch etwas. Sag ihr, wie dumm das ist."

„Sag es ihr doch selbst. Mona ist alt genug, um zu wissen, was sie tut, oder? Ich bin auch nicht erfreut, aber was soll ich dazu sagen? Ich wünsche dir viel Glück." Brian stand auf und verließ schnellen Schrittes das Zimmer. Bea schaute ihm sprachlos hinterher.

Dann legte sie Mona eine Hand auf die Schulter. „Hör mal, wir haben uns doch zu Beginn deiner Schwangerschaft darüber unterhalten, dass du vielleicht Hilfe brauchst, wenn das Kind da ist. Wieso wartest du nicht wenigstens, bis du dich an den neuen Rhythmus gewöhnt hast? Du wirst keine Nacht durchschlafen können, und das Baby braucht dich auch am Tage ständig."

Plötzlich hob John den Kopf. „Wenn sie es sich gut überlegt hat, wird sie schon ihre Gründe haben." Er lächelte Mona an. „Du kannst auf meine Hilfe zählen. Brauchst du jemanden zum Renovieren? Zum Möbelschleppen?"

Mona drückte ihm dankbar die Hand. „Es kann schon sein, dass mir mein Bauch bei der einen oder anderen Arbeit ein bisschen im Weg ist." Damit war die Diskussion beendet.

Im Hinausgehen fragte Tommy Mona kurz: „Kannst du dir eigentlich eine eigene Wohnung leisten? Du verdienst doch gar nichts und kannst mit dem Baby auch weiterhin nicht arbeiten."

Sie schaute ihn spitzbübisch an. „Sponsored by Mama." Dann verschwand sie schnell in den Flur.

Tommy konnte es nicht fassen. „Was? Für so einen Blödsinn gibt sie dir Geld?" Er dachte gerade an seine letzte Anfrage bezüglich eines Vorschusses für das Mischpult, das ihm nach wie vor fehlte. Negativ. Mona drehte sich an ihrer Zimmertür noch einmal um. „Sie wird Oma. Und es gibt ein Gästezimmer in meiner Wohnung." ♥

Sie hatten verabredet, dass Tommy Leon von der Arbeit abholte. Da der Chef de Bar natürlich nur als letzter den Thekenbereich verlassen konnte, hatte sich Tommy auf Wartezeit eingerichtet. Eigentlich war er sogar recht früh dran.

Er genoss es, seinen Geliebten bei der Arbeit zu beobachten. Leon strahlte solche Eleganz und Charme aus, dass es Tommy mit großem Stolz erfüllte, dass er zu ihm gehörte. Jeder Griff saß, er verstand sein Handwerk.

Amüsiert bemerkte er, dass auch die vereinzelt anwesenden Damen ihre Augen nicht von Leon lassen konnten. Eine tief ausgeschnittene Frau versuchte die ganze Zeit, sein Interesse für sich zu gewinnen, doch er reagierte nur mit höflicher Distanziertheit.

Nachdem Tommy die Spinatwachtel eine ganze Weile mit einer gewissen Schadenfreude beobachtet hatte, wendete sich seine Aufmerksamkeit wieder Leon zu. Es machte ihm Spaß, ihn gemeinsam mit Maria zu sehen. Die beiden waren ein eingespieltes Team. Tommy schmunzelte, es erinnerte ihn an eine Art Ballett, wie sie ihre Bewegungen aufeinander abzustimmen schienen.

Er schaute hoch, weil er Leons tiefes Lachen gehört hatte; der Grieche sah ihm direkt in die Augen. „Ich hatte gefragt, ob du noch etwas trinken möchtest, aber du scheinst auf einer Wolke zu schweben."

Tommy grinste. „Was hast du denn Leckeres anzubieten?" Leon schob ihm einen bunten Cocktail herüber. „Das bringt deine Säfte in Wallung!" Er zwinkerte ihm unauffällig zu.

Maria schaute die beiden Männer interessiert an, irgendetwas erschien ihr seltsam. Sie hatte bemerkt, dass Leons Augen manchmal liebevoll auf dem jungen Schweden ruhten, wenn er sich unbeobachtet fühlte. Er schien ihn sehr zu mögen.

Sie wünschte sich, dass er *sie* auch so ansehen würde.

Doch auch Tommy gefiel ihr überaus gut, gerade begegneten sich zufällig ihre Blicke. Diskret zog sie die Augenbrauen hoch. Es machte Maria große Freude, zurückhaltend mit ihm zu flirten.

Erstaunt fing sie einen missbilligenden Blick von Leon auf. Sie lächelte ihn entschuldigend an und versuchte, Tommy zu ignorieren. Doch sobald sie an ihm vorbeiging, sah sie in seine spöttischen blauen Augen; er hatte Gefallen daran gefunden, Leon ein wenig zu ärgern. Das zarte Geplänkel zog sich so lange hin, bis die letzten Gäste gegangen waren.

Während Leon hinter der Bar aufräumte, ging Tommy kurz zur Toilette. Auf dem Rückweg begegnete ihm der Grieche auf dem Gang. Er sah mächtig sauer aus.

Leon trat ihm in den Weg und sah zornig auf ihn herab. Tommy wollte ihn gerade anlächeln, als er ihn mit Schwung gegen die Wand drückte, ein Knie schob sich zwischen seine Beine. „Tommy, du gehörst zu mir. Du solltest dir genauer überlegen, wie du deinen Charme einsetzt." Leons Stimme war rau vor unterdrückter Wut.

Als er Maria in der Tür stehen sah, ließ er ihn los und rauschte an ihr vorbei in den Personalbereich. Sie ging ihm respektvoll aus dem Weg und sprach ihn lieber nicht an.

Besorgt wandte sie sich an Tommy, der Leon verdutzt nachschaute. „Ist alles in Ordnung? Hat er dich angegriffen oder so etwas?" Sie schaute ihn ungläubig an, das sah ihrem Vorgesetzten so gar nicht ähnlich. Tommy grinste sie verlegen an: „Er ist eifersüchtig."

Er konnte an ihrem Gesicht sehen, wie es in ihrem Hirn arbeitete. Offensichtlich ging sie gedanklich alle Möglichkeiten durch und sah ziemlich verwirrt aus.

Leon erschien wieder in der Türöffnung, die er fast komplett ausfüllte. Maria zupfte noch Tommys Hemdkragen zurecht und zog sich dann schnell zurück. Sie sah Leon im Vorbeigehen unsicher an.

Er lächelte, doch sein Gesichtsausdruck wurde wieder leicht grimmig, als er Tommys Blick begegnete. Langsam ging er zu ihm, er senkte die Augen. „Es tut mir leid, mein Temperament ist wohl mal wieder mit mir durchgegangen."

Leon sah kurz hoch und lächelte ihn zärtlich an. „Was hast du ihr erzählt?"

„Keine Panik, ich kann auch ein wenig diskret sein. Ich habe ihr nur gesagt, dass du eifersüchtig warst. Auf die Schnelle fiel mir keine andere plausible Begründung ein. Mach' was draus." Tommy grinste ihn schelmisch an. „Entweder lebst du damit, dass sie denkt, dass du etwas für *sie* empfindest, oder du sagst ihr die Wahrheit."

Leon schüttelte bestimmt den Kopf. „Lieber die Wahrheit, als ihr Gefühle vorzugaukeln. Ich mag sie viel zu sehr, als dass ich ihr etwas vormachen würde. Ich denke, unser Geheimnis ist bei ihr in guten Händen." Tommy sah ihn zweifelnd an: „Verschwiegene Frauen?"

Leon grinste ihn an. „Maria, sind Sie noch da?" Vorsichtig schaute sie durch die Tür und kam zu ihnen, als er sie herangewunken hatte.

„Ich glaube, ich bin Ihnen eine Erklärung schuldig, ich habe mich gerade recht seltsam verhalten." Leon sah sie zerknirscht an.

„Kein Problem, es ist alles klar. Sie sind mir keine Rechenschaft schuldig."

Er suchte nach den richtigen Worten; hilfesuchend sah er Tommy an, doch der Schwede zuckte nur mit den Schultern. Leon kamen nur Phrasen in den Sinn, die unheimlich flach geklungen hätten. Er seufzte, eigentlich war ihm das Ganze noch zu frisch, um sich vor Maria zu „outen", aber es blieb ihm nicht viel anderes übrig.

Es war ruhig um sie herum geworden, sie schienen die Letzten zu sein. Da sie sonst niemand stören konnte, entschied sich Leon fürs Handeln, statt irgendwelche Erklärungen abzugeben. Er angelte nach Tommy und zog ihn an sich, langsam und zärtlich legten sich seine Lippen auf seinen Mund. Marias Augen wurden immer größer, damit hätte sie zuletzt gerechnet.

174

Leon grinste sie verschwörerisch an: „Ich möchte Sie bitten, dass das unter uns bleibt. Halten Sie das für möglich?"

Sie war sprachlos, doch sie nickte mechanisch. Resigniert hob sie die Schultern, die tollsten Männer waren doch immer besetzt oder schwul. Aber sie grinste ebenfalls: „Jetzt sehe ich etwas klarer."

Eine ganze Zeit später lagen die beiden schwer atmend nebeneinander im Bett. Sie waren förmlich übereinander hergefallen, da das Adrenalin, das der Vorfall produziert hatte, noch durch ihre Blutbahnen pulsierte. Nur zu gern hätte Tommy „richtig" mit Leon geschlafen, doch zu dem Schritt war der Grieche bisher noch nicht bereit gewesen.

Tommy hatte sich in Leons Arm gekuschelt und zog spielerisch an den wenigen Haaren auf seiner Brust. „Du bist ganz schön besitzergreifend. Bitte versuche nicht, mir die Flügel zu stutzen."

Leon wich seinem Blick aus. „War das eine Drohung? Willst du mit so einem besitzergreifenden Kerl nicht länger zusammen sein?"

„Nein, eine Bitte." Zärtlich kniff er Leon in eine Brustwarze und grinste, als er überrascht zusammenzuckte. Der Grieche rieb sich mit anklagendem Blick die empfindliche Stelle. „Es tut mir leid, ich bin manchmal wie mein Vater, ich habe das immer an ihm gehasst."

Tommy stützte sich auf und sah ihn an: „Weißt du, mich hat gewundert, dass du nicht sauer warst, weil ich dich geärgert habe, sondern du warst *wirklich* eifersüchtig. Leon, ich bin schwul, ich mag Frauen einfach nur so. Und Maria ist echt nett. Bei dir bin ich gar nicht so sicher, ob du nicht zumindest bisexuell bist. Und du bist als Schwuler de facto noch immer Jungfrau."

Leon schaute ihn entrüstet an. „Was soll das denn heißen? Nennst du das, was wir tun, etwa *keinen* Sex?"

„Nicht wirklich." Tommy grinste ihn an. „Du hast deinen wunderbaren Schwanz noch nirgendwo hineingesteckt, oder? Es wird langsam Zeit, dann kannst du die einzigen Momente, in denen du mich richtig besitzen kannst, auch genießen."

Leon sah peinlich berührt aus, er hatte manchmal Probleme mit Tommys lockerer Ausdrucksweise. Seine Erziehung verbot es ihm, über solch heikle Themen offen zu reden. Er druckste ein wenig herum: „Es ist einfach nicht mein Stil, über die Hintertür hereinzukommen."

Tommy lachte: „Oh, der Herr möchte mit edler Standarte durch das Stadttor einreiten. Entschuldige bitte, ich habe nur den einen Eingang." Dann fügte er feixend hinzu: „Wenn es dir lieber ist, kann ich es dir auch vormachen. Es ist noch kein stolzer Grieche daran gestorben, dass er einen Schwanz in den Hintern bekommen hat!"

Leon schluckte hart und sah ihn entsetzt an, diese Variante hatte er noch gar nicht in Erwägung gezogen.

„Hej Tiger, das war doch nur ein Scherz, natürlich darfst du vorerst der starke *Mann* sein. Am besten sofort, bevor du zu lange darüber nachdenkst." Tommy angelte nach der Flasche mit dem Gleitmittel und nahm unauffällig ein Kondom aus der Packung unter dem Bett. Zum Glück hatten sie sich für die WG zum Übernachten entschieden. Er versuchte, Leon so unauffällig wie möglich vorzubereiten, doch der Grieche weigerte sich, auf Ablenkungen zu reagieren. „Tommy, ich kann das nicht einfach so." Er ließ ihn widerstrebend gewähren, als er ihm das Kondom überstreifte. Finster schaute er dabei zu.

„Wieso, musst du noch deinen Schutzzauber aktivieren und ein paar Gebete sprechen? Komm schon, lass dich einfach fallen."

Leon wandte die Augen verzweifelt gen Himmel; es reizte ihn schon, das Gefühl kennenzulernen, völlig eins mit Tommy zu sein. Doch Sodomie stand in der Tat ziemlich weit oben auf der Liste der Verdammnis.

Tommy streichelte Leon das schweißnasse Haar aus der Stirn, zärtlich betrachtete er die edlen Gesichtszüge des Griechen. Sein Finger begann den kantigen Konturen nachzufahren, er glättete seine kräftigen Augenbrauen und legte sich dann auf die Lippen, die amüsiert zuckten. Leons Mundwinkel hoben sich, und er öffnete langsam die Augen.

„An welchen griechischen Gott erinnerst du mich? Ich kenne mich in der Mythologie nicht so gut aus.", flüsterte Tommy ihm ins Ohr. Leon schmunzelte: „Prometheus, er hat den Menschen das Feuer gebracht - mit einem glühenden Stängel."

„Willst du damit sagen, dass dir der Zauberstab brennt? Kein Wunder, du warst auch unersättlich und sehr temperamentvoll. Wahrscheinlich kann ich eine Woche lang nicht sitzen." Tommy verzog schmerzvoll das Gesicht, doch seine Augen verrieten, dass er ihn necken wollte. „Soll ich ihn dir eincremen?" Er schaute Leon fragend an.

„Bitte, ich möchte nur noch schlafen, und dann können wir es ruhig wieder tun, und dann schlafen ... Ich könnte ewig so weiter machen ..." Leons Stimme erstarb in einem Flüstern, und er war eingeschlafen. Tommy lächelte glücklich und schmiegte sich an ihn. ♥

„Und am Ende wurde alles gut. Denn die gute Fee hat das Aschenbrödel an die Seite genommen und einen Tee mit ihr getrunken. Dabei hat sie ihr vor Augen geführt, dass der Prinz ihre Gutmütigkeit ausgenutzt und sie zu seinem persönlichen Vergnügen benutzt und gedemütigt hatte. Aber der Prinz war kein schlechter Mensch. Er hatte sogar die ganze Zeit geglaubt, ihr einen Gefallen zu tun. Doch das Aschenbrödel hatte den Wink der Fee verstanden. Ohne den Prinzen war sie viel besser dran. Es tat ihr nur furchtbar leid, dass sie die wunderschöne Kutsche, die er ihr geschenkt hatte, wieder zurückgeben musste. Denn sie liebte die Bequemlichkeit des Gefährts und seine außergewöhnliche flaschengrüne Farbe. Aber dieses Opfer musste sie bringen, um zu einem unbeschwerten Leben zurückzufinden." Bea streichelte versonnen das Lenkrad des Fiats, der ihr in kürzester Zeit ans Herz gewachsen war.

Sie lächelte, Mona hatte die gute Fee gespielt. Sie war einfach fabelhaft gewesen. Ihre Freundin hatte sie nur erzählen lassen, ohne irgendeinen Kommentar zu dem Geschehen zu geben. Erst langsam hatte Bea den Sinn ihrer eigenen Worte begriffen, und dann war es ihr wie Schuppen von den Augen gefallen. Was war sie doch für eine blöde Kuh gewesen!

Es war, als hätte Alex ihr einen Zerrspiegel vorgehalten, der ihr zeigte, welches Bild sie von sich selbst gehabt hatte. Er hatte ihre Schwächen ausgelotet und sie genau so behandelt, wie die Person im Spiegel. Dass er es mit einer Unverfrorenheit getan hatte, die sie immer wieder erschreckte, hatte sie endgültig aufgerüttelt.

Aber Bea wusste jetzt, dass sie nicht minderwertig und hässlich war. Sie hatte durch diese weitere katastrophale Beziehung gelernt, dass sie stark sein konnte. Und sie hatte sich gegen Alex' Manipulationen gewehrt, statt immer nur den Kopf in den Sand zu stecken.

„Okay, dann wollen wir es mal angehen." Bea stieg aus und ging auf das Haus zu. Im Vorbeigehen bemerkte sie einen auffälligen Ferrari, der sie dunkel an jemanden erinnerte.

„Oh, hi, Süße! Hattest du angerufen oder so was? Wir waren doch nicht verabredet, oder?" Alex öffnete ihr in Unterhosen und schien ziemlich nervös zu sein.

„Mach dir keine Umstände, nein, wir waren nicht verabredet. Du brauchst Lulu auch nicht zu verstecken, ich habe ihr Auto gesehen. Aber das ist schon in Ordnung so. Ihr habt euch verdient."

Alex sah sie betreten an und lächelte unsicher. Ihr selbstsicheres Auftreten schien ihn zu irritieren.

Bea deutete auf einen Stapel mit flachen Kartons, die sie neben der Wohnungstür abgestellt hatte. „Hier sind alle deine Geschenke, ich möchte sie dir gern zurückgeben." Schweren Herzens reichte sie ihm auch den Autoschlüssel.

„Nein, ich möchte, dass du alles behältst. Was soll ich mit dem ganzen Krempel?"

Sie lächelte süffisant. „Wenn es dir nichts ausmacht, würde ich das Auto gern behalten. Du hast ja schon geschaut, ob dich auch keiner sieht, wenn du nur mitgefahren bist. Sicher ist es unter deiner Würde."

„Ja klar. Die Klamotten solltest du auch wieder mitnehmen, ein wenig ordentliche Garderobe kann dir nicht schaden."

Aus Beas Lächeln wurde ein breites Grinsen. „Vielen Dank, ist nicht mein Stil." Als sie die Treppe ein letztes Mal hinunterging, drückte sie den Autoschlüssel glücklich an ihre Brust. ♥

„Stell den Kartoffelsalat dorthin, da bleibt er schön kühl. Das Fenster ist undicht, warum soll es nicht auch mal zu etwas gut sein, wenn es zieht wie Hechtsuppe?" Mona deutete auf die Fensterbank und Bea stellte die große Schüssel erleichtert ab.

Brian kam gerade in das Zimmer. „Du hast Kartoffelsalat gemacht?" Erstaunt sah er Bea an. „Ich wusste bisher nicht, dass du solche Hausfrauenqualitäten besitzt."

Sie verzog beleidigt das Gesicht. „So, wie ihn meine Mutter immer gemacht hat. Ich glaube nicht, dass ihr schon einmal besseren deutschen Kartoffelsalat gegessen habt."

Geschlagen hob er die Hände und grinste. „Niemals würde ich mich mit alten, überlieferten Familienrezepten anlegen. Gerade bei einfachen Gerichten sind sie die allerbesten."

„Hm!" Bea verschränkte die Arme. „Ich hoffe doch sehr, dass wir mit *einfachen* Würstchen und dem Salat deinen 5-Sterne-Ansprüchen gerecht werden können."

„Wenn ich zehn Kilo Farbe an die Wand geklatscht und zentnerweise Tapeten verklebt habe, würde ich mir nichts Himmlischeres wünschen können."

„Angeber! Bevor du derart aufschneidest, solltest du im Schlafzimmer die Löcher in der Wand zuschmieren. Die Erreichbaren habe ich schon gemacht, aber auf die Leiter bekommst du mich nicht mit dem Bauch." Mona schmunzelte und reichte ihm einen Becher mit angerührter Füllmasse. „Beeil dich, sonst fängt es an zu bröseln."

Als sie gemeinsam ins Schlafzimmer kamen, schaute John von seiner Arbeit auf. Er stemmte gerade Schlitze in die Wand, um Steckdosen zu verlegen. Mona war erstaunt, dass er ein sehr talentierter Handwerker zu sein schien.

„Schau doch mal bitte, wo du noch Strom brauchst. Bisher habe ich nur an den üblichen Stellen Steckdosen vorgesehen. Wo soll dein Bett stehen?" John sah sie fragend an.

Mona stellte sich mit dem Rücken an eine Wand. „Hier soll das große Doppelbett stehen." Sie breitete die Arme aus.

John schluckte. „Doppelbett? Brauchst du denn allein so viel Platz? Oder willst du es mit jemandem teilen?" Der Gedanke kam ihm erst jetzt. Ob Mona einen anderen Mann kennengelernt hatte?

Sie grinste breit. „Nun, ich dachte, vielleicht möchtest du ja hin und wieder bei mir übernachten, wenn du deine Tochter besucht hast. Du kannst natürlich auch im Gästezimmer schlafen ..."

Er stand auf und ging langsam auf sie zu. „Wir bekommen eine Tochter? Ein kleines Mädchen?" Zärtlich streichelte er mit beiden Händen über ihren überdimensionalen Bauch.

Mona lächelte. „Meistens haben Töchter es an sich, dass es Mädchen sind. Und süß sind sie. Ihren Papa wickeln sie locker um den kleinen Finger." Sie zupfte ihm ein Gipsknubbelchen aus der Augenbraue.

Johns Augen glitzerten verräterisch. „Papa!" Dann strafften sich seine Schultern, er atmete tief durch. „Also gut, wo sollen denn nun die Steckdosen hin?"

Mona beobachtete erfreut, dass er zufrieden vor sich hin lächelte, während er voller Energie auf das Stemmeisen schlug.

John hatte genug gelitten.

Es klingelte. Bea signalisierte, dass sie die Tür öffnen würde.

Tommy und Leon waren eingetroffen. Sie brachten eine strahlende Laune mit. Ihr Bruder umfasste Mona ungestüm. „Hej, kleine, dicke Mama, wie geht es dir? Wenn ich dich umarme, fühlt es sich fast an, als wäre es Leon." Er flüsterte ihr verschwörerisch ins Ohr: „Leon hat ein kleines bisschen zugelegt, so um die Körpermitte. Nur so, dass man das Waschbrett nicht mehr so gut sehen kann. Man sollte es nicht glauben, aber er ist ziemlich eitel."

Leon sah Tommy knurrig an und warf ihn sich kurzerhand über die Schulter. „Hallo, Süße!" Er beugte sich herunter und gab Mona einen Kuss auf die Wange. „Brauchen wir noch etwas zum Essen? Wir könnten diesen Satansbraten auf den Grill schmeißen. Schöner, zarter Schinken." Leon gab Tommy einen kräftigen Klaps auf den Hintern. Dann ließ er ihn wieder heruntergleiten. Nach einem Blick in seine lachenden Augen küsste Leon den jungen Schweden zärtlich.

Mona grinste, sie fühlte sich etwas fehl am Platze und blickte sich unwillkürlich nach John um.

„Essen fassen!" Bea schlug mit einem Schraubenzieher auf einen Blecheimer, der vom Vormieter freundlicherweise zurückgelassen worden war. Angelockt von den blechernen Klängen, hatten sich alle „ihre Männer" schnell zusammengefunden. Hungrig fielen sie über die Würstchen und den Kartoffelsalat her.

Mona ließ schmunzelnd den Blick über ihre Freunde gleiten, sie sahen gut aus in ihren Arbeitsklamotten. Ihre Tochter drückte ihre Begeisterung mit ein paar kräftigen Tritten gegen ihre Bauchdecke aus.

John setzte sich mit seinem gefüllten Teller neben sie. „Was ist mit dir? Möchtest du gar nichts essen?"

„Nein danke, im Moment ist dein Töchterchen ziemlich ungezogen. Sie spielt mit meinem Magen Fußball." Mona stöhnte leise, während sich ihr Bauch grotesk verformte.

Er stellte sein Essen zur Seite und legte die Hand auf die große Beule, die sich an einer Seite gebildet hatte. Fasziniert fühlte er, wie Bewegung in die Sache geriet; er hatte das Gefühl, als würde sich das Baby in seine Hand schmiegen. „Es ist bald vorbei." Zögernd sah er Mona an. „Darf ich dabei sein? Du weißt schon."

Sie nickte leicht. „Ich habe schon oft darüber nachgedacht. Eigentlich möchte ich dir die Geburt nicht vorenthalten." Mona lehnte sich etwas zurück und musterte ihn eingehend. „John, ich werde dich brauchen. Stehst du das durch? Wir dürfen beide nicht schlappmachen."

Ein wenig beleidigt runzelte er die Stirn. „Warum sollte ich dir nicht vernünftig zur Seite stehen? Ich hätte dich bisher viel mehr unterstützt, wenn du mich nur gelassen hättest."

Mona gab ihm ein zartes Küsschen. „Dann ist ja alles klar. Die kleine Maus ist wohl eingeschlafen. Ran an die Würstchen!" John sah ihr zu, wie sie einen riesigen Löffel Kartoffelsalat auf ihren Teller schaufelte.

„Ich habe Angst", dachte er, „und ich weiß, dass du auch welche hast." ♥


Tommy kam aus der Dusche und lief, wie ihn der liebe Gott geschaffen hatte, durch Leons Wohnung. Er hatte vergessen, seine Kleider mit ins Bad zu nehmen, ein Organisationstalent war er noch nie gewesen. Erschwerend kam hinzu, dass die Klamotten überall verteilt lagen, da sie sich am Abend zuvor in mehreren Zimmern der Liebe gewidmet hatten.

Leon stand in der Tür zum Wohnzimmer und hielt schmunzelnd eine Socke in der Hand. Er beobachtete belustigt, wie Tommy die andere zwischen den Zähnen festhielt. Unter einem Arm trug er bereits mühsam ein zusammengeknäueltes Kleiderbündel, und mit der anderen Hand suchte er unter den Sofakissen. Er schien die zweite Socke zu vermissen.

Als er Leon sah, grinste Tommy breit, darauf bedacht, dabei den Strumpf nicht fallen zu lassen. „Hej Tiger, weischt tu, wo meine Schocke isch?" Das Grinsen wurde breiter, Leon stopfte ihm den vermissten Übeltäter in sein Kleiderbündel und nahm ihm dann die andere Socke aus dem Mund.

„Nett, dass du fragst." Er zog ihn in seine Arme, die Klamotten fielen in ei-

180

nem Häufchen zu Boden. „Du hast geduscht, hm? Ich liebe diesen Geruch des Duschgels, wenn er sich mit dem warmen Duft deiner Haut vermischt." Leons Nase rieb sich in Tommys Halsbeuge. Zärtlich glitten seine Hände über die samtweiche Haut des Schweden, wo sie eine Gänsehaut hinterließen. Tommy bebte, doch er hatte wirklich vor, sich anzuziehen. „Leon, komm, lass mich bitte, wir müssen doch noch bei der WG vorbei, bevor wir Essen gehen können. Das war schließlich deine Idee, den feinen Laden auszusuchen. Können wir nicht einfach zum Italiener gehen? Dann muss ich mich nicht in den feinen Zwirn werfen, wir müssen nicht zur WG und wir könnten ..."
Widerstrebend ließ Leon ihn los und hob seine Sachen auf. „Na gut, dann mach schnell, wenn ich dich noch lange so ohne etwas am Leib sehe, vergesse ich mich."
Tommy sah ihn verführerisch an und fuhr sich mit der Zunge aufreizend über die Lippen. „Bist du dir auch ganz sicher? Ich möchte den Abend sowieso lieber ein bisschen ungezwungener verbringen. Warum bist du nur so scharf darauf, mich in dieses Luxusrestaurant zu schleppen? Da muss ich mich benehmen. Wer weiß, vielleicht könnte ich dir beim Italiener unter dem Tisch ... natürlich nur, wenn keiner hinguckt." Seine Augenbrauen hoben sich schelmisch. Leon grinste, zum Glück hatte Tommy noch keine ganz scharfen Geschütze aufgefahren. Wenn er ihn anfasste, konnte es sein, dass er nachgab. „Ich möchte dich heute groß ausführen, ich habe meine Gründe. Bitte tu mir den Gefallen, ja?"
Mit vorgeschobener Unterlippe nahm der junge Schwede seine Sachen und verzog sich ins Badezimmer. Nachdem Tommy in so eine Art Bummelstreik verfallen war, schafften sie es dann doch noch, eine halbe Stunde zu spät anzukommen.
Sie sahen beide sehr elegant aus, als sie von dem vornehmen Empfangschef an ihren Tisch geführt wurden. Ihre Verspätung hatte er missbilligend zur Kenntnis genommen, aber keine Miene verzogen.
Tommy schmollte noch immer ein bisschen. „Ich komme mir vor wie in ‚Pretty Woman', du erwartest hoffentlich nicht von mir, dass ich Schnecken oder so ein Zeug esse?"
Schmunzelnd blickte Leon ihn an. „Sei ein wenig locker, wenn du aus dem Film etwas gelernt hast, hast du keinen Grund, nervös zu sein: Das Besteck immer von außen nach innen. Ansonsten einfach nicht aus der Blumenvase trinken und nicht laut rülpsen."
Der Schwede lächelte ihn ein wenig schief an. „Wenn ich ein bibberndes Mädchen wäre, würde ich jetzt ein feuchtes Höschen bekommen. Ich würde zumindest stark vermuten, dass du mir gleich einen Antrag machst."
In Leons leuchtenden Augen machte sich Heiterkeit breit. „Ich dachte, dass

ich wenigstens bis nach dem Dessert damit warte. Dass ihr Musiker aber auch immer so ungeduldig sein müsst."

Während sie das Essen vor sich stehen hatten, warf Tommy ihm öfter prüfende Seitenblicke zu. Er hatte die Bemerkung unkommentiert gelassen, was bei ihm nicht oft vorkam. Was hatte Leon vor?

Nachdem der Grieche einen Espresso zum Abschluss bestellt hatte, sah er Tommy tief in die Augen. „Tommy, du bist ein wundervoller Mensch, ein göttlicher Liebhaber, ich liebe es, Kuchenkrümel im Bett zu haben und ..."

Der junge Mann unterbrach ihn abrupt. „Kommt jetzt das ‚Aber'"? Ist es das, du willst mich freundlich, aber bestimmt abservieren, oder?" Panik leuchtete in Tommys Augen auf.

Leon lachte, von den anderen Tischen wurden ihnen bereits aufmerksame Blicke zugeworfen. „Tommy, du bist so ein Chaot, bitte lass mich doch einfach ausreden. Nein, ich will dich nicht abservieren."

„Dann lass bitte dieses schwülstige Getue, bitte, du machst mich ganz unsicher. Weil ich ... ich könnte nicht ohne dich leben, ich ... - Leon, ich liebe dich!" Der Grieche und fast alle Menschen im Raum sahen ihn sprachlos an. Tommy hatte in seiner Erregung völlig vergessen, die Stimme zu senken. Bis in den letzten Winkel hatte man ihn klar und deutlich verstanden.

Leons Gesicht war unbewegt. „In einem amerikanischen Film würden jetzt alle Gäste aufstehen und dem strahlenden Paar applaudieren." Seine Lippen zuckten amüsiert, zärtlich streichelte er über Tommys Arm, weil er das Gesicht in seinen Händen vergraben hatte, teils aus Angst vor Leons Reaktion auf seinen Ausbruch, und dann vor Scham, als ihm klar wurde, dass er den ganzen Saal unterhalten hatte.

„Tommy, ich wollte dich schlicht und einfach fragen, ob du nicht bei mir einziehen möchtest. Das ist ein wichtiger Schritt, deshalb wollte ich ein angemessenes Ambiente schaffen. Es tut mir sehr Leid, wenn du dich in diesem Umfeld nicht wohlfühlst. Bitte verzeih mir."

Leon wollte gerade fortfahren, da stand der Kellner mit einem kleinen silbernen Tablett neben ihnen am Tisch und räusperte sich. Es war ihm offensichtlich sehr unangenehm. „Entschuldigen Sie bitte vielmals, aber ich muss Sie bitten, das Lokal zu verlassen. Die anderen Gäste fühlen sich gestört und die Restaurantleitung hat mich angewiesen, Ihnen die Rechnung zu bringen" Der Mann hielt die Augen niedergeschlagen und hatte feuerrote Ohren.

„Es ist sehr interessant zu erfahren, dass man in diesem Etablissement offensichtlich selbst seine Rechte als Gast verliert, sobald man nicht in die Norm passt. Ich glaube nicht, dass wir weiterhin Wert darauf legen, Ihre Gastfreundschaft in Anspruch zu nehmen." Leon legte hocherhobenen Hauptes seine Kreditkarte auf das Silbertablett.

Draußen vor der Tür schauten sie sich an und lachten befreit.

Leon hielt sich atemlos die Seite. „Tommy, du bist unglaublich! Ich bin noch nie aus einem Restaurant geflogen."

„Hör mal, wenn du mir demnächst etwas mitteilen willst, dann tu es bitte an einer Currywurstbude. Dann kann ich mich wenigstens auf das konzentrieren, was gerade angesagt ist." Er wurde wieder ernst und sah Leon unsicher an.

„Du hast gar nichts gesagt. Ich meine, ich habe dir gerade etwas gestanden, was ich dir eigentlich anders rüberbringen wollte. Vor allem in einer weniger lächerlichen Situation."

Leon zog ihn in einen Hauseingang und nahm ihn sanft in den Arm, er küsste ihn zärtlich. „Das ist keine Antwort."

„Was möchtest du hören? Glaubst du wirklich, ich bitte dich, bei mir einzuziehen, weil ich dich nicht leiden kann? Darauf hast du übrigens auch noch nicht geantwortet." Leon sah ihn stirnrunzelnd an.

„Wenn ich Adonis mitbringen kann, und Lu, und wenn ich weiter im Stehen pinkeln darf. Ach ja, ich möchte eine Kaffeemaschine." Tommy grinste über den erstaunten Gesichtsausdruck des Griechen.

„Möchtest du einen Vertrag aufsetzen, oder akzeptierst du die Bedingungen auch per Handschlag?" ♥


John stand vor Monas Wohnungstür, sie war angelehnt, also ging er hinein. „Ich komme sofort, ich musste ganz plötzlich zur Toilette."

Er schmunzelte. „Lass dir ruhig Zeit, ich packe mein Werkzeug schon mal aus." Grinsend stellte er sich vor, dass er gleich einen Vortag über die Blasenprobleme von Hochschwangeren hören würde.

John schnupperte, Kaffeeduft lag in der Luft. Seiner Nase folgend, fand er sich in der Küche wieder und fühlte sich gleich zu Hause. Mona hatte ebenfalls eine große Wohnküche in ihrer Altbauwohnung. Die antike Anrichte hatte sie mitgenommen, und auch hier stand die Kaffeemaschine auf dem altgedienten Möbelstück.

In der gemütlichen Sitzecke hatte sie den Tisch gedeckt. Eine Schüssel mit Berliner Pfannkuchen krönte die Kaffeetafel. John lächelte, Monas Grundnahrungsmittel waren also vorhanden.

Langsam schlenderte er durch die Räume und traf viele alte Bekannte. Er hatte nicht gewusst, dass die meisten Möbel in der WG Mona gehört hatten. Da sie sich noch nicht die Mühe gemacht hatten, sie zu ersetzen, erinnerten die Lücken schmerzlich an ihren Auszug. Die Wohnung, die sie sich so lange geteilt hatten, hatte aufgehört, sein Zuhause zu sein. „Home is where the heart is." Er seufzte.

„Ist doch wirklich sehr nett geworden, oder?" Mona legte ihm sanft die Hand auf die Schulter. Er ergriff sie und drückte sie leicht.

„Du hast ganze Arbeit geleistet. Als wir dir letzte Woche die Sachen herübergebracht haben, war noch alles nackt. Jetzt hat es -", er küsste ihre Hand, „Stil."

Mona lächelte erfreut, sie hatte sich alle Mühe gegeben, die Dekorationen waren fast fertig. Es war ihr sehr wichtig gewesen, alles so gemütlich wie möglich zu gestalten, bevor John sie wieder besuchte. Trotz ihres monströsen Bauches hatte sie sogar Bilder aufgehängt.

„Oh, das Bett ist da!" Sie zog ihn ungestüm in Richtung Schlafzimmer, doch er hielt lachend ihren Arm fest.

„He, bevor ich mich von einer Frau in ihr Schlafgemach schleppen lasse, möchte ich sie wenigstens ordentlich begrüßen." John beugte sich zu ihr herunter und gab ihr einen zärtlichen Kuss.

Monas Zunge schlüpfte in seinen Mund und machte aus dem Begrüßungskuss ein Vorspiel. „Heavens, machen dich deine Hormone noch immer so verrückt, oder liegt es an mir?"

„Ich möchte dir jetzt das neue Bett zeigen."

Mona kuschelte sich mit dem Rücken an John. Er lag hinter ihr und hatte den Arm über sie gelegt. Sie hatten ein kleines Nickerchen gemacht und waren genau so eingeschlafen, wie sie zuvor die Liebe genossen hatten. Eine große Auswahl gab es bei den Stellungen nicht mehr, wie John amüsiert bemerkt hatte.

„Schade, ich fühle noch keine Wehen, noch nicht einmal ein Ziepen. Ich habe gehört, dass wilder Sex die Geburt einleiten könnte. Ich bin jetzt schon fast eine Woche über den errechneten Termin." Mona griff nach hinten und streichelte über Johns Oberschenkel.

Er brummte zufrieden. „Wir hatten auch keinen wilden Sex, ich war sehr vorsichtig."

Sie rollte sich auf den Rücken, um ihn anzusehen. „Du hast ja auch nicht auf mich gehört. Ich habe doch gesagt, du sollst Gas geben."

„War das vor oder nach den kleinen, wonnigen Seufzern? So schlecht hat dir die gemütliche Nummer nicht gefallen, hatte ich den Eindruck." John lächelte, dann fing er Monas tastende Hand ein. „Wenn ich heute noch irgendetwas montieren soll, dann solltest du aufhören, an den empfindlichen Stellen zu kitzeln."

Nachdem John Regale, Lampen und anderen Kleinkram angebracht hatte, zog Mona ihn in das Kinderzimmer. In diesem Raum hatte sie ihrem Nestbautrieb hemmungslos nachgegeben. Alles war bunt und liebevoll gestaltet. Insgeheim bewunderte er den kleinen Kugelblitz; obwohl sie ihre Leibesfülle erheblich behinderte, hatte Mona wahre Wunder geschaffen.

Sie schaute ihn erwartungsvoll an. „Und, was sagst du? Gefällt es dir?" „Hier möchte ich Kind sein. Das Zimmer ist toll geworden."

Langsam setzte sie sich in den großen Korbsessel, den sie zum Stillen brauchen würde. „Ich wollte dich schon immer etwas fragen. Es interessiert mich, schließlich gehöre ich faktisch durch das Kind zu deiner Familie. Hast du eigentlich schottische Wurzeln, oder wo kommt der Name MacLachlan her?"

John hockte sich vor sie und legte die Hände auf ihre Knie. „Ja, ich habe noch jede Menge Onkel und Tanten, die in Schottland leben, wieso fragst du?"

„Wenn ich dich jemals heiraten sollte, dann werde ich ein blutrotes Spitzenkleid tragen und du einen schottischen Kilt. Frag mich nicht warum, aber ich habe letzte Nacht davon geträumt." Mona strich nachdenklich über ihren riesigen Bauch. „Jungfräuliches Weiß würde man mir sowieso nicht mehr so ganz abnehmen."

„Wirst du es irgendwann tun?"

„Schwangere haben manchmal recht wirre Träume. Aber du solltest gut auf das kleine Kästchen Acht geben, vielleicht brauchst du es mal wieder." Sie lächelte ihn sanft an. „Ja, ich habe es bemerkt. Du hattest es in der Hemdtasche, pass gut darauf auf." John nickte wortlos.

Nachdem sie sich für einen Moment tief in die Augen gesehen hatten, lächelte er und senkte den Kopf. Dann schaute er sie grinsend an. „Da du dich schon für meine Familie interessierst, sollte ich vielleicht ein kleines Geheimnis lüften. Ich möchte immer ehrlich zu dir sein und möchte nicht, dass du mich länger für einen armen Studenten hältst. Es stimmt zwar, dass ich ein Stipendium habe - nur, dass mein Vater es gestiftet hat."

Mona sah ihn stirnrunzelnd an. „Was ist das denn für ein seltsamer Kuhhandel?"

John lachte. „Ja, die Bezeichnung passt haargenau. Mein Vater und ich, wir kommen nicht besonders gut miteinander aus. Um ihn zu ärgern, habe ich eine Lehre als Automechaniker gemacht. Dazu musst du wissen, dass körperliche Arbeit in meiner Familie verpönt ist und ölverschmierte Hände erst recht. Als er mir ein Auslandsstipendium angeboten hat, habe ich eingewilligt zu studieren. Der ‚Kuhhandel' bestand darin, dass ich aus seinem Dunstkreis verschwinden konnte."

Lächelnd betrachtete Mona sein Gesicht. „Deshalb hast du also beschlossen, dich doch noch ein wenig anzustrengen, damit du dein Stipendium nicht verlierst. Sonst müsstest du heim zu Daddy."

Er grinste breit. „Absolut richtig. Ich muss dir allerdings auch sagen, dass ich deswegen keineswegs reich bin. Mein Vater hält mich aus Prinzip sehr kurz, ich soll mir alles selbst erarbeiten, you know? Aber mache dir keine Sorgen, ich werde gut für dich und die kleine Maus sorgen. Man hat mir in der Sportschule einen Job als Karatelehrer angeboten, sobald ich den letzten Level erreicht habe. Damit kann ich uns über Wasser halten und trotzdem das Studium beenden."

Schmunzelnd hob er ihr Kinn. „Zumindest, wenn du mir ein wenig beim Lernen hilfst."

Mona prustete los. „Ich habe noch nie von Lern-Sessions gehört, bei denen so viel Körpereinsatz gezeigt wurde. Wenn ich dir beim Lernen geholfen habe, dann nicht in deinem Studienfach."

„Ich werde es ab jetzt ein wenig ernster nehmen, schließlich habe ich ein wichtiges Ziel vor Augen. Wir werden bald eine Familie sein."

„Hast du schon gehört, dass Tommy und Leon zusammenziehen wollen? Die beiden scheinen sich wirklich gefunden zu haben."

John schmunzelte, langsam begann er sich an Monas Gedankensprünge zu gewöhnen, obwohl sie ihn immer wieder überraschten. „Ja, ich freue mich besonders für Tommy, er hat lange genug auf Leon warten müssen. Aber ich werde ihn vermissen."

Mona wirkte geistesabwesend und tief in Gedanken versunken. „Das Krankenhaus. Du wirst mit mir dort wahrscheinlich schwere Stunden verbringen. Und dann werde ich mit dem Kind in meine Wohnung gehen, und du wirst in die WG zurückkehren." Mona sah ihn mit großen Augen an. „John, ich werde mich unmöglich von dir trennen können, nachdem du mich wie eine tranchierte Weihnachtsgans gesehen hast. Wahrscheinlich werde ich deine Hand nie wieder loslassen."

„Beruhige dich, so schlimm wird es nicht werden. Und wenn, dann werde ich auf keinen Fall von deiner Seite weichen."

„Entschuldige, ich rede unzusammenhängendes Zeug. Ja richtig, ich habe Angst. Aber davon spreche ich nicht." Sie sah ihn eindringlich an. „Ich wollte sagen, dass ich gern mit dir zusammen in *unser* Heim gehen möchte, wenn wir mit dem Kind das Krankenhaus verlassen."

John lächelte und sah sich kurz um. „Möchtest du warten, bis es soweit ist?" Mona schüttelte den Kopf.

„Gut, dann gehe ich schnell meine Zahnbürste und meine Gitarre holen, sehr viel mehr brauche ich vorerst nicht." ♥


Alex saß in seiner Küche und biss nachdenklich in sein Brötchen. Es verwunderte ihn, dass er immer wieder an Bea denken musste.

„Du warst nur ein Leberwurstbrot, aber irgendwie vermisse ich dich." Warum hatte er dauernd das Gefühl, einen großen Fehler gemacht zu haben? War Bea vielleicht seine zweite Chance gewesen?

Er war in seine oberflächliche Yuppiewelt abgetaucht und hatte dabei erfolgreich verdrängt, dass er bei dem Unfall nur knapp mit dem Leben davongekommen war. Die körperlichen Wunden waren restlos verheilt, doch war er auch seelisch unbeschadet davongekommen? Es mogelten sich im Moment Erinnerungen in sein Bewusstsein, die ihm sehr unbequem waren.

Mit Bea hätte er gut über diese Empfindungen reden können. Aber mit Lulu? Sie interessierte nur, wie sie einen Friseurbesuch zwischen die Termine Nagelpflege und Anprobe ihres neuen Maßkostüms quetschen konnte.

Wovon hatte Bea zuletzt gesprochen? Innere Werte?

„Ha! Ich werde ein Buch schreiben: ‚Auf der Suche nach meinem inneren Selbst'." Und wenn es fertig war, konnte er es sicher gewinnbringend vermarkten. Er grinste, die Idee gefiel ihm.

Vor allem das Thema: „Alex!" ♥


„Wollt ihr denn nicht mal langsam einen neuen Küchenschrank kaufen?" Mona betrachtete - nicht ganz ohne schlechtes Gewissen - die freie Stelle, an der die alte Anrichte gestanden hatte. Auf dem Boden türmten sich die Küchenutensilien, die aus dem Inhalt des Möbels übrig geblieben waren.

„Nein, wir wissen ehrlich gesagt noch nicht, was genau werden soll. Wer weiß, ob wir in der Wohnung bleiben?" Bea seufzte tief und stellte sich wehmütig vor, wie gemütlich der Raum einmal gewesen war. Mona drückte ihre Hand. Sie wusste, dass Bea und Brian ein wenig auf der Strecke geblieben waren. Die beiden hatten nie vorgehabt, die Wohngemeinschaft aufzulösen.

Auch Adonis war Leidtragender der ganzen Veränderungen. Der alte Kater gebärdete sich seit Tommys Umzug noch neurotischer, als er schon vorher gewesen war.

„Vielleicht solltet ihr unsere Zimmer wieder vermieten? Dann könntet ihr zumindest zusammen hier wohnen bleiben." Mona lächelte. „Vielleicht könntet ihr auch Adonis wieder aufnehmen, er scheint seinem alten Zuhause arg nachzutrauern."

„Ich glaube nicht, dass es jemals wieder so schön wird, wie es mit euch gewesen ist. Mittlerweile vermisse ich sogar das verrückte Katervieh." In Beas Augen schimmerten Tränen. Mona nahm sie in den Arm und drückte sie fest an sich.

„He, he, das ist mein Platz! So geht das aber nicht!" John kam mit dem Baby auf dem Arm in die Küche. Er hielt den kleinen Kopf behutsam in seiner Hand und reichte das Würmchen dann vorsichtig zu Bea herüber. Obwohl ihre Augen noch immer feucht glänzten, erhellte ein Strahlen ihr Gesicht.

John zog Mona in seine Arme und küsste sie zärtlich. „Hier wird nicht fremdgekuschelt. Nicht, dass du mir durch die Enthaltsamkeit auf komische Gedanken kommst."

Mona knuffte ihn in die Seite. „Mein Süßer, *du* bist enthaltsam. *Ich* bin froh, dass ich ohne diesen aufgeblasenen Rettungsring sitzen kann. Ich möchte dich mal sehen, wenn sie dir an einer so empfindlichen Stelle herumgeschnippelt hätten." John verzog schmerzhaft das Gesicht.

Tommy kam mit einem Karton durch die Tür balanciert. „Hej, kann mir bitte mal jemand den Nutella-Streicher heraussuchen? In diesem Durcheinander findet man ja nichts mehr wieder."

„Bist du dir auch wirklich sicher, dass das deiner ist? Die Treuepunkte haben wir doch alle zusammen gesammelt, oder?" John grinste über das ganze Gesicht.

„Willst du darum zocken?" Tommy setzte den Karton ab und suchte kurz darin herum, dann hielt er triumphierend ein Kartenspiel in die Luft. „Klar!" Johns Grinsen wurde noch breiter.

„Oh nein, komm Bea, wir gehen ins Wohnzimmer. Das Krümelchen muss sowieso etwas trinken." Mona hakte sich freundschaftlich bei ihr ein.

„Wie soll die kleine Maus denn nun heißen? Sie ist mittlerweile vier Wochen alt, ihr solltet euch mal langsam auf einen Namen einigen." Bea wiegte das Baby in ihren Armen und sah ihm ganz verzückt in die tiefblauen Augen.

Mona grinste und zuckte mit den Schultern.

„Wie nennst du sie denn im Moment?"

„Min nallebjörn. Das heißt: mein Teddybär."

Bea lächelte. „Das ist süß. Welche Namen stehen denn zur Auswahl?"

Mit hochgezogenen Augenbrauen atmete Mona tief durch. „Entweder Emelie Ullbrandsson oder Joana MacLachlan."

Irritiert schaute Bea sie an. „Oh!"

„Nun, ich tendiere langsam zu der J-Variante, gebunden bin ich durch das Baby sowieso. Jetzt sollte ich John nur noch zu der dementsprechenden Frage animieren. Und er muss sein Röckchen herauskramen." Sie schmunzelte, und es blitzte amüsiert in ihren Augen.

Brian kam gemeinsam mit Leon in das Wohnzimmer. Die beiden Männer senkten betreten den Blick, als sie die stillende Mutter sahen. „Nun kommt schon herein. Was seid ihr denn für Kerle, wenn ihr den Anblick einer entblößten Brust nicht ertragen könnt?"

„Meine liebe Mona, das ist schlicht und einfach Respekt, den wir dir entgegenbringen. Wenn du einfach nur mit Bea die Körbchengröße vergleichen würdest, würde ich voller Wonne dabei zusehen." Brian grinste und ließ sich in den Sessel fallen. Seine Laune war bestens. Er war froh, dass er endlich die Sache mit Allison geklärt hatte. Beim Einkauf hatte er sie getroffen, und sie war heftig in einen ganz anderen Mann verliebt, mit dem sie diesmal vollkommen zufrieden zu sein schien.

Leons Gruß klang dagegen etwas zurückhaltend, er versuchte nach wie vor, an Mona vorbeizusehen. „Hast du zufällig Tommy gesehen? Ich habe Besorgungen gemacht. Er bekommt endlich seine heiß ersehnte Kaffeemaschine."

„Kannst du mich bitte anschauen, wenn du mit mir redest? Es irritiert mich, wenn du so tust, als wäre mein Kopf an meiner Schulter festgewachsen. Wenn es dir lieber ist, kann ich mich ein wenig bedecken." Mona zog ihre Bluse halb über das Gesichtchen des kleinen Teddybären. „Ist es so besser?"

Leon lächelte sie erleichtert an. „Besser! Wo ist denn mein Apollon? Wir sind gerade erst hereingekommen. Ist er in der Küche?"

Bea schüttelte resigniert den Kopf. „Es ist besser, wenn du jetzt nicht in die Küche gehst. Tommy und John haben jeder eine Spielkarte auf der Stirn kleben und spielen um den Nutella-Streicher. Das Kind im Manne hat wieder heftig zugeschlagen."

Tommy steckte den Kopf zur Tür herein. „Ich habe gewonnen! Dreimal gewonnen, dreimal verloren. Aber jetzt ist er mein." Mit dem Siegerlächeln im Gesicht ließ er das begehrte Schmiermesser in den Karton fallen, der unter seinem Arm klemmte. „Mona, bitte pack das Milchgeschäft weg. John kommt, und du solltest ihn nicht mit irgendwelchen nackten Körperteilen reizen. Der arme Kerl hat einen Hormonstau." Er bemerkte erst jetzt, dass Leon ebenfalls da war. „Hej, Tiger! Was hast du da? Ein Geschenk? Ist das für mich?"

Brian schnaufte und lehnte sich an den Fensterrahmen, während er seinen ehemaligen Mitbewohnern hinterhersah. „Bea, hör mal. Die Stille!" Sie trat neben ihn und sah gerade noch John und Mona mit dem Kinderwagen um die Straßenecke verschwinden.

„Sie werden mir fehlen. Ob sich Eltern so fühlen, wenn ihr Nachwuchs flügge geworden ist?" ♥

189

Abschiedsworte müssen
kurz sein
wie eine Liebeserklärung

Theodor Fontane

# Epilog

Brian lief neugierig in der Frachtverladung des Flughafens herum. Eigentlich hatte er dort nichts zu suchen, aber er wollte unbedingt persönlich darauf achten, dass die wenigen Möbel und Kisten, die die Reise nach Australien antraten, vernünftig im Bauch der großen Maschine landeten.

Schweren Herzens hatte er sich entschlossen, Deutschland zu verlassen. In seiner alten Heimat wartete ein aufregender neuer Lebensabschnitt auf ihn. Er wollte ein Feinschmeckerrestaurant in Sydney eröffnen. Die Verhandlungen, die er aus der Ferne hatte führen können, hatten bereits interessante Ergebnisse gebracht.

Eine internationale Riege würde sich in seiner Küche um das leibliche Wohl seiner Gäste kümmern. Alles Bekannte aus den verschiedenen Restaurants, in denen er selbst gearbeitet hatte. Damit waren ihm die ersten Sterne fast sicher, denn gemeinsam waren sie Weltklasse.

Wehmut schlich sich ein; die Menschen, die er zurückließ, besaßen einen großen Teil seines Herzens. Für Brian waren sie für lange Zeit seine Familie gewesen. Aber sie hatten schon vereinbart, dass sie ihn besuchen würden, sobald alles soweit eingerichtet war.

Er schmunzelte, seine Gedanken wandten sich seiner zukünftigen Familie zu. „Hoffentlich hat Bea an die Flugtickets gedacht." Seit ihr Bauch wuchs, war sie unglaublich vergesslich geworden. ♥ ♥ ♥

Über das Buch und die Autorin:

Die Freude am Umgang mit der Sprache und die Faszination, Menschen und Begebenheiten erfinden zu können, die rein der Fantasie entsprungen sind, haben dazu geführt, dass dieses Buch entstanden ist. Die Autorin hatte schon immer ein befriedigendes Medium gesucht, um ihre Kreativität in sinnvolle Bahnen zu lenken – und es im Schreiben gefunden.
Nicole Henser wurde 1968 in Mülheim a. d. Ruhr geboren und lebt jetzt seit einigen Jahren mit ihrem Mann und ihrer Tochter in einem alten Bauernhaus am Niederrhein

An dieser Stelle möchte sie folgenden Menschen danken:

Ihrer Familie und ihren Freunden für die Unterstützung und die Geduld, die sie aufgebracht haben. Ganz besonders ihrer Lektorin Petra Brinkert-Lederer, dafür, dass sie ihr den Mut gegeben hat, an ihr Talent und ihr Buch zu glauben. Und dann natürlich ihrer jetzigen Autorenkollegin Inka Loreen Minden. Ohne ihre tatkräftige Unterstützung hätte es die Neuauflage vom „Beziehungs-Experiments" wesentlich schwerer gehabt.

Bereits erschienene Bücher der Autorin:

**Dämonenglut –**
**Feurige Offenbarung**
von Nicole Henser
und Inka Loreen Minden
Homoerotischer Fantasyroman
ISBN: 978-3-934442-61-0

**Gayfühlvoll**

von Nicole Henser
und Inka Loreen Minden
Homoerotische Geschichten
ISBN: 978-3-837030-13-6

Für beide Titel ist eine Fortsetzung im Frühjahr/Sommer 2009 geplant.